U0541084

触摸生活

蒙田写作随笔的日子

〔英〕索尔·弗兰普顿 著

周玉军 译

Saul Frampton
**WHEN I AM PLAYING WITH MY CAT,
HOW DO I KNOW SHE IS NOT PLAYING WITH ME?**
Montaigne and Being in Touch with Life
Copyright © 2011 by Saul Frampton
This edition arranged with Conville & Walsh Limited
through Andrew Nurnberg Associates International Limited
中文版根据 Faber and Faber Limited, 2011 版翻译

涵芬楼文化 出品

目 录

前言　　1

1　在琴声中醒来　　1
2　因为是他，因为是我　　13
3　枪炮声响起，是跳开还是趴下？　　29
4　探究哲理是为了学会面对死亡　　51
5　Que Sçais-je？——我知道什么？　　69
6　我跟猫玩的时候，焉知它不是也在跟我玩？　　85
7　与他人交往，打磨我们的心智　　111
8　哲人之石　　141
9　男欢女爱　　157
10　熟悉的手的触摸　　175
11　一条狗，一匹马，一本书，一只杯子　　201
12　经验　　227

图书选目　　261
插图来源　　271

我们每个人都比自己想象的更为富有。

前言

蒙田的塔楼(索尔·弗兰普顿摄)

16世纪末年，某日，米歇尔·艾康·德·蒙田老爷于书房中登高刮去了早些年刻在屋顶木梁上的一行文字。这是一座圆形塔楼，就在城堡的一角，书房在塔楼的三层。从书房的窗户望出去，蒙田老爷能看到自己的花园、庭院和葡萄园，城堡的大部分都可收在眼底。蒙田城堡建在一座不高的山丘上，严整气派，南方几英里外是多多涅河（Dordogne），东距波尔多市约三十英里，属于佩里戈尔省（Perigord）。

把蒙田围在当中的，是他的千卷藏书。上下五层的书架环墙而立，四面八方都是书，他随手取读，"不讲次第，毫无计划"。间或掩卷起身，绕室踱步。书房直径16步，绕行一周约五十步。头顶横梁上，蜿蜒盘曲地刻绘着出自《圣经》和古典作品的文句，有如缠绕着树干的藤条。

蒙田从木梁上刮掉的，是古罗马诗人卢克莱修（Lucretius）的一行诗文：Nec nova vivendo procuditur ulla voluptas，即，年齿长不会予人新喜乐。这是他从前深会于心的一种情绪。和同时代的大多数思想者一样，蒙田信奉基督教的斯多葛式的人生哲理，把此生视为来生的准备，认为哲学的任务，是让人坚强，以面对命运的无常。对于人生的苦厄，蒙田有切身的体验：他的第一个女儿，出生两个月就不幸夭折，其后又有四个子女在襁褓中死去；他的弟弟被网球击中头部，竟然因此惨遭横死；艾蒂安·德·拉波哀西（Etienne de La Boétie），他最好的朋友，三十出头就死于疫病；而他深爱的父亲，因患有肾结石，经受了漫长的病痛折磨之后，不久前才病故。此外，惨烈的宗教战争正在全国蔓延，蒙田所在的地区已经遍地兵燹，天主教徒和新教徒势同水火，父子反目成仇，屠杀和谋杀踵相继起。

故此，蒙田辞去法院职务、归养故里之后，用拉丁文在塔楼小工作间的墙上刻写了一段话，表达出自己意图隐遁避世、无牵无挂地静候死亡的心愿：

> 米歇尔·德·蒙田，久役于法院及公众事务，劳倦已极，幸而躯体尚堪称全健，遂辞去公务，于主历1571年2月最后一日，也即他三十八岁生日这天，重返缪斯怀抱；这祖传的庄园，将成为专供他悠游、休憩的隐息佳地，如果命运许可，便在安宁中遣此残生。

选择生日这天作为隐居的开端，表达出一种对宿命的悲观，暗喻着这将是他人生末途的起点。就这样，很快也要遭受夺去他父亲生命的同一种病痛折磨的蒙田，卸下公职，回到了这座圆形塔楼，回到了这间位于塔楼三层的书房，希望能不受打扰地在此安度"残生"。

今天，蒙田因为《随笔集》而蜚声于世。《随笔集》也许是文艺复兴时期最为重要的文学作品之一，堪与莎士比亚的戏剧以及《堂吉诃德》比肩。在这些文章中，蒙田"尝试"[①]过的话题从"战争艺术"到"无所事事"，从"酒醉"到"大拇指"，几乎无所不包。退隐几年后，他便开始写作，一直到去世，近二十年中不时增益新文，最后，《随笔集》已经成了一部展现文艺复兴时代人们信仰、观念的令人瞩目的汇典。

但是，从书房屋顶刮去卢克莱修诗句的举动，也标志着在蒙田的写作历程中，他的人生哲学发生了重大转向——关注的中心从"死亡"转向了"生活"。

父亲之死以及挚友拉波哀西面对死亡时表现出的斯多葛式的克制与坚韧，对蒙田产生了深刻的影响：他隐退回乡时，想得最多的，就是死亡。"探究哲理是为了学会如何面对死亡"——这是他写作随笔之初的一篇文章的标题。但是，随着写作生涯的推进，蒙田终于把这种消极的人生态度抛到身后，转而拥抱一种完全不同的哲理，认为"幸福的源泉，在于快乐地生活，而不是……愉快地接受死亡"。像詹姆斯·斯图亚特（James Stewart）在电影《美好人生》（*It's a Wonderful Life*）中所饰演的人物那样，蒙田开始拒绝绝望，开始去感受生命那朴素的纹理与质地；而他的随笔，也从单纯的消遣，逐渐演进为他"回放"或者重新体味自己人生的一种方式："我想让生命更有分

[①] 蒙田《随笔集》的法文标题 *Essais*，原为尝试之意。——译者注

量；我想以同样的快捷，截住飞逝中的生命，抓住它……拥有的光阴越是短暂，我就一定要更充分、更深入地加以利用。"

确实，蒙田的文字中溢满了"生"意。在约50万言的百余篇随笔中，他记录了掠过心间的每一个想法、每一种情绪和滋味。睡眠、忧伤、气味、友谊、儿童、性以及死亡，都是他文章的话题。作为最后的见证，他还写了一篇谈论经验的文章，对人的生命这一奇迹本身进行思考。

对人生中各种痛苦、矛盾和愉悦的探讨，贯穿在他的《随笔集》和《旅行日志》（去意大利的旅途见闻）之中。在枪炮声响起时，是该跳开还是低头闪避？或者站立不动，甚至向敌人冲去？蒙田如是问。18岁之前不应饮酒，18岁到40岁之间饮酒应适度，40岁之后，不妨常赴醉乡，这是他援引的柏拉图的话。佛罗伦萨的妓女"一般般"，意大利男人爱大胸，这些都没逃过他的眼睛。他丢了钱包，戳伤了自己的眼睛，乘雪橇下了塞尼山（Mont Cenis）。此外，他还在比萨见到了博学的布罗博士（Doctor Burro），后者送了他一部研究潮汐的专著。

不过，他有兴趣探究的话题尽管看似漫无边际，却共有一个不变的内核：他对自身的感受与体验。因为蒙田正站在过去千年人类两大知识脉系的分水岭上，一边是中世纪基督教幽暗的穹顶，一边是17世纪科学及其让人心惊的萌苗，而日常生活，在这两大脉系中，都受到了不同程度的贬抑：前者强调其短暂无常，与罪恶牵连，后者则等同于物质和机械。前车已过，后车未至，蒙田就像是在静悄悄的站台上等车的旅客。然而，在这寂静的间隙，在16世纪末期的几十年间，生活也开始舒展它的叶片。蒙田所发现的，正是属于普通和平凡的力量,是此时和此地的价值。其核心,是这样一种观念,即我们每一个人——他拿自己作为最主要的例证——都有一个独特的看待世界的方式。他说他认为自己"是一个非常普通的人,只除了一点,即我认为自己非常普通"。

故此,蒙田的随笔,可以看作是西方文学中对于人的意识首次恒久不懈的呈现。这并不是说,此前的时代里人们从来没有自觉意识,或者从未出现过个人生活的记述,奥古斯丁(Augustine)和阿贝拉尔(Abelard)的著述即是显例。但确实还没有人如此关注过生存的实际体验,或者从人生中发现道德教益,以之证明政治和宗教宽容的正确,并为活下去提供了理由。16世纪的基督教-斯多葛主义把身体和感官视为征服的对象,人们应学会对其不屑一顾,为了道德和宗教上相应的好处,生命也可以轻易抛弃。但是蒙田拒绝如此淡漠地看待生命,并在自己的随笔中,为生存、为活在对生命的感受之中找到了理由。紧身上衣的气味和耳孔中的刺痒都能引发他的思考;每到一地,他都不忘品尝一下当地的葡萄酒和饮水的味道("闻起来有股硫黄味,还有一点咸");打阳伞固然能给脑袋遮阴,可是抵不过胳膊太累;各种灌肠剂的效用也被他记在笔端——"让人不停地放屁"。他呵自己的痒;梦到自己在做梦;他甚至让人把自己从睡梦中唤醒,"这样我就有可能一窥梦中的世界"。

对蒙田来说,人应积极主动而非被动消极地生活。他表现出的生命活力,甚至让轻不许人的尼采也赞叹说:"这个人和他的文字,真的增加了活在这世上的乐趣……如果必须要回到那个时代,我想自己也能够安于在一个有他存在的世界里生活。"

❦

但是这位 16 世纪加斯科涅（Gascon）贵族的心声之所以值得我们倾听，还有另一个缘由。

现代哲学——有的人会说是整个现代世界——在蒙田之后约 30 年，从笛卡尔的一个问题开始。笛卡尔躲在一间有炉火取暖的屋子里，思索着他心目中最基本的哲学问题：什么是我们可以确然相信为真的？答案就是"思考"。他那精警的表述：Cogito ergo sum（我思故我在），从此而后，便成了哲学家们离不开的话头。那座笛卡尔和其他 17 世纪的哲学家们建造起来的巨大的、玻璃和钢铁的理性教堂，把蒙田不起眼的塔楼挡在了背后。蒙田——一个喜欢舞文弄墨、有些怪癖的乡下人，虽说时常有幸被错当成启蒙运动的政治理论家孟德斯鸠——已经悄无声息地滑到了学术的地平线之下。

但蒙田可以是我们在笛卡尔哲学之外的另一种选择；他提供的是一种更以人为中心的观念，尽管从不号称有什么真理在握，可也不会像追求绝对确定性的学说那样，流弊所及，与 20 世纪的集权主义运动以及现代西方社会道德虚无的个人主义都难脱干系，其中利害已为识者所察知。

笛卡尔哲学的核心，是析分式的认知原则，它是让世界变得清晰起来的一种努力，这个世界因宗教和政治动荡而一切都变得不确定了。作为他的"方法"的一个步骤，笛卡尔说，知识问题应被"分解"成"尽可能多的部分"，并且，只有那些能够被"非常醒豁分明"地认知的对象，也即独立于它物者，才应被看作是真实的。这一原则，是他把身心两分的基础：在他看来，心是"单一混同的"，却

"无法设想有什么肉体或外在之物，是不能被我轻易分解的"。对笛卡尔来说，真正的知识相当于一幅井然一体的图景，譬之以城市，用他的话说，就是由"同一个建筑师"设计，而不是"出于众手"，任其顺遂自然地无序生成。

蒙田所凭据的，则是一种由来既久、更少锋锐，或许也更值得敬重的为学求知的本能——切近求同。他无意于对事物进行定义和分解，而是想把它们拢在一起，接近它们，同时也接近他自己；他不去追寻那些使自己和俗世庸众截然分离的确定性，而是把互信的原则，置于重要得多的地位——在《随笔集》中，他起首便告诉读者，"这是一部诚信的书。"对于蒙田来说，人与人之间的关系，是知识的首要发生地，如果相互的信任得以恢复，就能形成共识与宽容，真知也会接踵而至；对恒常和确定性的追求，在他看来，不过是换了一种面目的偏执。笛卡尔与蒙田在观念上的差异，如果结合他们各自的性格及所处的环境来考虑，或许会更增明悟：前者身在异国，躲进封闭气闷的小屋，与世隔绝，斩断"牵挂"，不受任何"强烈情绪"的干扰（晚近的一种传记称他是一个"孤僻、易怒且过分敏感的人"）；相反，居于法国宗教战争的腹心地带、笔耕不辍的蒙田，身为领主，又是一个在交战的不同派系间奔走弥缝的使者、说客，竭尽所能地化解着"这些让我们如今分崩离析的派系纷争，以及派系内更琐碎的分歧"。

因为，身处战乱之中的蒙田逐渐看出，对政治和宗教明确的追求，区划百端而思定于一尊，是在给这些纷争火上浇油。古人那种淡漠寡情的斯多葛主义——笛卡尔所认同的道德哲学——尽管仍被一些人视为理想的生存状态，蒙田已经认识到，它只会加剧纷争，梗阻人们对自己的意识和感知，隔绝对他人的理解，并且导致麻木不仁，对杀戮以及毫无来由的暴虐不以为怪，甚至于喜闻乐见。

蒙田决定就近寻找属于他的道德律，先从对自己的审视或者说"尝试"入手。他所发现的，是关于生存中向来不为人所知的体验——不为人知，固然是由于基督教会多少个世纪的道德说教，同时也因为这种体验太平常，无时不在，结果导致人们视而不见。笛卡尔通过心身的区分，在自己和他人以及他人的身体之间划清了界限；蒙田则把同自己肉身的关系视为一扇大门，通向的是"人类的普遍共性"，进而是整个人类社会。就这样，自我认知先让我们了解自己，然后由己及人；要懂得他人，先要认识我们自己——从现代角度看，这是一个逻辑悖论，在蒙田而言却不是问题。

于是乎，蒙田在他的随笔中便秉持着一种对差异和不同的接纳态度，但这些不同，是以人们之间的相似性为前提和基础的。旅行在他眼中，是"借着与不同的人物接触来打磨心智"的一种方式。在意大利的时候，他写东西就用意大利文，回到法国便用回法文；他记录从新世界巴西地方传来的情歌，无意间可能成了世界性音乐的头一个乐迷；他钦佩土耳其人为庇护动物设立善堂，还好奇地猜想大象是否有自己的宗教信仰。简言之，蒙田认为我们最根深蒂固的信念，也不过是因循旧习，他的怀疑主义导向的是同情，而不是某种确凿的真理。就这样，蒙田的随笔，褪去了初期斯多葛式的冷峭，从对战术谋略的痴迷中脱出，转而探究起各类人、物的心理状态：朋友、敌人、动物、食人族、天主教徒、新教徒、犹太教徒，可说无所不包。他甚至问自己："我跟猫玩的时候，焉知它是不是也在跟我玩？"

最为重要的是，蒙田逐渐形成了一套自己的人生哲学，立足于身边平凡普通的事物，由我们的自然禀赋提供养分，不受斯多葛主义、教条主义和怀疑主义的人工添加剂的污染。他不向理性的大教堂寻求庇护，而是在生死交汇的海岸线上细细爬梳，并用自己发现的东西建造起一幢可以栖居的小屋，它以沙子、贝壳、友情、性爱、跳舞、睡眠、西瓜和葡萄酒为建筑原料，以他的一次落马、一次击发火枪，以他的狗、他的猫、他的肾结石以及他周围的景物和声响为素材。构成这小屋的，当然还有他自己和他写的书。这部书，他说，"与它的作者同质，只关乎我自己，是我人生不可分割的一部分"；他和他的书"携手相伴"，缓步走过生命中的每一天。他没有探臂过顶去苦求确定的答案，而是让我们关注自己的立足之地；他不去追寻超越人类的真理，而是提出了一个更为简单，却重要得多的哲理问题："我有没有浪费自己的时间？"

✣

"我们永远不能安居，总是舍近求远。"蒙田的写作，正是归返家园、走近自我的一种努力和尝试，让他在家的荫庇下，登上楼梯，坐进书房的椅子。然而，回归的蒙田，同时向着他的读者伸出手来，以极和煦友善的态度，把自己介绍给我们，不单是通过了解他的思想，还让我们看到他的房子、他的葡萄园，知悉他的藏书和写作，熟悉他的握手、他的微笑和他棕色的头发。他说，我们"真真是肉体凡胎，奇哉！"而从其他人身上看到相类的表现，反过来又会增加我们对于生命的体悟。蒙田先是在自己身上发现了这一真相，继而推及朋友、家人、仆人、邻居、德国人、意大利人，甚至人类之外的其他的生物，并最终赋予我们读者一种非常亲近的体验。

蒙田从始至终地提醒我们，如果有珍视的朋友，就该常常见面，如果疼自己的孩子，就该陪他们一道进餐，如果爱一个人，就该彼此靠近，伴在身边。那么，如果你也想再次真切地触摸生命，就像福楼拜给一位抑郁的朋友写信说的："读蒙田吧……他会让你心情平静……你会喜欢他的，一定的。"

1

在琴声中醒来

19世纪初的蒙田城堡。选自1842年威廉·哈兹利特所编的《蒙田文集》

发源于奥弗涅山区的桑西山（Puy de Sancy），多多涅河盘曲如肠，流过法国的广阔腹地，在支流塞尔河（Cère）和韦泽尔河（Vézère）注入后，河面变宽，悠悠向西，流经波尔多，汇入纪龙德河（Gironde）开阔的河口，最后弯身入海。它是生命的血脉，给当地的葡萄酒带来运输的船舶，并使这一地区在古罗马时代的旧称阿基坦（Aquitaine）——水乡，得以名副其实。

蒙田生于1533年2月28日，在上午11点到正午之间。这一年发生了很多事：亨利八世无视教会反对，娶安·波林为妻，被教皇开除教籍。不久，他们便添了一个女儿，名为伊丽莎白。同一年，印加帝国的末代君王阿塔瓦尔帕，尽管献出了一屋子的黄金，还是给西班牙人绞杀了。在法国，新教神学家约翰·加尔文即将流亡国外，凯瑟琳·德·美第奇则与亨利二世成婚，把她对菜蓟、肉冻、杂碎、松露和牛奶蛋羹的嗜好也一并带了过来，不但使法国烹饪就此登上大雅之堂，也让她在以后新教徒与天主教徒之间的战争绵延不绝的岁月，可以一边琢磨战局中翻云覆雨的手段，同时嘴巴里也有东西可以咂摸玩味。

蒙田以"米歇尔·艾康·德·蒙田"这一名字受洗。"蒙田"是他出生的那座气势不凡的庄园的名称,至于艾康这个姓,后来被他从自己的名字中去掉不用了。蒙田家的财富得益于波尔多的港口位置,那里是周边肥沃的土地上所产水果的集散地。从12世纪起,即阿基坦的埃莉诺(Eleanor of Aquitaine)嫁给英国王位继承人金雀花王朝的亨利(Henry Plantagenet)之后,一直到15世纪,阿基坦地区(也被称为加斯科涅或居耶纳)都在英国治下。1453年,约翰·塔波特(John Talbot)在蒙田庄园所在地以南数英里的卡斯蒂翁(Castillon)战败被杀,百年战争结束,英国对该地区的统治也随之告终。不过,到这个时候,因为英国人对加斯科涅出产的浅色葡萄酒——波尔多红酒的喜好,波尔多已经富甲一方。

英国战败,一度使当地经济遭受重创,但贸易逐渐又恢复了生机。蒙田的曾祖父、波尔多商人雷蒙·艾康,卖了一辈子葡萄酒、鲱鱼和靛蓝,并攀上高枝娶了位有钱的老婆。1477年,他以900法郎的价格,买下了蒙田庄园,包括庄园名下的葡萄园、磨坊和树林。传下来的一个说法异常鲜活生动:在庄园转手的那天,雷蒙跟着卖主进了城堡,等卖主一离开,雷蒙马上闩死大门,随即开了瓶葡萄酒庆祝。今天,你仍可以去蒙田庄园的城堡参观。它位于多多涅河以北几英里一座小山顶上(蒙田一词就是山的意思),地势平缓,非常风凉,山坡上种满了葡萄树。1885年城堡毁于大火,但蒙田的塔楼竟奇迹般地保住了。现在我们看到的新文艺复兴风格的蒙田城堡,是后来复建的。(从19世纪早期的一些绘画作品中——如本章开头的插图——我们还可以对蒙田城堡的原貌依稀有所领略。)

拥有了一座气派的庄园,雷蒙和他的后人便享有了领主或蒙田老爷的尊号。领主权益源自分封时代，不但对自己的私用土地拥有产权，而且耕种周边土地的人，也都算是他的佃户。作为主、庸关系的体现，每年，佃户们都向领主缴纳一定的租金，或称年贡。如果佃户卖掉一块土地，所得钱款的四分之一归属领主，领主还拥有优先购买权。蒙田的父亲皮埃尔便特别精于对佃户的田产重新整合，最大限度地扩张自己的属地。前人栽树，后人乘凉，祖辈投资置地的成果是，到蒙田这一辈，已经连续三代不必鬻贩营生，使他有理由认为，自己已经是贵族阶级真正的一员。

依据领主的"公炉"（common oven）权，佃户们必须使用领主的磨坊和酒榨，并上缴一份给领主作为费用。经济上的权势在社会地位方面也有相应的体现。领主可以身带佩剑，第一个领受圣餐，并在他的城堡中听理、裁断佃户之间的纠纷——甲侵占了乙的田地，或是乙家的牛跑进了甲的草场。

从15世纪到16世纪初年，蒙田家历经三代，从雷蒙到他的儿子格瑞门，再到格瑞门的儿子，也就是蒙田的父亲皮埃尔，一辈辈苦心经营，逐步确立了领主地位。皮埃尔是家族中首位投身军旅的人，他奔赴沙场，经历了16世纪初的法意战争。从军是贵族的传统职业，他们的诸多特权，如免税权，就是国王对军功的赏赐。1528年，33岁的皮埃尔从意大利归来，娶安托瓦内特·德·洛普兹（或洛佩兹）为妻。她也出身于波尔多的富商家庭，可能有西班牙-犹太血统。两年后，像他的父亲格瑞门一样，他成为波尔多第一市政官和副市长，1554年又荣任市长。若干年后，他的儿子蒙田也将出任市长之职。

蒙田对父亲的爱是显而易见的。他说皮埃尔"是世上少有的好父亲，特别慈爱，甚至到晚年高龄时依然如故"。像大多数受孩子喜爱的父亲一样，皮埃尔有一身超常的精力，既提供了一个让孩子爱慕的样板，又不会让他们畏难，觉得根本学不来。他在空心手杖里灌铅当哑铃用，穿铅底的鞋子，以"增强跑、跳能力"。六十多岁了，他还能跳过桌面，上楼一步跨四个台阶，穿着皮袍跃上马鞍。而且，据蒙田说，皮埃尔对写作也蛮有兴趣。他写有一部日记，记述自己在对意战争中的经历（蒙田步他的后尘，去意大利旅行时也写了一部日记）；此外，他还有一本备忘录，把大大小小的事情，无论多么琐细，统统记录下来，用蒙田的话说，"举凡旅行、外出、结婚、丧葬、好消息、坏消息、主要仆人的变更等一类事情，无一不记。这是老辈人的做法，是家家户户都该恢复的好传统。我自己没能这么做，真是太不明智了。"

关于母亲安托瓦内特，蒙田说得很少。他们的关系似乎比较冷淡。从她的遗嘱可以看出，她对家庭财产的分配不太满意。有人说，可能蒙田觉得母亲出自商贾气息更重的家庭，没有父亲那么对脾气。不过，蒙田写作随笔的时候，他的母亲仍然健在，事实上，蒙田死后她还活着，而且一直住在城堡里，或许他因此不能放开笔去写。无论如何，这总不免让人猜想，蒙田躲进塔楼，也许不单是要逃离恼人的政治、法律事务，或者也是为了避开某些更为迫近的压力。

皮埃尔和安托瓦内特的头两个儿子都死于襁褓之中，蒙田深受父亲宠爱也许与此有关。想不到的是，蒙田以后陆续又有了七个弟、妹：托马斯（1534）、皮埃尔（1535）、让娜（1536）、阿尔诺（1541）、莉奥诺（1552）、玛丽（1555）和伯特兰-查尔斯（1560）。蒙田弟妹成群，自己的六个女儿中却有五个早早夭折，这也许让他的伤痛更难承受。三个妹妹中，让娜信了新教，不过她的女儿让娜·德·莱斯托奈克（Jeanne de Lestonnac），是圣母修女会（The Company of Mary Our Lady）的创建者，被天主教会封为圣徒；莉奥诺比蒙田小将近二十岁，后来嫁给了波尔多法院的一名咨议，有一个女儿，也取名叫让娜；玛丽于1579年结婚，不久便去世了，没留下子女。

几个弟弟中，只比蒙田小一岁的托马斯也信了新教。蒙田的挚友，在他妹妹让娜家里去世的拉波哀西，死前还因为托马斯的新教观念，不惜花时间把他责备了一番。托马斯的产业在梅多克（Médoc），即波尔多北部呈长舌状伸入大西洋的那个地域。蒙田在一篇文章中顺带提到了托马斯的产业的命运："我的弟弟阿萨克领主，站在海边，看着他先前的地产，现在已经被大海吐出的沙子埋在了下面，一些房子连屋顶都看不到了。他的租金，他的田产，都变成了凄凄荒草。"

小皮埃尔的拉布罗斯庄园（La Brousse），位于蒙田庄园东南方向几英里外的蒙特拉维（Montravel）附近。根据蒙田的记述，内战期间，他们曾结伴出行。小皮埃尔未曾婚娶，我们对他所知仅限于一鳞半爪，如他曾订购过一套甲胄以及名字偶尔出现在某本书里之类。被网球击中头部，死于非命的是阿尔诺（那个年代的网球跟现在比更重、更硬），年仅27岁。他身后还留下了一桩麻烦：后来，在蒙田妻子的私人财物中，发现了一条阿尔诺的金链。有人就此做起文章，怀疑叔嫂间的关系非同寻常；也有人觉得，这是因争夺已故兄弟财物而起的很不体面的纠纷（金链最终归了他们的母亲安托瓦内特，她说链子本就是她的）。此事究竟是蒙田对妻子有欠亲密的态度的又一表征，还是造成这种态度的原因，我们恐怕永远无法弄清楚了。最小的弟弟伯特兰-查尔斯，是蒙田庄园以北三英里处的马特库伦庄园的领主。他曾和蒙田一道去意大利旅行。此人显然是个暴躁、好斗的脾性，听到别人对圣母出口不逊动手就打，还在决斗中杀过一个人。

但是，家里最受重视的，显然是长子米歇尔，就是蒙田，家人对他的爱称是米索儿。按16世纪的标准，蒙田的父亲算相当开明。他不赞成体罚，还认为不应该把小孩子从睡梦中粗暴地叫醒，因为"他们睡得比大人更沉"。唤醒小米歇尔的，是一架三角筝琴（一种较早的古钢琴）的悠扬琴声，"每天都有人专门为我做这个事。"由于当时流行的人文主义观念，他从小学的是拉丁语，还在"吃奶"的时候，家里就给他请了一位名叫霍斯塔努的拉丁文先生。仆人都不准在他跟前说法语，据蒙田回忆，庄园里形成了一个专讲拉丁文的区域，"有些手艺和工具，庄园里现在还保持着拉丁文的叫法，已经成了习惯"。他说，直到六岁，他"懂得的法语或佩里戈尔方言并不比阿拉伯语更多"；他"在听说卢浮宫之前，就知道卡匹托利山上的神殿在哪儿，听说过塞纳河之前，先知道了台伯河"。后来，当受肾结石折磨的父亲晕倒在他怀中时，蒙田脱口喊出的第一句话，用的还是拉丁文。

皮埃尔尽管对儿子呵护备至，却很坚持不能让他丢掉乡情，忘记自己是个加斯科涅人。出生不久，蒙田就被送到乡下寄养，受洗的时候，也是两位当地村民在左右把着他。粗看上去，这似乎体现出一种罕有的平等精神，但考虑到每逢领主换代都会引发当地人极大的不安，这些举措也是让人宽心的姿态——表明蒙田将来承袭领主身份的时候，也将承担起与之相伴的责任。就这样，蒙田从小不但浸淫于特殊的教育，同时也为普通百姓的平凡生活所沾濡，其教益将陪伴他终生。

　　1539年，6岁的蒙田入读居耶纳学校，继续接受人文主义教育。居耶纳学校是在蒙田出生的同一年成立的，被认为是——按蒙田的说法——"法国最好的"学校。在这里，一个学年持续11个月，每天上课时间从早上7点到晚上9点。拉丁文入门阶段全赖死记硬背，老师在班级里走来走去，逐个检查，直到每个同学都记得一字不差。接下来是拉丁文和法文的阅读与写作课程，到更高年级，则开始学习西塞罗、奥维德、卢坎、塞内加以及李维的历史著作。到了16岁（依据学力的不同，也可以从14岁起），开始学哲学，主要是亚里士多德的逻辑学，还有物理学以及希腊数学。看得出来，学校提供的是非常精英化的教育，而且师风也颇为趋时、激进：据蒙田学生时代的朋友弗洛里蒙·德·拉蒙（Florimond de Raemond）回忆，有的教师拒绝在开始上课的时候画十字，斥之为"鬼画符"。

　　就学期间，蒙田有幸受炙于当时欧洲的数位名师，如苏格兰人文主义者乔治·布坎南（George Buchanan），其人后来曾做过苏格兰玛丽女王和詹姆斯一世的西席先生。蒙田在布坎南所写的戏剧中扮演角色，似乎还是个不错的演员。他说自己尽管"年龄偏小"，可已经演起了主角，还被认为是个"大行家"。他有些遗憾地提起，在古代，戏剧表演是个可敬的职业，贵族子弟干这一行不会引起任何非议。

　　要从更广的层面上理解蒙田所受的这种教育的目的，就要先明白在文艺复兴时代人文主义作为一场知识运动的重要性。14世纪后期发轫于意大利并在之后的两个世纪席卷欧洲的人文主义，其意在仿效和规复随罗马帝国的倾覆而失传的古典文化，存亡继绝，以图更生，因有"复兴"一说。这场运动的核心，在于强调与神学（教理和自然科学）相对的所谓人学（文法、修辞、文学和伦理学），宽泛一点说，就是从神和逻辑转向语言。凭着新获得的语言能力，人文主义者试图让古典时代重现，当然，这些修辞和演说的技巧，在当时的政治和外交活动中也不乏用武之地。

居于这场知识运动内核的，是这样一种信念：语言，或者毋宁说话语，是人之所以为人的最重要特征，是我们有别于动物的标志。西塞罗曾说："人胜过禽兽最主要的一点，就是他能说话。"这一信念中隐含着一个振奋人心的推论，即提高语言能力——通过翻译、校勘、评注典籍——会让人（作为原罪的继承者因而道德败坏）的道德水平也随之提升。于是乎，只要学好令人口才便给、下笔无碍的雄辩术，人就能够改善自我，更远离禽兽，甚至向完美靠拢。正是为此，雄辩术才占据了人文教育的中心位置，并被德国人文主义者乔哈尼斯·桑崔特（Johannes Santritter）称为"一切之首"。

蒙田所受的教育，就体现着通过研习辞章而达至完美的理念。在班上，老师会要求他诵习各种修辞手段，还要熟读教人写信的书册，例如荷兰人文主义者伊拉斯谟撰写的《博辞录》(*On Copiousness*)，书中列举了 195 种表达收到书信时喜悦心情的方式，诸如"得奉芳函，欣喜无似"；"顷读来翰，既慰且念"；"顷接手书，喜不自胜，如蜂入花、羊得柳、熊食蜜"；如此之类，不一而足。

此外，学生还要反复修改、润色自己的作文。这个过程，我们在蒙田一生的事业——《随笔集》屡经校改的多个版本中也能够看出来。在严格的督导下，学生们熟习意在培养男子汉的古典和斯多葛主义的功课，同时，经过这样的训练，他们也就被拉进了古代政治和道德的轨道。

"尽管非同一般，"蒙田回顾道，居耶纳学校"依然只不过是个学校"。他对这种头脑发热的文化乐观主义一直心存警惕，其负面影响在于会引起不现实的预期。早早打下的拉丁文根基，并没有帮助他在学业上取得更大的进步。蒙田觉得自己从学校所获甚少，让父亲的心血"付诸东流了"，这都是因为他自己"不是那块料"。沉重的学习压力让蒙田很不适应，他显然觉得学校生活苦闷、无聊，13岁就离校了。在《论儿童教育》一文中，他痛斥学校对学生太过严苛，简直是一副"急怒攻心"的嘴脸，这种教育，实质上就是"折磨"和"苦役"，势必会抹平学生的棱角，摧垮他们的意志。

年轻的时候，蒙田曾自问，自己究竟适合做什么，他的回答是："什么都不成。"他说跟兄弟们相比，甚至把当地的男孩子都算上，自己是最笨、最迟钝的。即便是他敬爱有加的父亲，"那把家业传给我的人"，据蒙田自述，也曾"预言我会把这份家业毁掉"。这话不是毫无根据，在1561年立下的遗嘱里，蒙田的父亲指定自己的妻子作为庄园田产的继承人，后来，在1567年新立的遗嘱里，才把继承人改为长子。蒙田前程暗淡、没什么特出的表现，这从另外一个事实中也看得出来，即对于他离开居耶纳学校后的数年——期间他很可能是在巴黎或图卢兹学习法律——我们所知无几。1554年，幸亏有位叔叔拉了他一把，为他在佩里戈尔镇新成立的法院谋了一份职位。几年后，该法院并入了波尔多法院。

2

因为是他，因为是我

艾蒂安·德·拉波哀西像章。现存蒙田城堡（索尔·弗兰普顿摄）

蒙田最著名的文章，也许是记述他和艾蒂安·德·拉波哀西的友情的《论友谊》一文。他说，与朋友"相伴"，他度过了五年"愉悦"的时光，拉波哀西死后的那些日子，"不过是烟雾，是黑暗、苦闷的长夜"。

蒙田在波尔多法院任上度过了十三个沉闷、乏味的年头，工作主要是处理侦问厅（Chambre des Enquêtes）烦琐的民事案件，而不是大法庭（Grand'Chambre）审理的要案。他的无聊，因拉波哀西的友情而得到纾解。拉波哀西是他的同僚，和他一样是法庭推事，还是一位少年饱学的人文主义者，写过一篇反对独裁统治的文章。他们的友谊从1558年一直持续到1563年拉波哀西去世，但蒙田的哀思却终生未止。他有一句最出名的话，描述两人之间感情的实质，最初是这样写的："如果一定要问我为什么爱他，我真觉得没办法用语言说个明白"；后来修改时，他又加了半句："或者只能这样讲——因为是他，因为是我。"增补的半句话，也不是一次写成，因为从手稿可以看出，他用的是不同的笔。如果从1572年前后蒙田开始写作随笔算起，到他对文章进行最后的修订为止，可以说蒙田用了近二十年才把这句话写完。这与蒙田行文风格的演变也是相吻合的：随着时间推移，他的写作日臻成熟，情感的表达也更为坦诚。蒙田的孩子多数都死于襁褓之中。1580年，提到此事时，他是这样写的："唯有一个女儿，幸而活了下来，现在已经六岁多，从来没人管教她，也不曾因小孩常犯的过错受过责罚。"但是，在去世前的那几年间，某次修订文稿时，蒙田给了她一个名字："唯有一个女儿，莉奥诺……"

拉波哀西对蒙田的随笔在多个方面都有重要影响。他去世后，书籍和文稿都留给了蒙田，构成了蒙田藏书的主体部分；他那斯多葛主义的坚韧，曾是蒙田追慕的榜样；他的死，在蒙田心中留下了一个空洞，只有用写作去填补。蒙田曾说，如果可能的话，他更愿意写信，而不是写文章，不过，他没有写信的对象，没有"一个能引领我，给我支持和鼓励的人；因为，我总不能对风讲话"。一天，正在意大利一处温泉浴场疗养的蒙田，突然又想起了死去的朋友，悲痛瞬间涌上心头，他"陷入极度伤感的情绪中，久久不能摆脱"。此时，距拉波哀西去世已有十八年。

⚜

艾蒂安·德·拉波哀西1530年生于蒙田庄园东面30英里处的萨尔拉（Sarlat）。他出身良好，父亲是佩里戈尔总督的助理，母亲有个兄弟是波尔多法院的院长。拉波哀西幼失怙恃，早年跟一位当神父的叔叔学习，之后进了奥尔良大学，主修法律。他的老师之一是后来为新教信仰而殉道的迪布尔（Du Bourg）。著名的反专制文章《自愿奴役论》，很可能就写于他在大学读书期间。1548年，波尔多的抗盐税暴乱遭到镇压，一时民怨沸腾，这篇文章可能就是缘此而作。同时，该文也是启蒙主义所宣扬的自由、平等、博爱等观念的先声。拉波哀西说，人们受缚于传统习惯和意识形态，对独裁统治已经变得麻木，然而，只要团结一心，通过非暴力的反抗，他们就能把独裁的政府推翻。可以说，《自愿奴役论》与《君主论》正相反对。马基雅维里从掌权者的角度出发，极力论说专制独裁的必要；更具理想主义色彩的拉波哀西，感受到的则是刚刚萌芽的民权。据蒙田回忆，拉波哀西曾说过，他更希望自己是威尼斯人，因为威尼斯为共和政体，而不是生在萨尔拉。不过，《自愿奴役论》一文虽然早就广为流布——蒙田说他在认识拉波哀西之前就读过该文——它的正式刊行，却是在1574年，已经是作者身后的事了。

大学毕业之后，拉波哀西进入波尔多法院当了一名推事，因其不凡的才干，很快便崭露头角。他被委以重任，去觐见亨利二世，为法院申请定期拨款；他还成了一个很有声望的政治调停人，经他斡旋，阿让地方（位于波尔多东南）的新教徒获准在教堂空置时，可以进入。在此期间，作为一个人文主义者，他也有所建树：把色诺芬和普鲁塔克的一些作品从希腊文译成了法文。

1557年蒙田进入波尔多法院，很快，两个未来的朋友便互相有所知闻。关于两人的结识，蒙田在回忆中是这样说的：

> 我们因为彼此闻名已久，谋面之前，两个人就都盼着能认识对方了……在一次盛大的市民集会和欢庆活动上，我们偶然相识，却一见如故，相知相契，难舍难离，从那一刻起，再没有什

么，能比我们之间的关系更为紧密……

两个有钱又有出身的公子哥儿，很快就厮混在一起，变得形影不离。拉波哀西曾用拉丁文写了三首诗，题赠给年纪略轻，也更重享乐的朋友，赞扬他"如火的热情"，同时也劝诫他不要太过沉溺于情欲。

遽料，拉波哀西竟于1563年8月去世了。拉波哀西之死的细节，他人生最后几天的情状，我们是从蒙田写给父亲的一封信中了解到的。1572年，蒙田将朋友的文稿整理出版，该信就附在文集的末尾。

8月9日，星期一，拉波哀西因腹痛病倒了。他此前因公务去了一趟阿让，刚返回不久，那里不但教派冲突愈演愈烈，还爆发了瘟疫。据蒙田追述，他本来派了人去请拉波哀西来吃饭，听说他病了，便赶去探视，结果发现他的朋友已经被腹泻和胃痉挛折磨得"不成样子了"。拉波哀西说这都怪他自己，前一天他运动的时候只穿了丝衬衫和紧身衣。因为周围的人家也出现了瘟疫病情，蒙田劝他还是离开波尔多，去六英里外的热米南，到他的妹妹让娜·德·莱斯托奈克家小住。他还说，有时候骑马走一走，对这样的病症会有帮助。

不料，第二天，他就接到拉波哀西太太的口信，说拉波哀西的病情前晚又恶化了，她已经请了一位医师和一位药剂师，还让蒙田务必来一趟。见到好友，拉波哀西显得很开心，劝说蒙田留了一夜。星期四，蒙田再去探望，发现拉波哀西的情况依然不妙，他失血很多，非常虚弱。蒙田离开后又于星期六返回，自此便陪着朋友直到最后。

星期天，拉波哀西有一阵子失去了意识，醒来后，他说自己刚才仿佛置身于"一片浓密的云雾"之中，却不觉得有什么痛苦。拉波哀西的病势越来越严重，他要把自己的妻子和叔叔都叫进来，好跟他们说说身后事的安排。蒙田说他们可能会给吓坏的，这时，拉波哀西终于提起了那个眼看着再也无法回避的话题：

接着，他问我们是否被他的昏迷吓着了。"这没什么，我的兄弟，"我对他说，"你的病出现这样的症状很正常。""确实，我的兄弟，"他说，"是没什么，哪怕发生的是你最担心的事。""对你来说，"我答道，"这或许是件好事，但受伤的人是我，到哪里再去找一个同样优秀、如此智慧而又坚贞的朋友？不可能了！"

人叫进来之后，拉波哀西先感谢了叔叔的养育之恩，又告诉妻子给她"留了一份财产，希望你不要嫌弃，尽管相对于你的贤德，这是远远不够的"。

然后，他对蒙田说：

"我的兄弟，我爱得毫无保留的兄弟，从茫茫人海中，我找到你，是想和你一起，让那种由于时代的堕落，几乎已经不为人知，只在对古代的记忆中依稀尚存的、高尚而真诚的友情重现世间；现在，我请求你，收下我的藏书，以让我对你的爱有所寄托……尽管微不足道，却是我的一番心意，而且你是个爱书的人，对你来说也正合适。这是老友留给你的一点纪念。"

蒙田赞美拉波哀西"可敬的坚强"，说他树立了一个哲人般的楷模，等自己"大限到来时",也一定要表现得同样坚强;他说,这是"我们求知以及一切哲学的真正目的"。这时,拉波哀西抓起蒙田的手说,他的死在某种意义上,是从人生的苦恼中解脱,他相信自己会"在蒙恩者居住的地方"见到上帝。根据蒙田的叙述,拉波哀西"安宁、平静、坦然"而又"坚定","谈锋甚健",直到最后。

然而,病魔终于还是占了上风,最后甚至到了得硬掰开他的嘴,才能灌进点东西的程度。拉波哀西凄惨但不失自制地问:"An vivere tanti est?"(生命有那么可贵吗?)。在最后的时刻,他对蒙田说:"我的兄弟……请你待在我的身边。"接下来,蒙田的叙述中出现了一个不和谐的音符——也许那是人在面临死亡时的恐慌,是内心真实感觉的流露?拉波哀西精神恍惚,有些语无伦次,他哀声对蒙田道:"我的兄弟,我的兄弟,你会拒绝给我一个位置吗?"

可是随后:

> 他平静了下来,这又让我们看到了希望,我甚至松了口气,暂时走出房间,和拉波哀西太太一起为此庆幸了片刻。但大约一小时之后,他唤了一两声我的名字,然后,长叹了一口气,灵魂便离体而去了。时在1563年8月18日凌晨3点,享年32岁9个月又17天。

❦

蒙田的信无疑是表彰朋友品格的一篇动人证词。不过,一个不可避免要浮现出来的问题是,二人之间的关系,究竟在多大程度上,超越了普通的友谊？换言之，他们之间，是柏拉图式的"纯情"，还是更具激情的友谊？

认为两人之间有性爱，这一想法并非全无可能，但也不能说一定就是如此。后来，蒙田在对《论友谊》一文进行修订时，加入了一段话，提到"另一种希腊式的放纵……很正确地被我们的道德观所深恶痛绝"，指的就是同性爱；蒙田读书的学校有一位老师马克-安特瓦·穆雷（Mark-Antoine Muret），就因此被起诉，后逃亡国外。此外，蒙田还把友谊理解为能共有一切："愿望、思想、观念、财物、妻子、孩子、荣誉和性命"，所以，他心目中的友谊并不是必然要排斥婚姻的，更何况，拉波哀西就是在他们成为朋友之后才结婚的（当然，也不能因此就认为两人间没什么特别的关系，哪怕是未曾实现的关系）。

但是，作为现代读者，对于蒙田和拉波哀西之间那种炽烈的友情，我们或许只知其一，不知其二，未能从中看出古典的友谊观的影响。这种观念，可以一直上溯到亚里士多德和西塞罗，它把友谊视为一种极特别的关系，用亚里士多德的话说，就是"两个身体，同一个灵魂"。依据这种观念，友谊之所以特殊，是因为它不牵涉家庭和婚姻所自带的利益关系，也就是说，从友谊中不能得到任何可见的好处，比如继承来的财产，或者子女。这种观念，又常常与一种斯多葛式的意气结合起来，认为真正的友谊，只有在一方死后，才能最清楚地显现出来，因为那时付出的情感，将不可能有任何回馈。让-雅克·布瓦萨德（Jean-Jacques Boissard）1588年的《拉丁诗画本》（*Emblemes Latins*）里就有一幅雕版画，标题为"完美的友情比生命更长久"。画中，两个朋友各坐在一株爬满藤蔓的树的一边，其中一人是罗马士兵的打扮，另一个则身穿喻示命将不久的寿袍。画旁的题诗解释说：

> 把贫苦虚弱、衣不蔽体的朋友
> 抱在怀中，不厌弃
> 痛苦越多，他爱得越深；
> 只向生者示好的，是脆弱的友情
> 不值得称颂；在死后依然不变的
> 才是完美的友情。

不过，体现这种人文主义友谊观念的最负盛名的绘画，也许是汉斯·霍尔拜因（Hans Holbein）的《使节》（*The Ambassadors*）。该画作于1533年4月，即蒙田出生后几个月。让·德·丹特维尔（Jean de Dinteville）是驻英国宫廷的法国使节，他的朋友乔治·德·塞夫是拉沃尔（Lavaur）主教，还是一个人文主义学者，曾翻译过普鲁塔克的两人并举的系列传记《对传》。即将赴威尼斯担任使节的塞夫，去伦敦看望丹特维尔，同时，可能是由塞夫出资，请霍尔拜因给他们绘制了这幅肖像，等于是为就要天各一方的两个人的亲密友谊——在一份文件里，塞夫被称为丹特维尔的"密友"——留下一个记录。

但是学者们最感兴趣的，是画中那些喻示分离的象征。架子下层有一把鲁特琴，琴弦断了一根（不谐的传统象征），还放着几支笛子（喻指战争），一个罗马处于中心的地球仪，地球仪前面是一本路德宗的圣诗集，中间插着代表分隔的书签，旁边还有一本数学教科书，彼得·阿皮安（Peter Apian）1527年版的《最新商务数学运算全书》

(*A New and Thorough Instruction in all Mercantile Calculations*），书是打开的，翻到的正好是象征拆分的除法部分。

这幅画似乎要告诉我们，人文主义者的友谊，有着超越社会和政治斗争的力量。在此，我们不免想起围绕亨利八世离婚一事而进行的那些紧张的谈判，身为使臣，丹特维尔对这些谈判的情况肯定颇有耳闻。艺术史家们解读这幅二人肖像时，几乎会采用看待夫妻关系的眼光，也许并非偶然，他们所看到的，是不受婚姻的纠纷和烦恼所困的、男性人文主义者之间的友谊。

但是，画像的含义因架子上层的天文钟而变得更为复杂。仔细一看，就会发现，它们显示的时间竟然是不同的：柱形钟显示的时间是4月10日上午9点，或8月15日下午3点；多面体钟和天球仪显示的时间则分别是上午10点30分和下午2点40分。这意味着，尽管我们本能地期望，这幅画是有确定的时间和地点的一份记录，就好像是一帧照片那样，可事实上，它所表达的意思却是异常含混的。这时我们才意识到，让·德·丹特维尔和乔治·德·塞夫是在时间之外看着我们。

就这样，丹特维尔和塞夫被赋予了超越今生的色彩，他们的友谊不但超出政治和宗教的分歧之上，也超脱了死亡。从这个角度，我们才能弄明白，那个在画面底部斜穿而过的古怪的变形骷髅，究竟有什么含义。按照传统，画中的骷髅一般都象征着人生的虚幻易逝，但在这幅画里，它的喻义却被颠倒过来了：更真实、比死亡更恒久的，是丹特维尔和塞夫的友情，忽焉而逝的反而是死亡自身，一如那从画面底部飞掠而过的骷髅。这样看来，生生灭灭的尘世仿佛存在于另一个维度，简直就像斜靠在两人肖像上的另一张画（对于一个像霍尔拜因这样忙碌的画家，类似的场景绝不会少见）。如果更仔细地观察，我们很快就会意识到，画面整体上缺乏一个"牢靠的"背景：地板隐入了后方的暗影，耶稣圣像缩在窗帘左上角的边缘。唯一可靠的坐标，是丹特维尔和塞夫之间的友谊，跨过永恒的虚空，把他们联结在一起。当他们从自己永生的视角俯视我们时，不会看到画面底部的骷髅，也永远看不到死亡（当然，灰暗的反讽在于，当我们的目光慢慢下移，望向画中的地面时，却刚好看得到）。

❦

与霍尔拜因的画作相似，蒙田记述拉波哀西最后时刻的信，也可以看成这样一幅双人肖像，其目的是，将两人共同的、带有基督教及斯多葛主义色彩的心愿，捕捉下来，立此存照——即让友谊在死亡中获得完美。拉波哀西死后，蒙田担起了生者对已逝朋友的一项传统责任——无私地、毫无所求地完成朋友未竟的事业；他整理、出版了拉波哀西的《文集》，作为那一位人文主义者不凡学识的最后结晶。

可是，一个霍尔拜因的画作已经隐含却未曾直面的问题依然存在：这种人文主义的纪念，真的能代替现实中已经逝去的朋友吗？或许就是这一疑问，打破了拉波哀西的斯多葛式的坚定，使他在最后时刻绝望地哀求"一个位置"？蒙田对亡友无时或已的痛苦追忆，也潜藏着对这一人文主义信念的怀疑。在那封记述拉波哀西之死的信付梓几年后——距拉波哀西去世更是已近十年——开始动笔的《论友谊》一文中，蒙田曾提到，"古人留下的关于这个话题"的论说，都是"软弱无力的"。此外，通过该文我们了解到，蒙田不单单是用文字

《使节》,汉斯·霍尔拜因绘(伦敦国家美术馆藏)

对亡友进行一番追念,还计划把《自愿奴役论》一文和自己的随笔放在一起,在同一书中发表,并且置于居中的位置,这样做并非是依照任何文学成例,而是受了绘画的启发:

> 我曾延请过一位画家,琢磨他作画的方法时,我产生了模仿的想法。他选每面墙正中最好的地方,放置他的力作,周围墙壁

的空白处，则补满了怪诞画——即那种离奇荒诞的画面，主要靠古怪和变化多端来吸引人。

实际上，我的这些文章又算得了什么呢？不过是些怪诞画而已，是用杂七杂八的肢体拼凑起来的奇形怪状的身躯，没有一个清晰的轮廓，谈不上任何次序、逻辑或比例，即便有，也完全是随兴偶然的……在荒诞这方面，我和我请的画家确实可以一比，但在更好的另一方面，我只能自愧不如了，限于能力，我绝不敢去尝试那样一幅丰满、完善、符合艺术要求的大作。于是，我就想到从艾蒂安·德·拉波哀西的作品中借一幅过来，给我的文章增色。

从某种意义上说，拉波哀西的基督教人文主义推崇身体不在场的观点——正因为少了家庭、婚姻和身体的纽带，才让友谊得以"纯粹"。但是，在《论友谊》中，我们看到，蒙田感兴趣的，恰恰是分属两人的文本的摸得着、看得见的聚合——不是共有一体的两个灵魂，而是两个身体在同一本书中相会。拉波哀西古典意味的在场，让蒙田光泽满身，他转头看着自己的朋友，把他介绍给读者，好似他本人就在那里一样："现在，我们来听听这个十八岁少年的心声……"[①]

但到了最后关头，还是未能遂愿，他们被16世纪派系斗争的政治强行拆散了。1578年，就在蒙田准备把书稿付印之前，西蒙·古拉（Simon Goulart），一个胡格诺派的牧师，把《自愿奴役论》收

[①] 译林出版社1996年《蒙田随笔全集》此处为"16岁"，Donald M. Frame的英译本中也作16岁。本书所引蒙田作品的文句、段落，凡能找到出处者，译者翻译时都与译林社《蒙田随笔全集》（潘丽珍等译）、D. M. Frame的蒙田《随笔集》英译本以及上海书店出版社的《蒙田意大利之旅》（马振骋译）中相应的部分进行了对照，借力良多，在此一并致谢。——译者注

在一部倒皇派的文集《查理九世时代法国回忆录》(*Memoirs of the State of France under Charles IX*)之中出版了。把《自愿奴役论》和倒皇派的文章并列，用蒙田的话说是"跟他们那些乌七八糟的东西混在一起"，实质上等于认定了拉波哀西是他们当中的一员。1579年5月7日，波尔多法院下令，《回忆录》应被焚毁。蒙田别无选择，只能与朋友的文章划清界限，取消了它在书中的位置，代之以拉波哀西的若干首十四行诗。但是，为了标记这一缺失，在原本应该是拉波哀

《论友谊》中插入的星号

西的文章和他自己的文字前后相承的地方，蒙田插进了一排分隔符号：三个遥远、冰冷、有如五指的星星，象征着他邈远无极、不可追回的损失。

像无望地伸出的手，它们代表着《论友谊》悲观的结笔，与霍尔拜因、丹特维尔和塞夫的乐观人文主义拉开了不知多少光年的距离。最开始，蒙田试图把这种属于基督教斯多葛主义的乐观抓在手中，结果却发现它从自己的指缝间溜走了：就好似霍尔拜因的画被扭曲剪裁了一通，最终使那个骷髅处在了中央。到1580年，在《随笔集》

的初版以及后续的版本中,霍尔拜因的乐观本体论似乎已经被颠覆了:死亡和分离又逐渐回到了显著的位置。"有古风"的拉波哀西,不但是一个逝去的朋友,也是一个逝去的世界。蒙田回忆自小在古典教育下成长的经历时说,那些他耳熟能详的古代名人——卢库鲁斯(Lucullus)、迈特卢斯(Metellus)和西庇阿(Scipio)——尽管声名不朽,归根结底,也和他的朋友拉波哀西一样:

> 已经死了。就如我的父亲,也如他们一般,确确实实死去了,他远离我、远离生活18年,他们远离我、远离生活一千六百年,这之间并没有什么区别。

似乎为了确证这宇宙的冷漠,蒙田后来在一篇文章中提到,发表于1579年的《论线的相交》("On the Meeting of Lines")一文的作者、数学家雅克·佩莱蒂耶(Jacques Peletier),曾向他描述过两条互相靠近,却永远不会相交的渐近曲线的无尽孤寂:

> 我听说在几何学(据认是最确实可靠的一门学问)中,有一些无可争议的论证,会与经验的常理背道而驰。雅克·佩莱蒂耶曾来过我家,他对我说,他能证明,有这样两条互相接近,好像会相交的线,却永远不会接触,哪怕直到世界的尽头……

这样,在修订《论友谊》的时候,面对与逝者越来越远的距离,蒙田似乎别无他法,唯有以手中细笔为桥,略遣愁思:"因为是他,因为是我。"

3

枪炮声响起，是跳开还是趴下？

蒙田书房内景（索尔·弗兰普顿摄影）

拉波哀西死后，蒙田沿着生活的河道，随波逐流地过了数年。他于 1565 年 9 月结婚。妻子弗朗索瓦兹·德·拉夏塞涅是大户人家出身，父亲是波尔多法院的一名推事，后来还当过院长。蒙田也是法院的推事，任事勤恳，不辞劳苦，尽管未能获得提拔，升入上院任职。受父亲所托，他还干起了一项学术工作，翻译了中世纪神学家雷蒙·塞邦（Raymond Sebond）的《自然神学，或创造物之书》（*Natural Theology, or Book of Creatures*）。

可是，1568 年 6 月 18 日，就在蒙田于巴黎把已经完成的译本题献给父亲的当天，他的父亲去世了。收到消息，蒙田赶回城堡，和弟弟们一起，按照遗嘱料理了父亲的身后事。1570 年 4 月，蒙田辞去波尔多法院的工作，继承祖业，做起了蒙田领主。然而，等待他的却是一桩惨事，同年夏，他的第一个女儿托瓦奈特夭折了。

也许是为了排解愁闷，蒙田把注意力转向了城堡东南角的塔楼——以前"家里最没用的地方"——把它改成了一个藏书楼，"在乡下就算满不错的了"。他把拉波哀西的赠书搬上楼，在书架上摆好：

> 我的书房在塔楼三层。一楼是小礼拜堂，二楼是带梳妆间的卧室，为图一个人清静，我常睡在那里。卧室上方的书房，原是个很大的休息室……我在那里度过一生中的大部分时日和一天中的大部分光阴。但我从不在那儿过夜。挨着书房的是一个布置得相当舒适的小工作间，冬天可以生火……我的书房呈圆形，墙壁只有一处是平直的，刚好安放我的书桌和椅子。环墙都是书架，上下分为五格，弧形的布置，让我可以把自己的全部藏书收在眼底。书房的三扇窗户为我打开三幅多彩而舒展的远景。屋子的空间直径为 16 步。冬天我连续待在那里的时间比较少，因为，顾名思义，我的城堡高踞于一座小山丘上，而我那书房又处在最迎风的位置。我喜欢塔楼，因为它僻静，走过去有一定的距离，这样既顺便活动了身体，也便于躲躲清闲。

他经常在此睡觉，每天早晚，祷告的钟声异常震耳，一开始他以为自己会受不了，过了一段时间，"听着已经不觉刺耳了，很多时候甚至都醒不过来"。

返回家园，埋首于往圣先贤的典籍之中，蒙田这样做，也是在践行一种古典的理想，即像古罗马政治家那样，告别元老院的扰攘，转身而为乡下一寓公，用 otium（悠闲）取代了 negotium（公众事务）。不过，蒙田不能只靠阅读打发日子。《论无所事事》很可能是他写的第一篇文章，在此文中，蒙田就坦言，悠闲也有悠闲的烦恼：

不久前，我退休回乡，打定主意要放下一切牵挂，与世隔绝、悠闲适意地度过所剩无几的余年；我想，这对我的头脑来说，也是再好不过的了，于安闲中自得其乐，可以养心，思想能够变得安定平静，我希望随时间的推移，心思日渐厚重和成熟，也就更容易获得这种安宁。想不到，Variam simper dant otia mentem[悠闲总是让人胡思乱想（卢坎）]，我的心就像一匹脱缰的野马，不知给自己寻来了多少烦恼……千奇百怪的想法，像臆想出来的怪物一样，杂乱无章，却又层出不穷；于是，为了在有空的时候可以回头看看它们是如何的愚蠢荒诞，为了有朝一日让我的心为它自己感到羞臊，我开始把这些想法记录下来。

显然，完全无所事事的生活不适合坐不住的蒙田——他的腿脚，用他自己的话说，一刻也不能消停，"像灌了水银"。可是，打理家业也是件烦心事，不对他的胃口。于是，对已经编辑过文稿，还尝试过翻译的蒙田来说，闲暇写写文章，作为一种不失身份的雅好，几乎是顺理成章的事。塔楼让他在一定程度上摆脱了家务事的干扰，阅读又为他提供了可资效仿的样板，如一些辑录名言典故汇纂而成、传播人文主义文化的作品，伊拉斯谟的《对话集》（*Colloquies*）和《格言集》（*Adages*）即属此类；更晚近者，还有雅克·昂约（Jacques Amyot）翻译的普鲁塔克的《道德论集》（*Moralia*），出版于1572年。师法前人，他也可以写一些类似的话题广泛、漫衍不拘的文章。

但是，作为新任领主，蒙田也成了 *noblesse d'épée*（佩剑贵族）的一员。佩剑贵族的特权和荣耀皆从战争得来，如蒙田所说，"在法国，贵族应该从事的、且唯一真正具有贵族性的职业"就是从军打仗。不过战争是个昂贵的职业，凭蒙田那算不上雄厚的财力，不见得是一条通途。（蒙田也有过一些军事经历，他曾参与费尔和鲁昂的围城战，不过具体作为无从得知，可能是没有什么值得一提的表现。）因此，作为战争之外的另一种进步的途径，写作自然就成了他的选择。但是，蒙田不可能轻易就把贵族传统完全抛开，和这些传统连在一起的，还有他对父亲的记忆。于是，当他坐下来，开始"捉笔涂鸦"时，便战争和文学并举——在文章中对军事话题大书特书。

⚜

蒙田早期的文章有一大显著的特征，即流连于战略战术、火枪、长矛和古代将领一类的话题，乐此不疲。他写过一篇文章，"对古今兵器进行比较"，可惜被仆人偷了。不过，从其他篇什的有关描写中，我们也能猜出，蒙田更喜欢的究竟是古代还是现代的武器。他曾写过罗马人威力巨大的火投枪，武艺精湛的士兵投出去的标枪，能把身穿甲胄的敌人接连洞穿，像烤肉串一样；可是短铳在他眼中，尽管声音挺大，却"没什么威力，希望有一天我们能把它淘汰"。

谈论军事话题时，蒙田固守人文主义的一条原则，即以古鉴今，正如西塞罗的名言："历史，是生活的导师。"他用全部随笔中最长、占了超过一页半篇幅的一个句子，来赞颂亚历山大，"史上最伟大、经验最丰富的统帅。"古人的兵甲，也让蒙田觉得大开眼界。帕提亚人编制的护甲，看起来像羽毛一样，还有一些国家的战士，顶着树皮做的头盔；恺撒的甲胄是彩色的，亚历山大经常不穿盔甲上阵；古代高卢人的盔甲则太过沉重，自己不容易受伤，可也伤不了敌人，而且，一旦倒下，就站不起来了。说起如今，蒙田对当时贵族把什么事都拖到最后一刻的习惯大为不满：

> 当今的贵族，有一个缺乏阳刚气的可悲恶习，他们总是拖到最后关头才肯披上盔甲，并且刚一见到危险解除的迹象，就迫不及待地又把铠甲解下来。由此造成了很多的混乱，因为，大家都呐喊着冲向自己的武器准备迎敌的时候，一些人还在忙着往身上穿铠甲，部队已经溃败了，他们可能还没披挂整齐呢……辎重和厮从严重地拖累了我们的军队，造成很大的混乱，又不能让厮从和主人分开，因为主人的武器甲胄要由他们搬运看管。

骑士和兵器、甲胄算在一起，一匹马最终可能要负重两百公斤以上。蒙田思索着这些战争中的混乱情况及其合乎逻辑的结论，预言了坦克的出现："现在火枪手越来越吃香，我想，为了战士的安全，早晚会有人发明出一种东西，能把人装进去，再把这些堡垒运上战场去打仗，就像古代的战象那样。"

在这些最初的随笔中，蒙田表达出的斯多葛主义精神，与他所认同的军人操守若合符节：战争，究其本质，是一项高贵的事业，而斯多葛式的坚韧，则体现为对痛苦的无视。他提到豪迈的佛罗伦萨人，他们会提前敲响战神之钟，通知敌人准备迎战；他还写到那位"无畏无暇骑士"，果敢沉毅的巴亚尔（Bayard）将军，他让人扶着自己靠在一棵树上，死的时候也要面对敌人。蒙田痛诋战争中一切形式的阴谋诡诈，比如在停战期对敌人进行屠杀的克里奥米尼（Cleomenes），他辩称停战七天的协议中并未包括夜晚。

但骑士精神与16世纪战争的现实之间的矛盾,很快便在蒙田的文章中浮现出来。16世纪,战争方式发生了重大变化,甚至被称为一场"革命"。蒙田察觉到的,正是高贵的骑士文化在这场革命中的衰亡与终结。这一时期,军队的规模急剧扩大:法国常备军在16世纪中期为五万人,到宗教战争结束达到八万人,到17世纪30年代已经超过十万人。扩军的同时,组织工作和后勤,在战争中的作用变得更为突出,战斗的重点也转到了城市的攻防上。但这场变革的关键因素,是火器的出现,最主要的就是火绳枪,可以称之为那个年代的AK47。

火绳枪最早出现在战场上是在15世纪后期。它属于滑膛枪,长约三英尺,有一个S形的火绳钩,把慢燃的麻绳压进火药盘,引燃底药击发弹丸。操作火绳枪不需很强的臂力,比长弓容易掌握得多;跟弩弓相比,它的射击频率更高,弩手在射出一箭之后,还得急匆匆地给弓弦复位。50码外,火绳枪的准头之差早就臭名远扬,奥地利的堂·约翰(Don John of Austria)说过一句让人听了直冒冷气的话:"绝不要开枪,除非敌人已经非常靠近,连他的血都能溅到你身上了";而且,火绳枪的性能也不太可靠,经常只是药盘里火光一闪,然后就没有下文了。但在一定距离之内,火绳枪绝对是致命的武器,它那硬度不高、重一盎司的铅丸,能轻松洞穿铠甲和人体。各色人等都可投军当一名火枪手,拉起一支队伍成了很容易的事。于是,战争规模与烈度大幅升级的条件已经具备。1525年,在蒙田的父亲曾身与其中的法意战争的决定性战役——帕维亚之战中,1500名火枪手弹发如雨,给法国人造成了毁灭性的打击。随着这场战斗,用一位当时在场者的话说,"勇武之风……被彻底葬送",战场上"满是惨被屠戮的高贵骑士,和成堆的奄奄一息的战马"。

最初,火器的大量应用引致了很多负面的议论。马基雅维里在他的《用兵之道》(1521)中说,火绳枪只适合吓唬吓唬乡农,并且,在一场虚拟战斗的排兵布阵中,只给了火枪手一个微不足道的位置。也有人看到了火绳枪的威力,却悲叹军人这一职业的堕落。对贵族来说,战斗的结果反映的应该是战士的勇武,展现的是他们的骑术和武艺。现在,一排排毫无技艺可言的火枪手给战争带来了可耻的不确定因素,随便一个火枪手,运气来了都有可能一枪撂倒一位将领,连堂吉诃德说起武器时都不免哀叹:

> 过去的时代是多么幸福啊,那时没有这些仿佛出自地狱的大炮⋯⋯,多少次,满腔热血的勇士,被一颗天知道从哪儿飞来,也没人知道是谁发射的炮弹,在一瞬间断送了未来;与这个本来值得一直活下去的人相比,发炮的人也许是个逃兵,是个被自己该诅咒的武器喷出的火光吓破胆的鼠辈。

巴亚尔将军据说会杀死每一个落到他手里的火枪手,到头来,他自己反而被一粒枪弹打断了脊梁。蒙田的加斯科涅同乡蒙吕克元帅(Marshal Monluc),也对那"该诅咒的武器"的出现大表愤慨,不是因为它,"许多勇敢的人,就不会死在胆气、勇力都不如自己的人手里"。据他回忆,在围攻拉巴斯丹(Rabastens)时,"我的脸被一粒火绳枪弹击中",脸被打烂了,颧骨也裂了。拉巴斯丹最终被攻下,并为此付出代价:

中尉先生……来看我死了没有，他对我说："长官，打起精神来吧，我们已经攻进了城堡，战士们正在清剿残敌，一个都不放过，请相信，我们定会给您报仇的。"我对他说："赞美主，让我在死前看到胜利是属于我们的。现在，即便死去，我也没有遗憾了。我恳请你回到战场，如果你还是我的朋友，就为我做件事，不要让哪怕一个敌人逃脱性命。"

既然不知道是谁扣动了怯懦的扳机，蒙吕克索性把敌人全部杀光。战争，作为一项搏击运动，它的以眼还眼、以牙还牙的传统尺度，似乎走到了尽头。

汉斯·冯·戈斯多夫（Hans von Gersdorff）出版于1528年的《外科伤势手册》（Fieldbook of Wound Surgery）中的一幅插图，有助于表明16世纪战争中那种随机而不分对象的伤害造成的恐怖。图中的伤者仍取站姿，与传统的解剖图并无不同，只是一身的伤都来自战场。能说明问题的是创伤的分布情况。被冷兵器所伤之处甚多：长剑刺穿了躯干，短剑和大头棒命中头部，羽箭射进了大腿。相比之下，火器的打击显然盲目得多：大腿上嵌满了铅沙，伤势触目惊心，却不一定致命；两发炮弹分别击中小臂和小腿，伤情惨重，不过和重要器官还隔着一定的距离。这幅插图似乎在告诉我们，火器尽管拥有毁灭性的力量，但其造成的结果更多取决于运气，一切全看你当时正好在什么位置。

蒙田在他的随笔中所面对的，正是这样一个充满了随机性、不分青红皂白的残酷世界。对蒙田而言，火器的应用，代表着战争中的不可预测因素呈几何级数的增加。战争已不再是高贵品格的试炼场，反而更像是一场俄罗斯轮盘赌。他对古人的世界充满了向往与留恋：加

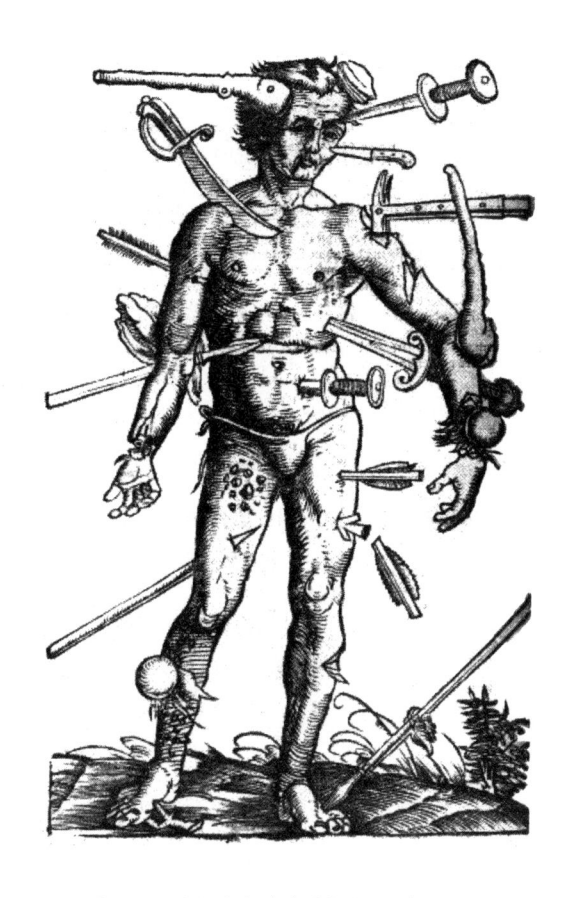

汉斯·冯·戈斯多夫《外科伤势手册》插图

拉提亚人（Galatians）唾弃"卑劣的抛射武器"，亚历山大拒绝向遁走的奥罗多斯（Orodes）掷出长矛，他更愿意和敌人"正面交手"。

战争中生死的偶然性，被蒙田具体化为一个问题：要躲避枪炮的射击，最好是跳开，还是低头俯身，或者干脆站着不动？他在随笔中写道：1536年，查理五世进攻普罗旺斯时，有一次，居阿斯特侯爵（Marquis de Guast）从藏身的一架风车后面走了出来，结果被敌人发现，某个下作的炮手瞄准了他，幸而侯爵看到了炮手点火，及时跳开，炮弹从他刚才站立的地方呼啸而过；在1517年的蒙多尔夫（Mondolfo）攻防战中，洛伦佐·德·美第奇（Lorenzo de Medici）也看到有炮手向他瞄准、点火，不同的是，他没有跳向旁边，而是选择了弯腰俯身，炮弹擦着他的头皮飞了过去。然而在蒙田看来，由于16世纪火器的精准度不高，在一定距离外更是如此，这些闪避的动作很可能弄巧成拙，反而使人中弹："命运垂青，让他们在惊慌闪避中度过了一劫，但是，换了一个场合，同样的动作也有可能使他们身陷险境。"

对于蒙田来说，生死的偶然性中还隐含着更深层次的意义。首先，它动摇了新教得救预定论的根基。万事万物莫不受偶然性所左右，被蒙田放在《随笔集》开卷首篇位置的《殊途同归》一文，即强调了这种偶然、随机性。其次，它提供了一种道德教谕。在16世纪最著名的实用政治指南《君主论》(1513)中，尼科洛·马基雅维里论述说，"明智"的统治者能够操纵命运，在这种为达目的不惜一切的君主之"德"中，没有基督教伦理丝毫的存身之地。但在蒙田看来，现代武器使这一切都成了笑谈：你"明智"地跳开，试图躲开枪弹，反而可能刚好被击中了。同样，对于射击者而言，瞄准也不比撞大运强多少：

> 很明显，拿在手里的剑比短铳射出的弹丸更值得我们信赖；枪的不确定因素太多，火药、火石、打火轮，任何一个小环节出了差错，你的运气也就完了。

任凭战术设计如何天衣无缝，也有可能被不可靠的火药葬送。蒙田曾提及在阿罗纳（Arona）围城战中发生的一件事情：一段被炸上半空的城墙，又稳稳当当地落回到墙基上，"守在城内的人简直可以当作什么都没发生过"。众所周知，炮战常常会出意外，苏格兰的詹姆斯二世，就死于己方火炮的爆炸。飞溅的火星会点燃士兵自己或同袍携带的小火药桶。1582年，意图行刺奥伦治亲王的刺客，在枪膛里填药过多，结果短铳炸膛，炸飞了他的拇指，终致被擒身死。蒙田站在了马基雅维里的对立面，他认识到，在这个武器革新的时代，"事之成败，尤其是战争中的胜负得失，主要取决于机运"。（机运一词在《随笔集》中触目皆是，使得教廷的审查官都来找蒙田的麻烦，因为它意味着天命的局限性。）甚至我们的"深谋远虑"，"我们的百般筹划"，即我们的"明智"之德，也不例外，它们本身就有"很大的机运成分在内"。

这种随机偶然性也使道德与军事胜利之间不再有必然的联系。由此，蒙田引入了另外一系列的问题。在《殊途同归》一文中，他提出了一个即便马基雅维里也会觉得无法作答的难题：当我们命操于胜利者之手，即当我们试图掌控命运的一切努力都告失败时，该怎么办？蒙田认识到，命运偏爱勇者的同时，却会戕害其他人。他由是发问，某些时候，与绝不退让的坚韧相比，是否逃走方为上计？他还专门写文章探究恐惧和懦弱，这些战争中最平常却最少被论及的话题。他提到纳瓦尔国的一位前代君主，上阵前体如筛糠，因此得了个诨号："哆嗦王加西亚"（Garcia the Trembler）。

但是，也不能说蒙田对军旅生涯完全没有了热情。他赞美军人的生活，为它的丰富多彩，为战友间的情谊：

> 和那么多高贵而有活力的年轻人在一起，是件快乐的事……还有那自由自在的聊天，不拘礼仪、充满阳刚气息的生活，千变万化的各种活动，以及让耳朵发热、让灵魂振奋的威武雄壮的军乐……身在集体之中，甚至会让儿童也变得自信起来。

但是，随着炮兵的第一次齐射，这美好的图景瞬间烟消云散。蒙田能体会到属于现代士兵的那种孤独的恐惧，而他所面对的敌人，也处于同样的恐惧之中：

> 你看这一个，他向着残破的城墙上爬去，不知成了多少火枪的靶子，他的精神已经恍惚，快要疯狂；再看城内的那一个，浑身是伤，饿得脸色煞白，虚弱无力，却依然宁死也不肯给对方打开城门。你觉得，他们做这些事情，是为了自己吗？不是，更可能是为了某个素未谋面，对他们的命运也毫不关心的人……

亲历过军事行动的蒙田明白现代战争那种毫无目的性的野蛮残酷："查探和烧灼伤口"时伤兵凄厉的喊叫，中枪的地方被"切割得血肉模糊",还要"从骨头的裂缝中生生拔出子弹"。难怪蒙田不惮于承认,"突然听到火枪声,尤其是在没有准备的时候",他会吓得惊跳起来。这可能会遭致袍泽的"笑话",却是以性命为代价换来的一种反应:一位"亲爱的弟兄",并不缺乏勇气,却死于"一粒不幸的枪弹"。对于蒙田来说,敌人不只是交战的另一方,更是战争中不分对象的偶然性。战场的主宰者不再是身披铠甲的战神马尔斯,而是眼睛被火药的烟雾熏得生疼的命运女神,她那由"大炮和火枪"发出的"电闪雷鸣",用蒙田的话说,"足以把恺撒吓得失魂落魄。"

⚜

1572年8月22日,亨利·德·纳瓦尔(Henri de Navarre)和玛格丽特·德·瓦洛(Margaret de Valois)大婚之后不久,婚礼的贺客、新教领袖加斯帕·德·科利尼(Gaspard de Coligny)于街头俯身去系鞋带的一瞬间,被突然而至的火枪弹打掉了右手的食指,另一粒枪弹则打烂了他的左肘。刺客是从上方的一扇窗户开枪射击的,不意竟然失手,一场本该干净利落的刺杀,却引发了灾难性的后果。

这场婚礼其实是在无计可施的情况下,试图弥合当时各教派和王室(玛格丽特是查理九世之妹)之间矛盾分歧的一场政治联姻。科利尼遇刺受伤之后,胡格诺派的新教领袖们并没有逃亡,而是选择了留在巴黎,似乎一触即发的暴动导致恐慌。23日,卢浮宫深夜密议,查理决定除掉胡格诺派领袖,包括受伤在床的科利尼。这场史称圣巴托罗缪之夜的血腥残杀,一直蔓延至图卢兹、鲁昂和波尔多,令上万新教徒殒命,还给世界贡献了一个新词——"大屠杀"。该词从前在法语中本为屠宰牲口之意，蒙田在《随笔集》最后一版中，用上了这个词。

圣巴托罗缪之夜是法国宗教战争中臭名最著的一起事变。这场起于1562年的战争，直至1598年方才告终，横跨了蒙田成年后的大半人生。其时的法国，在蒙田笔下，"动荡不安，已经病入膏肓"。因为这不是国与国之间的战争，而是教派分歧引起的内乱，在城镇、街道甚至家庭之内都造成了对立，与当今时代前南斯拉夫的分裂战争并非全无相似之处。在蒙田所属的加斯科涅地区，波尔多坚定地拥戴天主教，靠多多涅河上游的贝格拉克（Bergerac），则是新教重镇，号称法国的日内瓦。蒙田城堡就夹在这二者之间。

这场宗教祸乱，究其根源，实因于宗教改革运动对教廷在西方基督教世界的威权的挑战。1520年代，马丁·路德因赎罪券问题公然反对教皇，宗教的苹果车就此被打翻。可是，掉出来的苹果正以危险的速度越来越快地滚下山坡，法国正当其冲，被撞进了18世纪史家、政要皮埃尔·杜诺（Pierre Daunou）所称的"史上最为悲惨的一个世纪"。

其神学上的肇因，则在于宗教改革者们把人文学者校勘古典文本的方法，用到了对基督教典籍的研究上。以伊拉斯谟为代表的基督教人文主义者认为，神言已被经院学者累世的笺注、注疏所遮蔽，需要重返源头，回溯神教本初的话语，借由从希伯来文和希腊文新译的基督教典籍，达到正本清源的目的。人文主义者提升语言能力和道德境界的目标于是获得了一个宗教的维度，道德的无暇和灵魂完善可以一体并致。

然而路德等辈宗教改革者所骛尚不止此，他们主张，印刷术既已发明，条件已备，应该用各民族语言来翻译拉丁文的《圣经》，并以之作为基督教信仰无待证明的中心，即所谓独尊一经（sola scriptura）。错综淆乱的宗教典籍（scriptures），被汇辑统编为一书——《圣经》（这个词原本就是书的意思），由复数词变成了单数词。经文的艰深隐晦，从前是教廷限制其传布范围的理由，对路德而言，则成了启悟心灵的一种训练途径——通过文字抵达神言的真髓，从对神道的茫然无知，到心头豁然光明。一种以民族语言为本位的新形式的信仰就这样出现了，它把《圣经》而不是神父奉为中心，同时郁积着对罗马教廷不义统治的愤懑。

不过，宗教改革分裂倾向的加剧，尤其就法国而言，则是由于约翰·加尔文把路德的主张又向前推进了一步。路德呼吁对那些于《圣经》无据，却被罗马教廷用以牟利的，如售卖赎罪券等做法进行改革。但他并没有完全悖弃天主教的传统仪轨，即如他并不反对教堂中的圣像和音乐，并且认为基督的身体终究还是临在于圣餐之中的。

相对而言，加尔文的教义明显更为苛峻，这无疑是受了他读过的斯多葛派著作的影响（加尔文出版的第一本书即是对塞内加的评论）。与斯多葛主义者如出一辙，加尔文认为，善就是善，恶就是恶，二者黑白分明，同理，神的道与天主教的传统仪轨也截然彼此，不能并立。由此衍生出了一种高度理论化的神学观念，以之为标尺，似乎处处可见的都是宗教上的虚伪。在他评论塞内加的著作中，加尔文问道：

> 在我们的时代，不是也有一些人形的怪物，内心邪恶透顶，却戴着正义的面具，做出一副正直的样子吗？然而，当真相，这

时间的女儿,展露出自己的面容时,他们就将像蜡一般融化。就让他们继续苦着面孔,向公众兜售伪装出来的虔诚吧,贩虚假于人者,必将于虚无中毁灭。

由此,宗教改革就不单是一场教会权力的争夺战,也是一场教义的真理标准之争。这一切为16世纪法国政治固有派系间的纷争预埋了伏笔,并使之加剧。宗教上不容异己的火绳已经布下,只待各有所图的政治派系间擦出火花。

引爆教派冲突的火绒盒是为争权夺利而结成同盟的权贵派系。新教徒与波旁一系联盟,首脑是亨利·德·纳瓦尔,他的堂兄孔代亲王亨利(Henri Prince of Condé),以及夏迪庸家族的加斯帕·德·科利尼;天主教势力则以吉斯家族为首,领军人物为洛林红衣主教以及措置斩杀科利尼行动的亨利·德·吉斯(Henri de Guise)。皇室处在纷竞无已的各利益集团之间,试图维持和平的局面,终是满盘落索;1559年,在一次骑士比武大会上,国王亨利二世被一截断矛贯入面甲。他的意外死亡,使王权受到致命的削弱,王子都未成年,由以他们的母亲凯瑟琳·德·美第奇为首的摄政委员会,代行统治之权。

1551年,一位主张良心自由的先行者,塞巴斯蒂安·卡斯蒂利奥(Sebastien Castellio),看到风暴将临,在他的《圣经》法文译本写给亨利二世的献辞中,描述了一幕已经迫在眼前的黑暗景象:

> 当夜幕降临战场,交战的各方都会收兵等待天明,以免误伤了自己的同伴,因为放过敌人,总好过错杀了朋友。在白天,当厮杀已起,敌我交错的时候,出于同样的顾虑,大炮也会停

火。在此，如陛下肯予垂听，我愿献上一言。今日的世界，主要在宗教问题上，已经深陷于可怕的纷扰与动荡之中，祸乱与恶行之多之烈前所未有，从中我们分明望见的，是蒙昧的黑夜……如果是在白天，面对相同的颜色，绝不会做出如此迥异甚至矛盾的判断；就算是白天，至少在涉及宗教的问题上，善与恶已经难解难分，想要去伪存真，就要冒拔掉稗子带起麦子的风险……相信我，陛下，今天的世界，并不比从前的更好、更有智慧或更开明。因此，在这纷乱嘈杂、一切皆无定数的时候，应少安毋躁，静待天明，或是等到头绪大体厘清，而不是在一片漆黑和混乱中就急着射击，酿成憾事，过后只好说："非我故意所为。"

奈何卡斯蒂利奥讲求耐心的宽容主张简直不合时宜得要命，他自身尚且难保，因受加尔文迫害，于流亡中潦倒离世。1562年，香槟地区的瓦塞（Vassey）发生了屠杀新教徒的事件，法国内战遂告爆发，卡斯蒂利奥一语成谶，蒙昧的黑夜真的降临了。

蒙田现存最早的一封书信就写于这一年。他在信中向巴黎市长安托万·迪普拉（Antoine Duprat）描述了本地区宗教战争中的暴行：蒙吕克对阿让附近的胡格诺派力量进行了残酷镇压，"干尽了种种血腥、残忍的行径……不论身份地位，不管年龄、性别"。接着，蒙田说到他写信的真正原因：

我还要告诉你，尽管这让我极度难过，你的亲戚加斯帕·杜伯拉太太和她的两个孩子，也在这场大屠杀中罹难了。她是一位高贵的女士，我在那一带地方的时候，经常有幸能见到她，在她的家里，我总能得到热情的招待。不过，就此打住吧，这件事我今天不想再多说，讲起来太痛苦……

在不断升级的暴力冲突之中，蒙田始终保持着对王室的忠诚，但他也在斗争的派系间奔走，试图进行说和调解，并逐渐与新教一系的领袖亨利·德·纳瓦尔建立了较密切的关系。只是，内战各方矛盾重重，冲突每每一触即发，而且永远无法分清哪些是原则问题，哪些是因私利而起，这都使他的任务变得更为棘手。

法国内战让人尤为惊惧的一面，是那些传统的战争守则，似乎已经被束之高阁了。中世纪发展起了一整套关于"正义"战争的概念，如为收复失地或财富而战，或者单纯地为了惩恶扬善，十字军就为这类的义举提供了大把的机会；骑士精神的盛行更赋予了战争一个高贵的、带有基督教仁爱色彩的光环。然而，在法国宗教战争中，暴行似乎已经突破了这些传统规则的制约，谣言四起，到处是尔虞我诈，最危险的是，战争的双方都宣称，自己才是基督教的正统，拥有宗教的合法性。权贵门阀争权夺利的鸡尾酒，再掺入烈性的宗教狂热，其释放出的暴虐，的确非常可怕。"可怖的战争！"蒙田惊呼，"其他战争都是对外的，这却是一场针对自己的战争，在自己毒液的反噬中，把自身毁灭。"

这种可怕内乱的症候之一，就是人们普遍地感觉敌友难分。蒙田所在的地区，亨利·德·纳瓦尔的支持者最众，战祸也尤其惨烈。对于自己所生活的丑恶、多疑的时代，蒙田有过生动的描述：

内战期间，有一天我和弟弟拉布罗斯领主一起出行，路上遇到了一位看上去很体面的绅士。他是属于敌对阵营的,可我对此一无所知,因为他装出和我们一派的样子。这些战乱的可恶之处正在于此:鱼目混珠,敌我难分。语言相同,外貌相类,从小到大遵守的是同样的法律和习俗,呼吸着同样的空气,没有任何明显的外在标志能把自己人和敌人区分开来,所以混乱是难免的。因此,在没人知道我的地方,即使遇到的是己方的部队,也会让我畏惧,担心没机会表明自己的身份……以前就出过这样不幸的事,害得我损失了一些人、马,最可惜的是一位侍从,我耗费心血着力培养的一位意大利绅士,本来有着远大的前程,就这样丢了性命。

可见,内战不仅使社会崩坏,也瓦解了人与人之间的信任——己方部队在蒙田心中引起的畏惧,几乎不亚于敌人。在对外的战争中,交战的对象是陌生人,内战则迫得本来可能相识的人们,也要互相疏远防备:"他们要我们在自己家里也得设岗放哨";"你自己的家仆都有可能是敌对一派的人"。对于这些可悲的乱象,蒙田最初的一些随笔中有着生动的记录。在距蒙田庄园仅17英里的穆斯丹,他亲眼看到,和平谈判进行的同时,居民却惨遭屠杀;他写道,数不清多少次,上床就寝时,他都担心活不过当夜,还要随时提防着,万一某位邻居要趁夜谋夺城堡;随笔中还记载了多多涅河对岸圣福耶拉格兰德村的一个裁缝的悲惨命运——被人用他自己的剪刀捅了六十下。杀人一命,只"为了二十个苏和一件大衣"。

现代武器本来有其盲目随机性,雪上加霜的是,战争的动机也虚伪不实:

当我们的热情,与仇恨、残忍、野心、贪婪、毁谤和叛乱这些劣根性目标一致的时候,就能干出惊天动地的大事;反之……在需要善良、仁慈和克制的时候,我们却往往提不起劲头,无所作为,除非有人奇迹般地具备这些罕见的天性,并为之推动。宗教的本意是祛除邪恶,如今却在掩饰、培植、鼓动恶行。

他描写士兵们上一刻在做战前祷告,下一刻发起进攻时,心里却充满了"残酷、贪婪和兽欲"。面对他眼中所见的内战,蒙田发问:"还有谁看不出世界的运行已经出了问题,末日已经近在眼前?谁能忍住不大声疾呼?"

对于身为佩剑贵族一员的蒙田,最高贵的职业就这样揭示了命运的无常:运气不好,一切谋略不过是白费力气。更严重的是,内战斩断了人们之间的自然纽带,"派系纷争以及派系内更琐碎的分歧"使他的国家处于解体的危险之中,使人们丧失了同情的能力,甚至开始嘲笑友爱之心。人的行为也变得和火药一样无法预测了:我们都盲目地行走在黑暗和绝望的战场之上。那么,在枪炮声响起时,你是跳开还是低头闪避?面对获胜的敌人,是该顽强不屈,还是俯首求饶?没有答案:"我们对未来没有一丝把握。"你唯一能确实知道的一件事,就是自己迟早会死,而你唯一能把握住的事——在16世纪法国变幻莫测的战场上——就是为此做好准备。

4

探究哲理是为了学会面对死亡

死神夺走孩子

在 1543 年出版的标题为《死神之舞》(The Dance of Death)的系列木刻图集中,汉斯·霍尔拜因所刻画的死神,面目狰狞,轻巧却堪比歌舞剧演员弗雷德·阿斯泰尔(Fred Astaire),从展现早期现代欧洲苦难的一幕幕图景中翩然掠过。他在教皇旁边摇首弄姿,和赌徒一道博戏,在水手面前上蹿下跳。有一幅画面尤为凄凉,一贫如洗的母亲正席地爨炊,死神却把幼小的儿子从她身边硬生生拉走了。此处,霍尔拜因那冷峻的才情尽显无疑:小男孩回头把手伸向母亲,他的母亲揪着自己的头发,痛苦绝望,不知所措,而笑嘻嘻的死神,正迈着轻快的步子,跨出了门。

16 世纪,死亡似乎发动了来势汹汹的进攻。蒙田曾借用塞内加的话,以说明"死亡无处不在";霍尔拜因画中欢快的死神折断帆船的桅杆,把酒鬼灌进坟墓。死神快活的原因显而易见:战争使乡村饱受蹂躏,多少人死于疾病和伤患,瘟疫、梅毒和斑疹伤寒收获了大量生命,这一切都让死亡显得异常的可怕,同时又平常的可怕。1580年,在里尔附近的阿姆斯,一个叫约罕·勒波克(Jehan le Porcq)

的年轻人，得了传染性的疾病，只能在他父亲的花园尽头处的一个棚子里，挨过人生最后的日子。

更为严重的是，一种新出现的精神上的不确定感，似乎正在侵蚀传统上由教会提供的精神慰藉。史学家菲利普·阿利埃斯（Philippe Aries）笔下的中世纪，是一个"驯服了死亡"的时代，死亡在其核心观念中，只是从现在一直绵延至永远的精神叙事的一个环节。但宗教改革之后，这一叙事似乎被打断了，我们的救赎不再确定，死神巍然高踞，又恢复了他全部可怕的荣光。细看霍尔拜因的木版画，看着小男孩的手被炊烟遮盖、吞没，看到他被死亡从此生拉向未知，我们也能体味到这种折磨人的不确定感。

故此，在他的第一卷随笔中，蒙田把死亡视为我们所面对的最紧要的道德、宗教和哲学问题："人世间一切智慧和思索的目的，最终都可归结为一点：教给我们如何才能不畏惧死亡。"他反反复复、欲罢不能地谈论死亡，这一话题甚至是他写作的动因：为了让"亲戚和朋友"能够记得他，当"他们失去我的时候（这必定是很快就要发生的事）"。哲学基本、核心的任务唯有一个，如他最早期写成的一篇文章的标题所示："探究哲理是为了学会面对死亡。"

❧

蒙田的世界充满暴力，战争、比武、决斗和处决犯人都是日常习见的事情。在这个世界里，人生，用霍布斯的话说，是"下贱、野蛮和短暂的"。1581年1月，当身为游客的蒙田在罗马街头悠闲漫步时，正巧赶上恶名昭彰的土匪卡泰纳被执行死刑。卡泰纳杀害了两名嘉布遣会修士，强迫他们发誓背弃上帝，随后又割断了他们的喉咙。押解凶手去刑场的路上，两名僧侣向他布道，还有一名僧侣把一张耶稣画像盖在他的脸上：

> 绞架只是两个立柱上搭的一根横梁。他们始终用耶稣的画像遮着他的脸，直至把他吊在半空。他的死很平常，没有什么动作，也没说什么话。他肤色很黑，年纪在三十上下。他吊死之后，身体又被大卸成四块。

在蒙田眼中，这是一次"很平常"的死亡，他还注意到，围观的人只是在刽子手切割尸体时才发出惊呼。

死亡到底有多少种我们料想不到的方式？蒙田问。谁能想到，布列塔尼的一位公爵，在引导教皇的坐骑穿过人群时，竟会被挤死？还有，法王亨利二世在一场游戏性质的比武中，被一截劈开的矛杆刺进眼睛身亡；路易六世的儿子被一头发狂的猪顶死，埃斯库罗斯的最终谢幕，是因为兀鹰把一只乌龟丢到了他那像石头一样的秃脑壳上；有人被葡萄噎死，还有人不小心用梳子把自己刮伤，竟而殒命；而古罗马的奥菲迪乌斯（Aufidius）的死因，则是误撞在了门扇上。蒙田还提到，许多男人死在了女人的大腿之间：曼图亚侯爵的儿子卢多维科，柏拉图的外甥、哲学家西比斯普斯（Speusippus），甚至还有一位教皇！就如普洛佩提乌斯（Propertius）所说，在这个终极的敌人面前，什么头盔都保不了你，"死亡终究会把你的脑袋揪出来。"

接着，蒙田提到了自己的家人，讲起他的弟弟，死于一枚网球的阿尔诺的不幸遭遇：

55

容我冒昧，说一件和自己有关的事。我的一个兄弟，已经充分证明了自己的勇武的圣马丁上尉，在二十岁那年，[1]一次打网球的时候，右耳稍微靠上一点的地方被网球击中，没出血，也没有任何明显的外伤，他也没坐下来休息，可5、6个小时之后，却死于这一击引起的中风。这么多的例子，随时在眼前发生，又让人如何不去思考死亡，不去想，死亡时时刻刻掐着我们的喉咙？

所以，蒙田在三十九岁开始写作随笔时，已经觉得是天假岁月，有幸多活了。当时一般预期寿命在三十三岁上下；艾蒂安·德·拉波哀西死时就是三十二岁。年将四十的蒙田，自然会认为自己已经走上了一条无法避免且越来越陡峭的下坡路：

你这可怜的傻瓜，谁向你保证了寿命的长度？别相信医生的鬼话，看看现实和过往的经验吧！揆诸常情，你能活这么久，已经是额外的福分，你已经活过了一般的寿数。要证明这一点，就数数你认识的人，看看不到这个岁数就死了的人，比活到你这个年纪的多多少！还有古今名人，给他们列个名单，我敢打赌，你会发现，他们多数没活到三十五岁。

"死于老年，"他总结道，"是非常少有的，稀罕又特别，因而是极为反常的。"

---

[1] 本书第一章中说阿尔诺死时27岁，与此不合；又译林版《蒙田随笔全集》和Frame英译本此处都作23岁；有网上资料推断所谓圣马丁上尉是蒙田的兄长，如是，则蒙田的两个哥哥又未必都于幼年夭折矣。——译者注

仿佛是为这种消沉的人生态度最终做结，蒙田还认识到一个事实：太多时候，生育只是给这世界带来了更多的死亡。16世纪，新生儿的死亡率大约在一半左右，通常是由于一些普通的传染病（而像蒙田的孩子们那样，送到别家代哺的做法，只会使他们更易染病）。在一册伯特尔（Beuther）的《历代同日大事记》（*Ephemeris Historia*）中，蒙田记录了他的伤心事——婚后四年多才出生的第一个女儿夭折了：

> 1570年6月28日。我和弗朗索瓦兹·德·拉夏塞涅有了一个女儿，由我母亲和我的岳父拉夏塞涅院长先生取名为托瓦奈特。这是我们的第一个孩子，于两个月后夭折。

接下来的十三年中，他又记下了另外四个孩子的死亡：安妮，生于1573年7月5日，死于七个礼拜后；一个未取名的女儿，生于1574年12月27日，只活了三个月；另一个未取名的女儿，生于1577年5月16日，同日夭亡；最后是玛丽，生于1583年2月21日，只活了几天。只有生于1571年9月9日的莉奥诺，活到了成年。蒙田以一种可以理解的愤懑语气说："我的孩子，都早早就死了。"

1538年出版的霍尔拜因的《死神字母表》（*Alphabet of Death*）中有一幅图，画的是死神正从小床上窃走一个婴儿。死神的姿态表露出冷酷的戏谑，但婴儿那可怕的空洞洞的眼睛望着我们，几乎就像在对我们进行谴责。附画的文字语出《约伯传》14章1-2节："妇女所生的人，寿命不长，却饱尝烦恼。他像花生出，瞬息凋谢；飞驰如影，从不停留。"

死神窃走婴儿

❖

　　和当时任何一个思路正常的人一样,蒙田应对这种阴郁的悲观主义的办法,是发起反击,直面死神的挑战:"让我们学会绝不退缩，勇于战斗。"在此，蒙田最重要的武器，是曾被他称为古人"首要和最具权威的哲学"的斯多葛哲学，即塞内加、爱比克泰德（Epictetus）和罗马皇帝马可·奥勒留的著作，其道德纤维，贯穿于整个西方宗教和哲学的脉络之内。正是这一哲学，为临终的拉波哀西提供了安慰，对于蒙田，也势必同样有效。

斯多葛学派的名字来源于Stoa一词，即画廊之意，指的是该派开山祖师希腊哲学家芝诺授徒讲学的所在。原本它是包含形而上学、逻辑学和伦理学的一整套哲学体系，但最终在公元1世纪的罗马共和国得以发扬光大的，是其伦理学部分。斯多葛主义的内核，是应对诸如疾病、战败和死亡等灾殃的一系列策略，宣称哲学的目的，就是让人能够对这些苦难无动于衷（在这一点上，被残酷的主人打瘸了一条腿的爱比克泰德和因开罪尼禄被迫自杀的塞内加，似乎并非无的放矢）。斯多葛哲学认为，人应该把理性和情绪、感觉区分开来，以达至apatheia，即淡漠的状态，进而获得constania，即坚毅的心志，在面对痛苦和磨难时，才能面不改色（芝诺把斯多葛派哲人的灵魂，比作紧握的拳头）。循此而往，斯多葛哲人就可以超脱于亲情之类能造成极大痛苦的情感牵绊之上，一如爱比克泰德所言：

> 就像在航行中，当船到达了一个港口，如果你下船取水，沿途拾取一个贝壳，或是采摘一些植物，都是愉快的事，但你要时时想着你的船，如果船长召唤，就要马上把这一切抛掉……人生也是如此，如果给你的不是贝壳或植物，而是妻子和孩子，没有什么阻止你去接受他们，可是，一旦船长召唤，你同样要抛下一切，奔向你的船……

如果你喜爱某个陶罐，要提醒自己，你爱的只不过是个陶罐，这样等它破了，你就不会难过；如果你在亲吻孩子或妻子，要提醒自己，你亲吻的只不过是个人，这样当妻子或孩子死去，你就能平静以对。

斯多葛主义据此被认为是能在悲伤时提供安慰的哲学。但是，在民风好武、崇尚责任的古罗马共和国，它也能化成一种强大的意识形态和人生信条。蒙田曾提到过盖乌斯·缪西斯·斯凯沃拉（Gaius Mucius Scaevola）的故事：他被伊特拉斯坎人俘虏，将受酷刑，这时他把拳头伸进火盆，眼睛都不眨一下。他表现出的罗马人的坚强不屈让敌人为之大震，当场就投降了。

在中世纪，斯多葛哲学为基督教所吸收，两者都带有自我折磨般的严肃和对俗世的轻蔑，这一点在波伊提乌（Boethius）的《哲学的慰藉》（*Consolations of Philosophy*）一书中有所体现。到16世纪，斯多葛哲学似乎迎来了一个复兴，这在一定程度上是人文主义者的好古精神带来的结果（如编定塞内加著作的伊拉斯谟），但同时也是因为它在塑造新教体系的过程中所起的作用——斯多葛主义的坚韧，在受过人文主义训练的改革者手中改头换面，变成了一种富有战斗精神的新信仰。随着宗教观念不可避免地走向固化，几乎像一种意识形态上的反哺效应一般，斯多葛主义也开始膨胀壮大。作为一种人生态度，斯多葛主义之所以如此难以取代，是因为在人们心目中，这种精神才是真正高贵、值得尊敬的，是阳刚的。16世纪，没有哪个自尊自重、认为自己是个男子汉的人，会说自己对此怀有异议。亨利·皮查姆（Henry Peacham）1612年出版的《不列颠的密

亨利·皮查姆《不列颠的密涅瓦》1612年版插图

涅瓦》(*Minerva Britannica*)一书中有一幅寓意诗画,也传达了同样的观点:

> 巍巍岩石海中孤立,嶙峋的
> 额头,经受了多少狂风和暴雨;
> 水、土、朱庇特犀利的闪电,
> 永远不能把它吞噬;

> 这不会随风摇摆的,
>
> 就是男子汉坚毅的心志。

这种对古典传统和基督教思想的斯多葛主义的综合,在一些著作中被进一步精炼提纯,如荷兰人文主义者尤斯图斯·李普修斯(Justus Lipsius)1584年的《论坚韧》(De Constantia),和法国政治家纪尧姆·迪韦尔(Guillaume du Vair)1594年的《论坚强》(De la Constance)。但是,对斯多葛精神最具影响力的改造,也许是来自17世纪早期哲学家笛卡尔的著作。

作为第一个把哲学建立在接近科学的基础之上的人,笛卡尔经常被称作"现代哲学之父",但他的思想也可看成是对社会解体的一种反思。笛卡尔生活的时代,适逢搅动欧洲的三十年战争,与蒙田所处的动乱环境类似,只不过背景更为广阔。他要做的,实质上是把心和身体分别开来,以达到一种更为彻底的斯多葛式的淡漠。在《谈谈方法》中,他一开头便说自己身在诺伊堡——多瑙河畔一个平静的天主教公国——"无牵无挂,不受任何强烈情绪的打扰",这种斯多葛式的姿态在1647年法文版的《沉思集》中又有重复:

> 现在,既然我的心从一切牵挂中解脱了出来,安乐地不受任何强烈情绪的打扰,并得以在平静的隐居生活中安享空闲,终于,我可以认认真真、自由自在地对我过去的观念进行一次总的清算了。

在《谈谈方法》中,笛卡尔声言,自己将以"坚定不移的决心"

("une ferme et constante résolution"），听从自己的理性的"规则"指引，"在行动中，尽我所能地保持一贯，毫不动摇"（"le plus ferme et le plus résolu en mes actions que je pourrois"），即使是尚存疑问的观点，也要"以同样的坚定"（"ne suivre pas moins constamment"）坚持到底，就像决心沿一个方向走到头的迷途的旅人。

但为了找到一个"有恒"——即"确定"——的出发点，笛卡尔又迈开了新的一步。他不是靠"强固"自己的内心来拒斥"假象"或"印象"，而是选择接纳它们，同时提出极端到只在想象中才能存在的疑问：也许是某个邪恶的神灵在欺骗他，"天空、空气、土地、颜色、形状、声音……都只是骗人的梦？"这一设想的结果，便是让他意识到，唯有思考才是恒定确实的存在，因为离开思考，上面那些离奇的念头根本就不会出现：

……我注意到，当我在设想这一切皆为虚假的时候，思考着的我却必然是存在的，由此，我便看到了这一真理，即"我思故我在"，它是如此确实可靠，即便怀疑论者最大胆的假说也不能撼动。

显然，为笛卡尔的"我思"——一个对厄运甚至怀疑都无动于衷的思考着的主体——铺平道路的，是一个斯多葛主义的"内核"。斯多葛主义对心与身体的分割在笛卡尔思想中的核心地位，从他的巨著那有些冗长的标题中即可看出：《第一哲学沉思集——论上帝的存在和人的灵魂与肉体之分异》。

据此，笛卡尔被称为现代哲学之"父"，可谓名副其实；同时，也可以说通过他，新斯多葛主义的伦理学，最终完成了向新斯多葛主义认识论的转换，思想与肉身彻底脱离，坚定与无可疑议（incorrigibility）重叠在了一起。

❦

在最早写成的一些文章中，蒙田表现出类似的斯多葛式的气概，不惧直面死亡："让我们坚强起来"；"主动出击，随时随地去找它（死亡）"；"人终有一死，死亡是我们的必然的目的地，如果畏惧死亡，每前进一步，都会让我们惶惶不安"。人生的一切行动，都应指向这最终的谢幕："在最后这一台戏里，不能有任何伪装，我们必须坦率直白，亮出自己的底色。"

在这种斯多葛式的悲观中，蒙田又混入了卢克莱修的原子论成分——生命就像一场没完没了的接力赛："你的死是宇宙秩序的一部分，是构成世界生命的一分子"；既然如此，为什么"还要增加生命的长度，难道是为了延长无益的时间，多受折磨吗？"如蒙田所言：

……活过一天，就等于活过了全部；每一天都是相同的；光是同样的光，影是同样的影；这太阳，这月亮，这星辰，这万事万物，曾恩被你的祖先，也必将同样泽及你的后人。

为什么要迁延不去呢？"我们是在同一个圈子里打转，"卢克莱修说，"永远跳不出去。"没有什么能让你感到高兴的新事物："永远是周而复始。"因此，人生真正的任务，是"为死亡做好准备"。

人如其言。蒙田回忆，还在青春年少的时候，甚至在"有女士陪伴或者嬉戏玩耍"这类最不可能的时刻，他也会突然想到死亡；他还说起，某次，有人翻他的记事本，看到他写的关于身后事的一些安排，写那些话的时候，他离家不到一英里，身体没有任何毛病，可他依然不能肯定，自己是否能活着回到家里。别人可能会抱怨死亡的突如其来，打乱了他们的计划，比如子女的教育，或者女儿的婚姻安排，蒙田则认为，我们应该永远有充分的准备，"时刻可以上路。"

❧

这种斯多葛主义的悲观论调，在《身体力行》一文中表现得尤为集中。在该文中，蒙田忆起发生在1560年代后期的一件事——他被从马上撞下来，几乎丧命。引发他思考的一个问题是：死亡是人生的"首要大事"，我们却没办法预先进行任何演练——"实践锻炼是不可能的……在死亡面前，我们都是新手。"因此，他才会如此看重自己的濒死体验：

在第三或第二次内战期间（具体哪一次我已经记不清了），有一天我外出到离家约一英里的地方（我家处在法国战乱的核心地带），由于离家很近，我想着应该不会有事，就骑了匹温顺但不是很精壮的马。回来的路上……我的一个身高力壮的仆人，骑了匹很壮的驮马，那马不听使唤，性子暴烈，一身发泄不完的劲儿，我的仆人又爱逞能，想跑在头里，一人一马全速朝我冲来，闪电般撞个正着，力道极大，冲势极猛，我和我的马又都个头矮小，结果被撞得人仰马翻。我的马倒在地上，已经摔惨了，我跌出十步开外，腰带断成了几截，原本拿在手里的剑也飞了出去，落在离我十几步远的地方。我四肢摊开，倒在地上，脸上皮开肉绽，无知无觉，就像一根木头。

仆人们聚在周围，想把他救醒，却没有效果，他们担心大事不妙，就抬着他往回赶。路上，他开始咳嗽、吐血，不过随即又陷入昏迷状态。伤势如此严重，以至于他"最直接的感觉，非常贴近死亡，却离生命很远"。消息传到了家里，妻子和女儿跑出来迎接。恍惚中，他听到她们的叫喊；他撕扯自己的紧身衣；看到妻子脚步踉跄，他迷迷糊糊地吩咐人给她牵匹马来。他引用塔索（Tasso），来说明自己的灵魂已经丧失了跟生命联结的信心，显然对是否还会再回到身体中怀有疑问。

蒙田的这次意外，很可能造成了严重的脑震荡，一切症状全部符合；其常见的后果是中风，当然也可导致死亡。蒙田的叙述中不同寻常的一点是，死亡似乎并未让他感到不安。他说自己的"第一个念头是被火绳枪击中了头部，因为当时附近的确有几声枪响"。果真如此的话，可以说他的死简直是能想到的最糟糕的一种，只是疏忽和倒霉的结果，而且是在离家不到一英里的路上，并非在战场捐躯。

蒙田表示，他之所以把这件事写出来，是为了让我们在面对人生"必须完成的首要大事"时，能够"更为坚强"。一动不动地躺在冰冷的地面上时，能够给他帮助，让他有所凭依的，依然是斯多葛主义的人生观。当生命看来已到尽头的时刻，蒙田似乎达到了斯多葛派哲人所推重的"淡漠"之境，其要领，如同霍尔拜因的《使节》要告诉人们的：此生只是来生的铺垫；或者像拉波哀西临终前的那一声轻呼："An vivere tanti est?"（"生命有那么可贵吗？"）就这样，当他的国家陷入残酷的内战，当他身边多少人都失去了父亲、兄弟和朋友，当他自己脸上皮开肉绽，剑也脱手飞出，死亡近在眼前的时候，年近四十，自认为已经是侥幸多活的蒙田，如卢克莱修一般，做出结论，*Nec nova vivendo procuditur ulla voluptas*——苦苦求活毫无益处，并选择了放弃：

> 我看到自己成了血人，因为紧身衣上全是我吐出来的血……我觉得我的生命只剩一口气了，就闭上眼睛，感觉好像这样就能让这口气早点吐出来，我心中安宁，懒洋洋地静待生命离去。

5

Que Sçais-je?——我知道什么?

树

约在此时，欧洲北部地区阴霾渐生。它笼罩了莱茵河，融合海上的迷雾，淹没了芦苇萋萋的河滩。它潜进法国的教堂墓地，钻入书册，也使剑锋昏晦无光。它爬上牛津的高墙，包围了亚里士多德，它甚至侵入人的血肉肌体，令事物本质含混，边界模糊，最后，它盘踞在人们的心灵之上。

蒙田坠马后幸免一死，被抬回了家里，在咳嗽和干呕中卧床数日，却拒绝一切治疗，如他所说，他当时以为自己"头部受了足以致命的重创"。不过，当他在《身体力行》一文中提起这件往事时（此文可能写作于事件发生约八年后），他的斯多葛主义的坚定中，却出现了一道阴影——不是恐惧或者胆怯，而是一种对人类知识的质疑以及对知识的不确定性的新认识，那是一种在我们坠入怀疑的迷雾后产生的全新感受。

怀疑主义作为一种有魅惑力的新思潮出现在 16 世纪。然而，它也同样早有发端，尤以古希腊怀疑主义者塞克斯都·恩披里克（Sextus Empiricus）的著述为宗，其《怀疑主义纲要》（*Outlines of*

Pyrrhonism）一书，蒙田通过亨利·艾蒂安纳（Henri Estienne）1562年的译本有所了解。祖述先贤的同时，"新兴"的怀疑主义对于人类认知能力的信心，似乎丧失得更为彻底。无疑，这是对宗教改革所致的混乱的一种反应。这种怀疑主义，在弗朗西斯科·桑切斯（Francisco Sanchez）于蒙田《随笔集》出版的次年，即1581年发表的一部著作的标题中，表现得一清二楚：*Quod Nihil Scitur*（《一切皆不可知》）。

蒙田在描述坠马后的经历时，便对他在濒死时体验到的虚幻感，以及头部受创造成的奇异恍惚感，都表现出了异乎寻常的兴趣：

> ……事实上，我根本不在那里，那都只不过是些缥缈的思绪，仿佛远在云端，是视觉和听觉引起的自然反应，并非来自我本人的意愿；我不知道自己从何而来，要到哪里去；别人对我说的话，我也没办法进行斟酌思量。所以，那些都只是感官自行产生的微不足道的习惯反应。在这一过程里，属于灵魂的那一部分，就像在睡梦之中，被知觉轻柔地触碰、舔舐、浸润。

这次遭遇，以抽象论述无法比拟的生动，向蒙田表明，心与肉体是紧密相连的："心灵各项功能……的恢复与身体机能同步。"甚至，身体的自主能力也许比灵魂更强。蒙田回忆，他之所以"又能动了，并且恢复了呼吸"，只是因为"胃里积了太多的血，身体便本能地要调集力量，把血吐出来"。而他的心、他的理性则相形见绌："虚弱"的脑筋，使他丧失了"辨识力"，连发生了什么事情都想不清楚了。他总结说，那些受了重伤的人，"他们的心和身体一样，都沉入了睡眠"。

所以，蒙田准备动笔写《身体力行》的时候，也许是为了证明一个斯多葛主义的观点——死亡并不足惧——但在写作的过程中，一个不同的想法，逐渐开始生成。首先，他认识到思想与身体是不可分割的，既如此，我们与自己的情绪和感官体验保持距离的能力必然是有限的。浑浑噩噩、一切无定，这是人的基本处境；尽管自诩拥有知识，我们的脑子可能一开始就给撞坏了——如蒙田在之后的一篇文章中所言：

> 我们睡时若醒，醒时若睡；睡眠中我什么都看不清，可醒着的时候，也从来没觉得视线如何清爽，看东西有多么清晰。再者，最深的睡眠，有时会让梦境也陷入沉睡，但即便最清醒的时候，也不可能让胡思乱想——比睡梦还糟糕的白日梦——彻底消失。

其次，意识的脆弱，意味着灵魂的脆弱。这一认识，如同滋养他的葡萄园的地下潜流，贯穿在蒙田后来的文章之中。他说，灵魂不可能"单凭自身的力量来保持意识"。我们最后的时刻——在一个对此有所"尝试"的人看来——所揭示的，不是灵魂的高高在上和镇定从容，而是它的昏乱恍惚，还有因之导致的可能的消散。这一观念在神学上意味着什么，是显而易见的——蒙田已经走到了无神论的边缘；而从哲学的角度来说，如果失去了与来生（进一步便是上帝）联结的脐带，我们获得完善知识的能力也就陷入了危殆之境。事实上，我们能依靠的只有自己。

于是乎，坠马这样一件"微不足道的小事"，成了伴随蒙田一生的经历："到这一刻我还能感受到那可怕的冲击。"但它同时又关系重大，因为这一经历的意义，在其暗示着人的求知方向的改变：告别基督教人文主义者对来生的渴望，向人及其身体，向自然回归。后来，当他对自己的随笔进行最后的增补——这些增补最突出的特征在于诚实和求真知的勇气——当他重行拾起《身体力行》一文并做补订时，蒙田所强调的，便是分析自我——他眼中一种全新的事物，一桩"新奇、不凡的事情"——之时那种没有既定航向却让人陶醉的自由感：

> 如果我把这些东西发表，也不应因此而受指责。对我有用的东西，对别人也可能有帮助。而且，我是以自己为素材，没侵害到任何人。如果我是干了件傻事，那也是我自己担着，与旁人无涉；这傻事由我而生，也将及我身而止，不会造成任何影响。我们只知道有两三位古人，曾经在这条路上走过，但我不敢说他们的感受是否与我相类，因为除了名字，我对他们几乎一无所知。从那之后，再没人踏上同一条路。这是件棘手的工作，远比表面看起来更难：追逐散漫无定的意识，直抵心灵曲折、幽暗的最深处，辨识并把握它最微渺的活动。这是一桩新奇、不凡的事情，充满了魅力，把我们从那些普通的、甚至最受世人推崇的事务中吸引过来。

蒙田所说的"两三位古人"，并无确指，但极可能是前苏格拉底时代的唯物论者留基伯（Leucippus）、德谟克利特和伊壁鸠鲁。他们常被指构成了一个无神论"学派"（或许正因如此，蒙田才不愿点出他们的名字）；著作早已不存，观点只是经他人转述才得以传世。依照蒙田的说法，如此一来，就不应以想当然的态度看待灵魂/自我，而要对其本质进行积极的探索。灵魂不应极力逃避而是要拥抱、探索它的肉身。这样一种"虚妄"的行为，违反了蒙田那个时代（最受世人推崇）的基督教/斯多葛主义共识，但他并无动摇，要把这"傻事"坚持到底，"及我身而止"。

就这样，蒙田开始架设他的桥梁，从对死亡的念兹在兹，从赖以克服死亡恐惧的斯多葛主义，指向他写于1570年代中期的那些文章，指向那些文章所展现出的更具怀疑精神的观念——"人从里到外，无处不软弱，无处不虚假"。随之而来的，是与青年时代以死亡为中心的斯多葛主义人生观的疏离，正是这种人生观，让他对拉波哀西念念不忘。

终于有一天，蒙田决定，不再生活于卢克莱修悲观哲学的阴影之下，便从屋顶横梁上刮去了那一行文字，只留下依稀可辨的痕迹：并

蒙田从屋顶横梁刮去的文字

代之以《传道书》的更谦卑的智慧：SICVT IGNORAS QVOMODO ANIMA CONIVNGATVR CORPORI SIC NESCIS OPERA DEI/不知道心和身体如何在一起的人，对神的工作也就一无所知。

与之相和，别的檩木上，也刻写上了表达怀疑精神的语句，从欧里庇得斯和《传道书》到普林尼、圣保罗，构成了一幅广大的心理地图：

> 也许这被称作生命的，就是死亡，生即死，谁知道呢？
> 人是泥土。
> 只有不确定才是确定的
> 只有人最可悲，又最自以为是
> 凡事皆虚空

写在主梁上，更为沉重、深刻的，是塞克斯都（Sextus）审慎的怀疑主义表述：

> 拿不定主意
> 我什么都不明白
> 不偏向任何一方
> 我不做判断
> 我留心
> 我考虑
> 以习俗为依据和指引

不过，蒙田对怀疑主义最为充分的探讨，来自《雷蒙·塞邦赞》一文。雷蒙·塞邦是 15 世纪的西班牙神学家，遵照父亲的要求，蒙田把塞邦的著作译成了法文，此事在《塞邦赞》的开头便有交代，也是该文写作的一个由头。在弗朗索瓦一世治下，法国人文主义很是兴盛，蒙田的父亲敞开家门，欢迎一切有学识的人来访，他们中的一位，皮埃尔·布奈（Pierre Bunel），送了蒙田的父亲一部塞邦的著作——《自然神学，或创造物之书》，作为刚刚兴起的"路德新说"的解毒剂。

好多年，塞邦的书一直压在"一堆没用的文件"下面，直到去世前几天，蒙田的父亲才偶然又把它翻了出来。他让自己的长子把书译成法文，蒙田很快就译好了，父亲"喜出望外"，还吩咐要把书出版。该译本最终于 1569 年在巴黎出版，蒙田在《塞邦赞》——其长度在蒙田的随笔中首屈一指，远超其他文章——一文中所谈的，就是这部著作。在该文中，蒙田勾勒出一种宽容的怀疑主义哲学的大致面目，归结为一句话，就是"Que sçais-je?"（"我知道什么？"）蒙田说他把这句话作为自己的人生格言，并叫人印在了一枚纪念章上。

作为 16 世纪怀疑主义的核心表达，《塞邦赞》已是广为人知的名篇。在该文中，蒙田对人的自以为是和认知、辨析力的贫弱进行了批判。文章延续了蒙田之前随笔中敏于揭破虚假的讽刺锋芒，同时，得益于他接受的人文主义教育，秉承了在论辩中 in utramque partem——正反两面兼顾的方法。蒙田在《塞邦赞》中进一步拓展了他的怀疑主义，以为塞邦辩护。

塞邦论说上帝给了人类两部书——《圣经》和大自然。在自然这部书里，人可以"读"到上帝存在的证据，动物是字母表，而人就是大写的首字母。事实证明，塞邦的论说很受欢迎，该书继1485年第二版之后，又印行了16版。但到了16世纪，因为有把自然抬到高于《圣经》的位置的嫌疑，他的书开始受人诟病，以至于1559年教皇保罗四世将其列入了禁书书目。

塞邦的书被斥为异端邪说，而且肤浅幼稚，针对这些责难，蒙田着手为塞邦正名。他首先揭批诋呵者们在知识上的自以为是，并指出，"妄自尊大"是人"与生俱来的一种病"：

> 谁向他证明过，那天穹的奇妙运动，那些骄傲地在他头顶运行的火炬的永恒之光，那无边大海的惊涛骇浪，古往今来持续了无数岁月，都是为他的好处、为服务于他才创造出来的？如此弱小、卑微的一种造物，在各种打击面前无以自保，甚至连自己的命运都做不了主，却宣称自己是宇宙的主人和君王，而哪怕是宇宙最微小的一部分，他都没有能力了解，更不要说掌控了。还有什么比这更荒唐可笑的事吗？

还有人说塞邦贬低了信仰的作用，对于这些责难，反驳的例证更无须远求，蒙田的笔锋直指当时的宗教战争，以及那些假"纯粹"信仰之名行野蛮之事者的虚伪：

> 在这使我国风雨飘摇的战乱中，看到事态的发展变化总是那么捉摸不定，让我们觉得奇怪。这是因为，我们带到战争中去

的，只是我们自己的劣根性；任何一方的正义，都不过是虚饰和遮掩……看看那些神圣的道理，被我们肆意地抛来丢去，随着风云的变换和命运的转移，一会儿被我们弃如敝屣，一会儿重又拾起，这是对信仰何等的亵渎！

"从来没有人像基督徒那样互相仇恨。"他哀叹道。

但是《塞邦赞》也引起了论者最多的争议，聚讼之处主要在于，塞邦的观点——人能在自然界中为他的信仰找到神学上的依据——同蒙田不加遮掩的怀疑主义，即对理性力量的怀疑之间，似存有"令人困惑的"矛盾。那么，该文究竟在何种意义上可以被看作是对塞邦的辩护呢？

其实，只要细读该文的开头部分，我们很快就明白，让蒙田把塞邦引为同道的，并非是后者对于理性笼统而抽象的信念，而是他认为宗教信仰需要可感知的具体支撑的观念。塞邦认为信仰应以"人的、自然的道理"为基石，正是这一点，让蒙田觉得最为投契。蒙田心目中的"自然"，并非一个理论上的概念，而是与我们的身体和感官紧密相连的自然，是"上帝赐予的、服务于我们的信仰的、自然的和人自身的工具手段"：

我们并不满足于仅用理智和灵魂来敬奉上帝，我们在身体上也应对上帝充满敬畏；我们甚至用自己的肢体，用动作，用外在之物来赞颂他。

因此，对于宗教，我们别无他途，只能通过感受，做渐进式的理解和领悟——通过宗教在我们心中唤起的感觉和情绪,通过它跟我们的乡土和习俗之间紧密相连的纽带,通过对当地教堂眼中所见、耳中所听的印象。蒙田提起迪奥斯里德岛(即印度洋上的索科特拉岛),据说,岛上居民对自己所信奉的基督教教义一无所知,却一样有宗教仪式和节日,过着基督徒的快乐生活。"我们只不过是碰巧生为基督徒,"蒙田得出结论,"就像我们有可能生为佩里戈尔人和日耳曼人一样。"

为证明身体和感官在生命中的核心地位,蒙田给斯多葛哲人设计了一个可怕的测试,看他是否还有办法能保持淡定:

> 把一个哲学家装进铁丝笼,悬在巴黎圣母院的某个塔楼上。他很清楚自己掉不下去,但是,除非他是个从小习惯了在高空干活的人,否则,在那样极高的地方,他就不可避免地会害怕,吓得手脚发麻。在我们自己钟楼顶部的走廊上,哪怕栏杆是石头的,只要中间的缝隙很大,我们也得极力安慰自己,才不至害怕。这种情况,有些人甚至连想一想都会受不了。在两座塔楼间搭块木板,宽度足以通行,却没什么哲学智慧,能让人如此坚定,有勇气走上去,可如果是在地上,就完全没问题。

哲学家,尤其是斯多葛主义者,以为他们能逃脱环绕身体的轨道,蒙田说,这终究是不可能的:就如我们所知,亲密的接触让人愉快,而遥远的距离却让人心中充满苦闷。神学家和哲学家的抽象论说,甚至连人类自我存续的本能都置之不顾了。

就这样,逃离肉身的企图,引出了怀疑主义,进而导致我们在完全无法确知的领域做出各种臆想和假说。也许，最能清楚体现蒙田式的怀疑主义的例证，是他对巫术的态度。巫术，是蒙田所处时代思想界最紧切的议题之一。从 1450 年到 1650 年的两百年间，有上十万人，其中绝大多数是女性，作为巫师受审，半数被处以死刑。迫害的升级，据一种理论解释，是由于传统上对巫术持保留态度的知识和法律界，因对鬼魔之学的热衷，暂时收起了怀疑，致使偏见、厌女症和残暴的闸门大开。

在这个问题上，蒙田又一次表现出思想上卓异不凡的独立精神。他的《论跛足》一文，从许多方面看，实质是他表达对巫术怀疑态度的一个载体。蒙田写道："每当冒出个新作者，证实说巫师们的那些狂想都是真实的，我家附近的那些女巫就性命堪忧了。"他清楚地看出，民间信仰如何为鬼魔学的解释提供了原材料，并进而对利用《圣经》的权威（"女巫，你不应让她活着"），来支持证人所讲的那些荒唐故事的危险做出了警告，"不论证言针对的是别人，还是他们自己"。也就是说，无论对指控还是自白，我们都应存疑。

他说有位亲王，为了"打消我的怀疑"，让他亲眼看看在押的十几名巫师。这些人都坦白承认自己行过巫术，亲王还很笃定地说，他们身上都有魔鬼的印迹。亲王准许蒙田随便同他们谈话，想问多少问题都可以，但蒙田得出的看法是："最终，实话实说，我宁愿给他们开嚏根草根（治精神病的药）的药方，而不是毒芹（杀人的毒药）。"

以此看来，蒙田的怀疑主义并非不分场合的先入之见，而是要甄别对象，因势而异的；不是对知识一概否定（那本身就带有成见的意味），更准确地说，是对 16 世纪罗织周纳的思维习惯的抗拒。当时著名的法学家让·博丹认为，在涉及巫术的案件中，即使对儿童也可以刑讯问供，以披露巫术行为隐奥的真相。相反，蒙田知道，这样的做法只会炮制出更多离奇的故事：

> 肢刑架是个危险的发明，而且，它似乎更适合检验耐受力，而不是拷问真相。能抗住刑罚的，自然会隐瞒真相，承受不了的，也不见得就会说真话；谁能保证，在严刑拷打之下，我交代的就一定是事实，而不是胡说一气？

至于蒙田本人，他更愿意"相信那些有根有据、符合常理"，贴近人生经验的东西。"我们的生活，"他说，"太真实，太厚重，无法给这些超自然、稀奇古怪的事情提供立足之地。"带着藏在字里行间、充满同情的男低音，他总结说："毕竟，仅仅凭臆测，就把一个人活活烧死，未免是把臆测的东西看得太重了。"

⚜

蒙田认为，知识需要向可感知的具体事物回归；他把触觉描述为"更切近，更明确可靠"的一种感觉，能"摧垮所有那些美好的、斯多葛主义的决心"。这一信念，不仅为《塞邦赞》奠定了基调，在他最早的一些文章，如《情感驱使我们追求未来》和《谈情感的转移》中，也有鲜明的体现。蒙田发现，"人类最普遍的错误，"在于"总是盲目追求未来"：

> 我们永远不能安居，总是舍近而求远。恐惧、欲求、希望，

不停地推动着我们奔向未来，使我们无暇感受和思考当下，一心只想着将来甚而死后的事。

然而，具体而切身的感受，仍是我们断断离不开的。蒙田举了很多例子：英格兰的爱德华一世，要求在自己死后，每次和苏格兰开战，把他的骨头也带上战场；一个蒙田认识的人，会诅咒、怒骂据认为导致了他的痛风的香肠和火腿；有人输了钱，就嚼纸牌、吞骰子出气；波斯的薛西斯，看到自己造的桥毁了，就叫人鞭笞达达尼尔海峡，还往海峡里扔了副镣铐。不单情绪，甚至我们最抽象的思想，也要有个具体的目标：

……就像举起的胳膊，如果打空了，就会让我们感觉疼痛……思想一旦调动起来，如果没有一个具体的目标，也会在自我中迷失……正像动物会攻击投向它们的石头或铁块……为了有个出气的对象，我们什么都可能怪罪，不管对错。

蒙田对塞邦的同情，对诋毁塞邦者的厌烦，主要是出于这样一种认识：我们的全部知识，无论是自然还是神学方面的，都应根植于人，根植于具体的地方和事物之中，尤其是我们自己和我们自己的身体。这种观点可能会被认为，是很便当地与天主教的仪式传统保持了一致——蒙田说过，新教试图建立的是"一种纯然内省、只重精神的信仰"，最终却会手里空空，什么都抓不到——但它也与蒙田写作的最初动机是相吻合的：通过写作，通过与一样可见、可闻、可以感知的事情建立联系，来收束他那颗脱缰的心，以免它总是无所事事地浮荡不定,如同桶中水面闪动的波光。

不过,让蒙田获得启迪的,不单单是塞邦的神学观,还有他的动物学。这上帝设立的马戏团,在塞邦看来,是一篇永不会失传或被删汰的文章,对蒙田而言,则是一部鸟鸣兽叫、声声入耳的交响乐。

6

我跟猫玩的时候，焉知它不是也在跟我玩？

雷图斯女儿的墓碑

当你漫步穿过波尔多的阿基坦博物馆，向出口走去——蒙田墓现今就在博物馆的出口附近，途中，你会经过一件展品，其天真、灵动，似乎完全无视了时间的重负。这是高卢-罗马时代一个小姑娘的雕像，时间大约在公元2世纪。她摆出好像要留影般的姿势，把她的猫抱在胸前，脚下还站着一只小公鸡。造像非常简单，却不知为何，仿佛跳过了时间的长河，仿佛把你和她，和她的猫、她的手镯、她的大眼睛分开的，只是一层时间的薄膜。

也许，这正是那个请人雕像的男人的目的；雕像的边上刻着："雷图斯……父亲。"他如何看待她的死亡，我们无从得知。可能他对她的未来充满乐观，看到她和她的猫，还有她的小公鸡，在一片开满了百合花的田野上玩耍，在来生永恒的早晨。但无论如何，她的死依然标志着一种改变。于是，父亲请来雕刻家，想为她多少保留下点什么；从墓石雕像的形貌中，正可以看出他应对这种变化的良苦用心。

一身甲胄躺在石棺盖上，蒙田矮小的造像看上去像个锡兵，容貌远没有那么清楚。但是，如果在高温的夏夜，他溜下石棺，在博物馆中漫步纳凉，你会有一种感觉，看到那小姑娘的雕像，他一定会非常喜欢。他也有一个女儿；他也喜欢动物。而且，在欣赏了一会儿雕像的写实风格之后，他可能会注意到，那圆脸蛋、大眼睛的小姑娘，和她那只眼睛大大的猫咪之间，有着相似之处；这种相似，雕刻家似乎也用自己的手指"看"到了。那父亲爱他的女儿，也喜欢那只猫：因为，看猫的时候，他看到的是自己的女儿。

⚜

对于人和其他动物之间的相似性我们素有所知。我们有熊抱，有猫步，还有鼠胆；鸡飞蛋打的时候，还可以发发驴脾气，骂人是狼心狗肺，是猪脑子，或者借助我们这个过饱、过热的时代的象征——搁浅的鲸鱼。当然，你可能会说这都是信马由缰的燕谈野语，但我们越是审视历史，越会发觉，人类得益于动物之处实在太多。它们是我们的一面镜子，通过对照异同，持续地彰显出我们的人性。

例如，"cat"（猫）这个字源自拉丁文 *catus*，也有机敏或伶俐之意（埃及人对猫的称呼则更为可爱——"喵"）。但是，想确定究竟是先有猫，还是先有猫一般的机敏，就和要弄明白是先有蛋还是先有鸡一样，没有意义。拉斯科（Lascaux）岩洞位于蒙田庄园以东60英里，那里的壁画昭示出人类对动物的痴迷的久远历史。在野牛窟，人听到自己的声音在窟中如牛哞一般回响，会讶异于自己和牛原来也有着相通之处（有意思的是，画着七只潜行的狮子的猫科动物窟，其拢音的效果就要轻得多）。

在整个人类历史中,动物的字母表为人类的行为提供了一份长长的"索引"。在伊索的寓言里,动物是道德启示的丰富源泉,一如阿里斯托芬的《蛙》和《鸟》。希腊的特里普托勒摩斯(Triptolemus),订立了三条法则:要孝敬父母,不要伤害动物,应该用水果来供奉神明。在中世纪那些百科书式的动物寓言集里,我们可以看到,人和动物之间有着引人遐思的重叠:生活中总是与动物为邻,而且本身便是一种动物,人类永远不可能真正摆脱与动物的相似性。

一般中世纪的看法是,依据《圣经》,动物先于人被创造出来,是为人服务的。这服务可以是做人的食物,或者当大牲口在田里干活,也可以仅仅是为人提供轻松的娱乐,如孔雀或猩猩。至于狮子和熊之类,它们的存在是为了让我们不忘上帝的怒吼。但是,托马斯·阿奎那等哲学家开始就人和动物间的区别做出理论上的说明,认为动物与人的最大区别,在于没有理性,特别是回顾和前瞻的能力。于是乎,我们的"人性"与我们的动物性就处于一种反比的关系,也就是说,和动物的差距越大,就越有"人性"。

同时,动物和人类又被认为有着许多相同之处。可以说,在对现象进行分析时,中世纪的思维习惯是寻求共同点,而不是找出差异。动物正好可以为各种道德和精神品质提供很方便的类比。在一部12世纪的动物寓言集里,我们看到,不停嗅来嗅去的鼬鼠,被比作那些听到了上帝的话,却很容易分心的人;书里还写道,睾丸据认为可以入药的雄性河狸,被追急了,会咬掉自己的睾丸,丢给猎人;如果下次又被追逐,它就会给对方看自己残缺的身子,"猎人见它没了睾丸,也就罢手不追了"。让人完全想不到的是,这则寓言的目的,是要告诉我们,人也要把自己的罪恶抛掉,丢给魔鬼,否则就总会受他的纠缠。12世纪的哲学家雅各·伊本－扎迪克（Jacob ibn-Zaddik）这样总结："世上没有什么东西，是不能在人身上找到相类之处的……人可以像狮子一样勇敢，像兔子一样胆怯，像羊羔一样温顺，像狐狸一样聪明。"

但是，这些类似是双向的，可以拿动物比人，也可以用人去比照动物。贾姆巴蒂斯塔·德拉·波尔塔（Giambattista della Porta）在他出版于1586年的《观相术》(*De humana physiognomonia*)一书中，宣示从人的面相可以看出他的运命，方法就是看他和什么动物最相像，比如一匹马，或者一只狮子。

16世纪的文学作品，在描写人的卑鄙行为时，常借动物来做比。马基雅维里的《君主论》最受诟病之处，就在于他主张，君王应该有意地培养自己的动物性："既然君主不得不学会怎样像野兽一样行动，他就应该既当狐狸，又当狮子，因为单是狮子，就避不开陷阱，单是狐狸，就无法抵御群狼。"

⚜

蒙田的文章中每每会提到动物，鸡鸣、马嘶——陪伴乡绅的嘈杂乐章——不绝于耳。他很懂行地谈论饲养和狩猎；他观察他的家禽，很好奇公鸡如何知道什么时候该打鸣。但是，在蒙田的动物世界中，最显赫的位置，当然属于马，这也是和他的领主身份相匹配的。

矮个子的蒙田在马鞍上如鱼得水："我一上了马就不想下来，骑在马上我感觉最惬意，不论是健康还是生病的时候。"他表现出一个贵族对骑术的热衷；他讨论买马的窍门，怎样观察"马的毛色好坏，

观相术

屁股的宽度……马的腿、眼睛和蹄子"。没系好的缰绳或是绑松了的肚带，会让他恼火一整天。在描述离职后的愁闷心情时，他把自己的心比作"脱缰的"马，写作的目的就是希望能把它驯服。他还用马来譬喻谈话，说一匹马的"真正力量，表现在能突然急停"。言讫，他也即时收紧了自己句子的缰绳。

可以说，早期现代法语中，指代"马"的词数量非常多，几乎不下于因纽特人近乎传说般的五十个"雪"的同义词。Destrier, palefroi, haquenée, haridelle, pouter, poulin, roussin，仅从这些词含义上的差别，就可看出马的用途是多么广泛。其中第一个词的意思是战马，蒙田有一篇专谈战马的文章；最后一个词的意思是驮马，蒙田的坠马事故中，肇事的仆人骑的就是这种马；堂吉诃德的坐骑也是驮马，他冥思苦想了四天，才根据这个词为他的马取好了名字——"Rocinante"，意思是"从前的驮马"，显然，这也是上了年岁的堂吉诃德老爷本人的写照。从古至今，马和骑手之间的关系，从布塞弗勒留（Bucephalus）[①]到黑贝丝（Black Bess）[②]再到黑骏马（Black Beauty）[③]，一直是人们津津乐道的话题。维特根斯坦去世前还在读的，就是黑骏马的故事。

蒙田也不例外。在谈战马的那篇文章中，他记述了很多这方面的逸事：布塞弗勒留长得像头牛（这一点和亚历山大本人有类似之处），除了亚历山大，别人都休想骑；它死后，悲伤的亚历山大用它的名字为一座城市命名（布塞弗拉，现巴基斯坦的海勒姆[④]）；恺撒的

[①] 亚历山大的坐骑。——译者注
[②] 传说是大盗图平（Dick Turpin）的坐骑。——译者注
[③] 塞维尔（Anna Sewell）小说里的马。——译者注
[④] Jhelum。——译者注

坐骑前蹄分瓣，像人的脚趾头；恺撒可以不用鞍子，不用缰绳，双手背在背后，骑在马上纵情驰骋，蒙田赞叹不已地写道。

他继而说起伊斯兰的马穆鲁克人，他们如何自夸有世上最好的战马，能分辨敌友，能用蹄子和牙齿帮助主人作战，还能给他咬起长矛和箭矢；美洲的西班牙征服者出手阔绰，竟至于给他们的坐骑配黄金马掌；受困于俄罗斯的严冬，巴雅塞特的军队为他们的坐骑找到了最后一种用途：将其开膛破腹，人钻进马肚子取暖。好像要给读者机会透口气，蒙田停顿了一下，然后说："既然我们已经骑到了这里，那就继续骑下去吧。"

在《驿站》一文中，蒙田写道，在罗马尼亚，苏丹王的信差赶路神速，因为一旦他的马跑累了，途中无论遇到什么人，他都有权跟对方换马。不过，蒙田说，世界上最好的骑手还属法国人，唯其如此，借塔索的话说，他们的腿才那么短。蒙田还曾见过一位骑手，可以站在马鞍上纵马疾驰，他摘掉鞍子，又捡起来放回去，从地上抓起东西，还拉弓回身射箭，整个过程中马一直在全速奔跑。同为法国人，怪里怪气的神学家皮埃尔·波尔（Pierre Pol），却侧身坐在马上，在巴黎逛来逛去，"像个娘儿们。"蒙田讥笑道。

他特别瞧不上马车，觉得坐马车有损男子汉气概，还让人恶心。坐轿、乘船等代步方式他"一概"受不了，"除了骑马，在城里和乡下都是这样"。"世上最乏男子气概的人"，堕落的黑利阿加巴卢斯皇帝（Heliogabalus）用两只鹿拉车，有时还换成四个裸女，"他自己也脱得赤条条，风光无限地坐在车上"。腓姆斯皇帝（Firmus）让两只巨大的鸵鸟拉车，看上去像在飞行。

但对蒙田来说，马背才是属于他的地方。相对于"一个好逻辑学家"而言，他"更愿做一个好马夫"；更愿死在马背上，而不是床上。他还提到，柏拉图认为骑马有益健康，普林尼则说骑马可以改善肠胃功能，对关节有利；因为骑马时"身体既没闲着也不会累着，适度的活动能让它保持强健。尽管患有肾结石，我还能一次骑马八到十个小时，中间不下马，也不觉得累……"

对蒙田而言，"生命在于运动"。他以西班牙人的方式赶路，每次走很长一段，不常停下来打尖，说"这样我的马更受用"。他一有机会就给马饮水，并注意在休息之前留出充分的时间，让它们的身体吸收水分。他说，凡是跟他的马，只要第一天坚持下来了，以后就没有不行的。此外，他那些有趣的想法，总是突如其来，"在我最意料不到的时候……在马背上、在餐桌边、在床上；但最主要是在马上，因为我骑马的时候最容易胡思乱想"。

伴着嗒嗒的蹄声，蒙田的脑海中，正在对动物之能进行着一番新的探究，其想法与同时代人的普遍思路截然不同。

❦

哺育了蒙田的人文主义运动，视语言能力为人性的本质，是人与动物的区别所在。但是，文艺复兴人文主义对人类自我提升空间的标志性信念，导致人和他的四足朋友渐行渐远。人类的可能性极度上扬，相应地，其他的造物则被贬入了尘埃。皮科·德拉·米兰多拉（Pico della Mirandola），在其堪称人文主义的宣言之一的《论人的尊严》(1486)中，就借动物以彰显人的抱负：

"人是千差万别，永远可以改变的一种生灵。"但我为什么要强调这一点？是为了让我们明白，既然我们生来便得天独厚，可以按愿望塑造自己，既然我们处在如此超凡的地位，就应善自珍惜，万勿贻人口实，说我们因不自爱，而沦入和野兽以及无知无识的牲口相似的境地。

荷兰人文主义者伊拉斯谟，在他的《基督教士兵手册》（1503）中，也有类似的说法：人"从灵魂的角度来说很美好，可从身体的角度看，又和野兽或不会说话的畜生类似"。但是他说，借助《圣经》和对上帝的爱，人有望向食物链的顶端爬升：

> 要谨守这一原则：勿自甘堕落，和肮脏的动物一道在地上爬行，而应像柏拉图说的那样，用爱让你的心生出飞翔的翅膀，像走在雅各的梯子上，提升你自己，从身体升向灵魂，从可见的，升向不可见的，从文字升向奥义，从感觉升向理性……

伊拉斯谟的乐观，主要倚仗的是，从上帝话语的"字面"深入到其"精神"，即能读懂《圣经》。随着印刷机的发明，识字率大为提高，推动了人文主义文化的普及，正是因为这一点，导致语言，而不只是理性，被越来越多的人看成是人类独有的标志。印刷文本的激增，使语言在更多的情况下成为阅读的对象，而动物，显而易见，是不会看书的。17世纪的爱德华·雷诺兹（Edward Reynolds）有谓：认为"大象、鸟之类的生物也有语言，能借此互相交流"，这是"抑郁症"，即精神病的典型表现。

为这一观点推波助澜者大有人在，动物显得越发沉默，和人相比也越发可鄙。莎士比亚的哈姆雷特把最恶毒的辱骂留给了他的母亲，说她像畜生一样淫荡，太急不可耐地嫁给了他的叔叔："上帝啊！一头没有理性的畜生也要悲伤得长久一些！"还把她比作一头猪："让淫邪熏没了心窍，在污秽的猪圈里调情弄爱。"[①] 哈姆雷特为刺探克劳狄斯的内心而设计的剧中剧"捕鼠机"，其开场的哑剧，从这个角度看，就不仅是情节安排的需要，也是他母亲像"哑巴"畜生般的健忘的可怕写照。

可以说，在更广的层面上，动物所处的形势也不大妙。在对立倾向日益严重的宗教改革的欧洲，动物成了骂人话的通用代码。教皇被新教徒说成是"启示录之兽"；路德发表了一本小册子，含沙射影地描述一头"教皇驴"和一只"僧侣牛犊"的外貌。动物更多的时候被圈养起来，日渐远离了人的生活体验。在16世纪逐步扩张的市镇里，人与动物间的关系不再紧凑，相互依赖性也大为减弱，人对动物的体验，更多是把它们视为寄食者，如狗；或者是公害，如老鼠；要么就仅仅当成肉食的来源。随着市场的发展和流动性的增强，动物越来越多地成为贩卖和交易的对象，被冷漠地屠宰和剥皮。

笛卡尔在《谈谈方法》（1637）一书中，给出了这种对动物的贬抑在逻辑上的结论：动物是机器。亚里士多德认为，人和动物之所以能够运动，是因为他们都有一种叫"动物精气"（animals spirits）的东西。但是，在笛卡尔看来，动物的运动，不过是一种机械运动，是宇宙机械钟的一部分；人的身体也可以看作机械，但区别在于，动物

[①] 本书所引莎士比亚的文字，译者都直接照录自朱生豪中译本。——译者注

像自动机一样,有什么样的"器官构造",便只能进行与此一致的活动,并且永远不可能"像我们那样,为了他人的福祉,用语言或其他符号把自己的思想记录下来"。

于是,区分动物和人类的,便不只是理性,即前瞻与回顾的能力,还有自省的、自我认知的意识,而话语,正是这种意识的外在表达。继笛卡尔之后不久,瓦尔特·查尔顿(Walter Charleton)医生,便在自己的著作中这样写道:

……以为一只狗能在心里说:我想我是在想象;或者,我觉得我真的感觉到了;以为狗能有如此一类的想法,还有什么比这更荒谬的吗?这种能力,远远超出了我们观察到的狗的一切表现,也是自然界中的任何兽类都无法企及的,无论它有多聪明、多能干。

这种观点的不良后果是,笛卡尔的一些追随者竟然干脆连动物的感觉能力也否定了。尼科拉·马勒伯朗士(Nicolas Malebranche)残酷地总结道:"它们吃东西不香,叫唤的时候不疼,活着而不自知;它们没有渴望,没有畏惧,它们什么都不知道"——据说,为了演示,他还当堂踢了一只狗一脚。

人文主义者所宣告的人的完美似乎已经达到了:人类已经在自己和其他动物之间竖起了一道语言和意识的铁棘篱;动物不但位居人类之下,而且与人有着本质的不同;人成了衡量一切的标尺,用笛卡尔的话说,是"自然的统治者和主人",而动物则只能是代"人"受过的替罪羊。把人同他的动物伙伴连在一起的亚里士多德的缰绳,已经被丢开了。

❧

但是，在这一问题上，蒙田表现出了非凡的独立思想。对他来说，动物并非没有语言，只是我们不理解它们而已——

> 听到狗的某种叫声，马就知道它发怒了，换成另外一种叫声，马就不会害怕。即使发不出声音的那些动物，看到它们相互之间表现出的善意，我们也能很容易地判断出，它们有另外一种形式的交流、沟通方式：通过身体的动作。

在《塞邦赞》的核心部分，蒙田援引塞克斯都和普鲁塔克著述中的例证，让自己对动物的兴趣占据了舞台中央的位置。其他的动物，对世界也有自己的认知和理解，并懂得让自己的行为符合而不是违反自然，反衬之下，人类的理性便露出了本来面目。他提到山鹑，根据亚里士多德的说法，它们能用不同的鸣叫声，来表示自己飞到了什么地方。我们听不懂动物的话，它们却懂得我们；而且，在不同的场合，我们对动物使用的语言，在不知不觉中，也会下意识地有所变化：

> 我们对自己的狗讲话时，是多么的花样百出，而它们的回应又是多么的千变万化？招呼家禽和猪、牛、马等家畜的时候，我们也会因其类别，而使用不同的语言和表达方式。

因此，在某种意义上可以说，蒙田所做的仍是人文主义最本质的工作——沟通不同的语言，并拓展我们的语言能力；但他走得更远，迈过了拉丁文和希腊文，走到狗、马和山鹑当中，试图破开语言交流最遥远的边界，"叩击着，"如他在另一处地方所说的，"知识的最终壁障。"

因此，我们永远不要对动物有优越感。蒙田转述了普鲁塔克讲过的一个故事：有位理发师养了只喜鹊，什么人说的话都能模仿。然而，某天几位号手停在理发店门口，吹了一阵喇叭，从那之后，喜鹊突然变得"郁郁寡欢"，终日"沉默发呆"，大家都以为，它陷入了自卑，再也不敢出声了；其实，它只是一直在脑子里琢磨着那段花腔，因为，等它终于开口高唱时，"旋律、音高和变化都模仿得惟妙惟肖，分毫不差"。大象，蒙田好奇地猜想，可能有自己的宗教，因为我们看到，在许多"清洁仪式"之后，它们会高高地扬起鼻子，面向朝阳，"久久地肃立不动，沉思默想"。

有些动物可能不单会说话，还会数数：在波斯首都苏萨的皇宫里，受过训练的牛每天拉着巨轮转一百圈，从井中取水，但数量一到便马上罢工，多一圈都不肯转。我们能数到一百的时候，都快成人了，蒙田说。甚至最低层次的动物，其展现出的谈判技巧，也足以让文艺复兴时代的外交家汗颜不已。哲学家克利安西斯（Cleanthes）曾好奇地观察两群谈判的蚂蚁，他耐心地看了很久，最后看到的结果是，一群蚂蚁支付了一条小虫子作为赎金，而另一群蚂蚁则很有风度地交出了对方想带回的同伴的尸体。

蒙田钦佩燕子对建筑材料的知识，也赞赏它们采集苔藓筑巢的行为中蕴含的柔情——这样"肢体柔嫩的雏鸟躺在巢里，会觉得更软和，更舒适"。还有什么社会比蜜蜂的世界更为秩序井然吗？蒙田问。蜘蛛知道，怎么把它的网织得松一点或紧一点。蒙田还写道，动物也能参与人类的战争：塔姆里城能够解围，就是因为攻城的军队被蜜蜂袭击，溃散奔逃，而且"蜜蜂得胜班师时，竟然一只不少"。动物还知道怎么照顾自己的身体，对健康十分在意，蒙田记述道。乌龟用墨角兰排出自己腹中的毒素，鹳则用海水清洁自己的肠子。大象能拔下刺进自己或主人身体的箭矢和长矛。说这些都只是本能，就是要否定动物具有的"科学和智慧"。

蒙田从中得出的教训是，我们习以为常的物种优越感——跟其他动物比总觉得自己高高在上——反过来也可以是人类自身无知的表征：

> 妨碍人和动物交流的，为什么一定就是它们的缺陷，而不能是我们的？人和动物无法相互理解，责任究竟在哪一方，尚难论定，因为我们对动物的了解，并不比它们对我们的了解更多；我们说它们是低级的生物，出于同样的理由，它们完全也可以认为我们才是低等的生物。

由此，我们自许的对动物的道德优越性也变得可疑起来。根据德谟克利特的说法，人类的许多本领，都学自动物：我们跟蜘蛛学会了纺织和缝补，跟燕子学会了建筑，跟天鹅和夜莺学会了歌唱（我们的确有理由设想，如果世上从来没有鸟，人类也许永远不会想到自己也可以飞行）。鱼儿也色彩斑斓，形体匀称，远比人好看。因此，只有出于毫无根据的"虚妄"，人才会：

自命神圣，让自己孤立于其他数不清的生命之外，对本属他的同类和伙伴的动物以主宰者自居，任意编派，全凭己意认定他们的能力。人有什么样的智力，能知道动物内心的隐秘活动？又通过它们和我们的哪些区别，做出了结论，认为动物就是愚昧无知的？

在许多方面，动物似乎比我们更适应在这个世界生存：自然"牵着它们的手，与它们同行"。希腊怀疑主义者皮浪（Pyrrho），一次乘船的时候遭遇了风暴，船很小，同船的人被狂风巨浪吓坏了，以为必死无疑；但是皮浪看到船上的一头猪一直泰然自若，浑若无事，就指给同船的人看，让他们引为榜样。"对事物的知识有什么好，"蒙田问，"如果因了这知识，我们反而落到连皮浪的猪都不如的境地？"

笛卡尔主义者说动物缺乏"内省"的能力，针对这一攻击，蒙田论称，就和他能在想象中看到巴黎一样，

显而易见，动物也有相同的能力：我们有时会看到，一匹听惯了号角和火枪声、见惯硝烟的战马，睡觉的时候，身体会不时抽搐、颤抖，就好像回到了战场，它的身体睡在干草上，但它的心显然已经听到了无声的战鼓，看到了无形的部队……我们还能看到，梦到野兔的猎犬，剧烈地喘气，尾巴绷直，大腿抽动，完美地展现出追逐的动作；它在追的，是一只没有皮毛，没有骨头的野兔。

动物一样有梦，有希望，有欲望，有无意识的恐惧，和我们没什

么不同，只要我们肯劳神去观察就会知道。蒙田讲了西班牙人征服墨西哥时的一桩逸闻：

> 初到美洲的西班牙人和他们的马都被墨西哥人奉为神明，或者是比墨西哥人自己更为高贵的动物。有一些墨西哥人，在被征服之后，来请求宽恕与和平，带来的黄金和食物也给马献上一份，把对西班牙人说的话，也对着马宣讲了一遍，并把马的嘶鸣，当成和解与休战的许诺。

这是一个复杂的跨文化、跨物种交流的时刻。一个不够用心的作者，可能会把阿兹特克人的行为仅看成愚蠢的错误，一笑了之。但蒙田不是这样。在阿兹特克人看来，那些马很可能是有着交流能力的智慧生物，这是西班牙人所看不到的。但更有趣的是蒙田把西班牙人摒除在了合约之外：一个友谊与信任的休战协定，不是在西班牙人和阿兹特克人之间，而是在阿兹特克人和马之间，成功达成。西班牙人，成了被蒙在鼓里的征服者，赢得了胜利，却在智慧上输掉了，甚至自己还不知道。

于是，动物能起到一种让我们清醒的作用，认清自己在所有造物中所处的位置。蒙田认识到，"在我们和动物之间，存在着某种交互的关系，以及相互的责任"，"活在同一个天穹之下，呼吸着同样的空气，动物和我们之间的相似是永恒的，只不过有一个程度大小的问题而已"。他坦承自己天性中有着孩童般的柔软："狗想跟我嬉戏的时候，哪怕时机非常不凑巧，我也很难拒绝。"此外，不但对动物，人对"草木"也负有"责任"。他说，"为了满足"毫无节制的食欲，

"我们费尽心机",却始终追不上膨胀的胃口。蒙田写这些话的目的,是为了"让我们回到生命的广大集体中去",并看到"一切生命的相似性"。

但对蒙田来说,同样重要的,是动物也有助于我们认识自我。它们的作用不仅在于让人类没有根据的成见知所收敛,还在于可以引领我们,走上一条能够离开怀疑主义围栏的路。我知道什么?这问题可能还有另外一种答案,一种几乎已经无法进入我们视线的答案。

❧

死前的那几年,在对文章进行最后一次增订时,蒙田给自己关于动物的论述又添了更为生动的一笔,或许也有助于从总体上对他的态度做一个概括:

> 我跟猫玩的时候,焉知它不是也在跟我玩?

这句话已经成了蒙田的名言,凝练地表达出他的怀疑主义,即我们太过无知,永远别想弄清楚,我们的宠物是不是在跟我们玩耍(在此,法语原文的字面意思似乎更能说明问题:"qui Sçait si elle passé son temps de moy plus que je ne fay d'elle?" / "谁能说得清,是我在拿它当消遣,还是它在拿我当消遣?")也就是说,两者究竟谁是谁的宠物还说不定。〔或者,借用17世纪作家萨缪尔·巴特勒(Samuel Butler)的两行打油诗:"逗猫玩的蒙田抱怨/它只把他看成一个大蠢蛋……"〕

蒙田为该文所做增补还不止这一句。据他去世之后于1595年印行的那一版《随笔集》，蒙田紧接着又补充道：

> 我们做出类似的怪相互相逗弄；我可以选择玩或不玩，它也一样。

显然，蒙田说的是，他的确知道，猫是在和他玩，因为从猫的反应中，他能看出和自己一样的感受（想或不想玩）。一旦克服了物种优越的"宿见"，他就读懂了猫的动作和姿态，就像猫能明白他的意图。代词的变化也同样意味深长，从"我"和"它"，变成了"我们"。就这样，蒙田和他的猫，分属不同物种、迢遥远隔的两个独立个体，在一道嬉戏的过程中，合而为一了。确切地说，并非是两个身体共有一个灵魂，而是共有同样的动作、姿态和思想。

紧要之处在于，这种相互认识的获得，并非是缺乏言语交流的情况下难能可贵的收获，而恰恰是因为没有言语，才得以顺利实现；因为，是触摸和姿态，是爱抚和顽皮的拍打这类更为切近身体的语言，带来了人与动物相互间的理解。在对波尔多版《随笔集》所做的增补中，蒙田继续写道：

> 柏拉图认为，在萨杜恩（Saturn）统治下的黄金时代，人的主要优势之一，是与动物的交流；通过向动物请教和学习，人了解到每一种动物的真正品质与特点，从而大大拓宽了自己的心胸，提升了智慧，过着远比我们现在快乐得多的生活。

动物们，享有大自然"实实在在、看得见摸得着"的馈赠，可以成为我们的良师。我们以为与动物无法沟通，可事实上，我们不但曾经能够，现在仍然可以与它们交流：它们知道怎么来"讨好我们、威胁我们，向我们提要求，反过来也一样"。蒙田说，马和马之间也可以"相识结交"，见了面还会"快乐、友善地"互相致意。而且，这种自由和坦诚的交流不仅存在于"同类的动物之中，也可在不同类的动物之间进行"。蒙田举例说明人和动物间滋生的深厚感情：普鲁塔克舍不得卖掉他那头忠心、年老的牛；亚历山大城的一头大象喜欢上了一个卖花姑娘，先向她献上水果求爱，然后把鼻子伸进她的衣衫，去"拨弄她的奶头"，蒙田如是写道。

不过，在蒙田看来最重要的是，对动物交流能力的认识，可以作为跳板，通向对人类的一种新的见解和理念：尽管存在着教派分歧——似乎"人与人之间的不同竟然大过某些人与某些动物之间的差异"——但这些分歧也许能被克服。同样重要的是，这是与蒙田所受的全部人文主义教育针锋相对的一种拨乱反正。他为此专门提到聋哑人，说他们如何

> 用手势争辩、议论、讲故事；我见到过一些人的手语非常纯熟，运用自如，可以说，表达自己的能力简直完美无缺。恋爱中的人，他们生气、和好、恳求、感谢、订约，只需一个眼神，简而言之，他们的眼睛什么都会说。

他引用塔索，阐明沉默本身便是一种言说，可以诉心曲，并揣测言语并不一定是自来就有或必不可少的。对《随笔集》的最后一版进行修订时，蒙田在文中增加了一大段议论，借此把话题从动物与人之

间的交流，引申到人与人之间的交流，并得出结论：无论主观意愿如何，我们不可避免地要以某种方式进行表达与交流，我们的动作就是一种"交谈"，尽管我们已经习惯了对此视而不见：

> 有什么是手不能表达的？要求、承诺、召唤、打发、恐吓、祈祷、哀求、否认、拒绝、询问、钦佩、计算、坦白、后悔、恐惧、羞愧、怀疑、指示、命令、煽动、鼓励、赌咒、做证、控诉、谴责、免罪、侮辱、蔑视、挑战、嘲弄、讨好、赞赏、祝福、羞辱、讥嘲、调解、推荐、得意、祝贺、喜悦、抱怨、哀伤、绝望、压抑、震惊、呼喊、沉默，所有这些，不是都可以用手来表示吗？其表现力的细腻，连舌头也要羡慕。还有我们的头：邀请、遣离、承认、否认、反驳、欢迎、致敬、崇敬、蔑视、要求、唾弃、鼓劲、哀悼、安慰、驳斥、服从、无视、告诫、威胁、宽慰、询问，这些都可以用头的动作来表示。还有眉毛，还有肩膀。每一个动作，都是一句话，而且用的是一种不用学习就能明白的语言，一种所有人共通的语言。鉴于别的语言都那么千差万别，互不相通，可以认定，肢体的语言，才是真正符合人类天性的语言。

真正符合人类天性的语言——当然，如果以为他是认真地建议我们不再说话，而改用手势，那就错了。这里，需要我们深思的是，蒙田列出的肢体语言中，既有善意的动作，也有敌意的表达：我们既能讨好、致敬和欢迎，也可以威胁、驳斥和蔑视。在我们以为切断了与他人的关系的时候，其实不过是形成了另外一种联系。这为审慎的乐观开启了一扇门户：尽管内战造成了严重的分歧和裂痕，人们却仍保有着互相沟通的能力。思想上或许壁垒分明，我们的身体却从未中断彼此间的交流，并构成了联结的纽带——正如从动物的行为中得到启示的蒙田所说的：

> 有时候，不经理性的衡量，我们便会心存好感，这种可遇而不可求的情感，有人称之为同情，在这方面，动物和我们并没有区别。

虽然在政治和宗教上有着诸多分歧，交流却是人与生俱来的本性，认识到这一点，求真——或者更应该说信任——就有了可能。

※

当然，蒙田对动物的着迷不假，引据的材料却虚虚实实，是杂七杂八的一大堆逸闻奇谈、寓言故事。读了蒙田的文章，纵然我们并不能真的从中学到任何关于动物的具体知识，了解它们真实的行为，或者它们是否具有"意识"（尽管我们应否据此决定自己对动物的态度其实是个没有意义的问题），却能明白一个道理：有时候，给我们的心片刻自由，是大有裨益的。与笛卡尔及其后的许多思想家不同，蒙田没有在我们和动物之间树起藩篱，而是把人类看作更宏大的创造物之链——今天我们可能会称之为进化之链——的一部分，这一事实，使他比此前或以后的许多文人学者都更具仁心。

1951年,在剑桥,身患喉癌[①]、生命即将走到尽头的维特根斯坦,之所以会读《黑骏马》,也许也是因为相信,动物是我们了解自己的一面镜子,甚至能让我们看到自身的一些欠缺。维特根斯坦对动物的精神世界向来极感兴趣,在他的《哲学研究》中,就有不少动物粉墨登场,包括鸭形兔、鹅、奶牛、狮子,还有一条虚伪的狗;在爱尔兰西海岸康尼马拉一栋偏远的小屋暂住时,他和海鸟相处融洽,旅鸫和苍头燕雀会从他的手上吃东西;据说,他还把剑桥的同事,按与他们最为相像的动物进行分类。有人说,他可能患有阿斯波哥尔综合征,表现在过分讲究秩序和条理,一切都要按部就班,缺乏处理好日常生活的能力。

　　也许,维特根斯坦对《黑骏马》的兴趣正是由此而来。《黑骏马:一匹马的自传》(*Black Beauty: The Autobiography of a Horse*),是缠绵病榻的安娜·塞维尔于1877年写成出版的一部小说,目的是为了让人对马的一生的不幸有所了解。塞维尔勇于创新,故事全从马的视角叙述,书的标题页上即写明:"译自马语。"就这样,我们通过黑骏马之口,知道了它辛劳的一生,它与历位主人——他们有的和善,但更多时候非常狠心——间的过往。故事的末尾,黑骏马被放养在草场上,在书的最后一页,我们看到它最终恢复了天性中的平和泰然:

　　　　威利一有机会就和我说话,当我是一个特别的朋友;女士们承诺永远不会把我卖掉,所以我没什么好怕的了,我的故事也

[①] 一说为前列腺癌。——译者注

该结束了。我再没有什么麻烦，终于可以安居了。经常，在我完全从睡梦中醒来之前，我好像看到自己，又回到了伯特维克的果园，和我的老朋友们一起，站在苹果树下。

维特根斯坦一辈子花了相当多的时间来思考人怎样可以放弃哲学。此时，在他那光辉却有些孤独的人生的尽头，他是否从黑骏马的最后岁月中，瞥见到了这样一幅美好的图景：安宁的时光，有朋友陪在身边，没有哲学疑难的风暴的困扰，并最终明哲地"安居"？

和维特根斯坦类似，蒙田对动物感兴趣，也是因为它们有助于思考这类的问题。他的猫让他得以跳出自身，想象作为一只猫会怎样，然后再反过头来，重新认识自己。尽管没有得出任何确实的答案，但他似乎在暗示，我们从人与动物的相似性中同样可以学到很多东西，不下于通过对比二者间的差异。三个世纪之后，查尔斯·达尔文在1872年出版的《人类与动物的情感表达》（*Expression of the Emotions in Man and Animals*）一书中，正是把这一观念付诸了实践。

于是，我们又回到了catus一词，今天在我们眼中这只是个名词，罗马人却能从中读出猫一样的机敏；这种动物和人在词语上的交叠，即便是心智幼稚的表现，是否也体现出一种成熟？就如同他们对人兽一体的林神、牧神以及半人马的信仰？是否，雷图斯把猫刻在女儿的墓石上，也是出于同一理由？是为了更传神地刻画出她生命的实质，一个没有实体的实质：一个由她的姿态和活动构成的嘈杂的动物园，一部由动物、人、女性、猫科、顽皮、小公鸡和catus汇成的未完的交响乐？

我们永远无法知道。猫睁着它的大理石眼睛，始终保持着沉默。但是，如蒙田所说，有的时候，智慧是无言的，这一点确实值得我们记取。蒙田在随笔中记述了如下一则故事：阿布德拉城的使节觐见斯巴达王阿基斯，滔滔不绝地讲了许久之后，问国王有什么话要他带回给自己城邦的公民；国王答道："告诉他们，我听任你想说什么就说什么，想讲多久就讲多久，我自己甚至连一个字都没说。"

"这不是智慧而又雄辩的沉默吗？"蒙田说。

7

与他人交往，打磨我们的心智

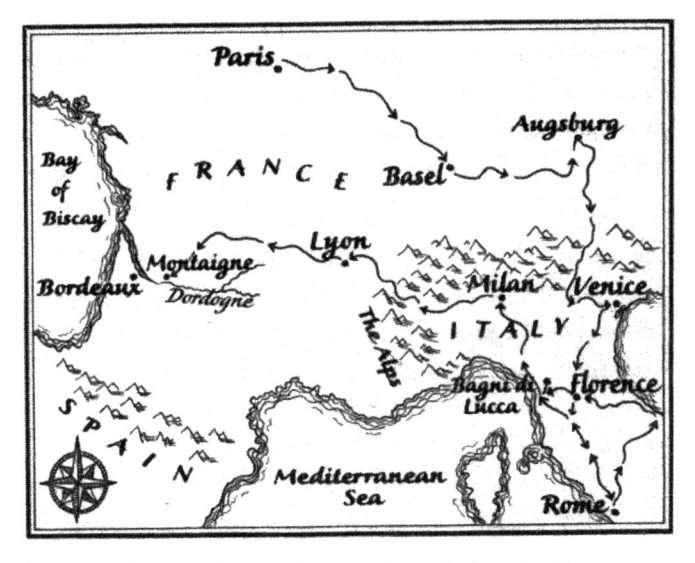

Route of Montaigne's trip to Italy, 1580–81

蒙田意大利之旅路线图（1580-1581）

蒙田对文章最后进行了一番校订，然后买了心形水印的纸张，带着手稿，沿河而下，去见波尔多的印刷商西蒙·米兰日。这是《随笔集》的第一版，内中集作者思想之大成者，便是《塞邦赞》一文。时年蒙田四十七岁，书前"致读者"的落款日期为1580年3月1日，在其中蒙田写道：

读者，这是一部诚信的书。我在此申明，本书的写作，纯是出于家庭和私人的考虑，此外别无任何目的；没打算对读者有所帮助，也没想过为自己赢得荣誉，那样的目标是我力不能及的。本书专为家人和朋友所写，以便他们失去我的时候（这必定是很快就要发生的事），可以通过它，唤起对我的习惯和性格的点滴回忆，借助它提供的养分，使他们对我的记忆更完整、更生动。如果我的目的是博取世人的赞誉，我就会虚夸矫饰，给自己脸上贴金，或者尽力表现自己最好的一面。但我想展现的是自己简单、自然、平常的样子，不必费力摆出一副姿态，也没有伪装做作，因为我描绘的是自己。在公共礼仪允许的范围内，我的缺点，我实际是什么样，都原原本本地呈现出来。据说，有些地方的人仍然生活在自然法则之下，享受着甜美的自由，如果我是他们当中的一员，请相信，我会很愿意拿出一幅毫无保留、完全赤裸的自画像。"

为定稿付印，蒙田过去几个月忙得焦头烂额——拉波哀西的《自愿奴役论》一文，他本来预备收进书中，不意却被别人抢在前面盗印发表了，打乱了他的计划，还有一篇稿子被仆人窃去，也给他添了不少乱子。蒙田需要休息。

于是，数月之后，蒙田备好了衣食，还带上了若干部已经出版的《随笔集》和整桶整桶的葡萄酒，马驮车载，于6月22日，踏上了将持续十七个月的旅程，一路经过瑞士、德国、奥地利、意大利，最终到达罗马。罗马是文艺复兴时代的精神心脏，然而蒙田的秘书写道，他对人人都去的地方并不热衷，会很乐意改道去希腊、波兰或别的什么地方。然而，还是旅伴们的意见占了上风。和蒙田一道旅行的人有他最小的弟弟伯特兰·德·马特库伦，他的妹夫贝尔纳·德·卡萨利，年轻的查尔斯·德·埃斯蒂萨克，一位德·奥特伊先生，以及若干仆人。他们经常抱怨他把大家带离了正路，蒙田则会不耐烦地说他"就想信马由缰地乱走，而且也不存在迷路或走错路的问题，因为他本来就没有什么计划，只要是没去过的地方就行"。

对于这次旅行，我们的了解来自蒙田一路所记的旅行日志，其中很大一部分是蒙田口授，由某位秘书以第三人称进行笔录；日志其余的部分都是蒙田自己的手笔，在意大利时使用意大利文书写，回到法国后则改回法文。以后，蒙田会用日志中的材料，为《随笔集》的后续版本充实细节，如意大利的浴场，公开处决的残酷，以及意大利诗人塔索的疯狂——他在费拉拉曾探访过这位诗人。但是，在接下来的两百年中，日志的手稿却销声匿迹了；最后是由一位方志学者，在蒙田城堡的一只箱子里发现了它；《旅行日志》于 1774 年出版，手稿却在法国大革命的旋风中散去，不知所踪。因此，我们对《旅行日志》的了解，只能以 18 世纪的印本为依据。由于手稿头两页早已遗失，所以《日志》起笔突兀，简直可与加布里埃尔·加西亚·马尔克斯一较短长：

> ……蒙田先生派马特库伦先生随那位侍从一道，火速前去探望伯爵，看到他的伤势并无性命之虞。

如此一来，蒙田的弟弟去探视的那位伯爵究竟是谁，他因何受伤，都成了无解之谜；连具体是什么原因促使蒙田决定踏上旅程，我们也无从得知了。

最可能的解释，是他想远离法国和它的宗教战争，摆脱打理家业的烦恼；或许也因财产日丰，他觉得手头宽裕了。但是，还有更为私人的原因。从 1578 年春天起，蒙田的肾结石病越来越严重。在《随笔集》第一版收尾的部分，我们读到，他曾试过去肖德埃古和巴涅尔的矿泉浴场进行治疗。《旅行日志》表明，他很想去意大利的矿泉浴场进行同样的治疗，尤其是著名的卢卡温泉。于是，蒙田的意大利之行就变成了一次以他的身体为中心的旅程：他不厌其烦地描述结石如何一程程在他的身体中走过，描写食物和水怎样摄入又被排出，以至于19世纪的一些编者掩鼻不及,干脆把若干最有味道的字句删除了。

另一个原因非常简单,蒙田就是想去旅行而已:"我的目的是,只要开心,就一直走下去。"在那个时代,旅行是人们眼中必须要受的罪,一种并不舒适且常有危险的活动。但蒙田觉得旅行的好处大过麻烦:"对我没什么坏处,除了花费。"他没有父亲那个从军入伍的经历,没能借戎马生涯开阔眼界(他父亲也有一部日记记录自己在意大利的见闻);我们还有一种感觉,这是一趟追寻已逝韶华的旅程:出发时蒙田四十七岁,同行的旅伴都至少比他小二十岁。由此,旅行就成了蒙田恢复自己生命活力的一种途径:

> 我认为旅行是一种有益的活动。接触以前没见过的新事物,能让心灵保持活跃;不断地接触各式各样的生活、想法和风俗,感受人的性格、体态无时不有的差异,我不知道还有什么学校……能更好地塑造人生。

他的秘书记道:"去陌生的地方游玩的快乐。"让蒙田忘掉了自己的"年龄和身体的不适"。蒙田说,旅途中接触不同的人,有助于"打磨心智"。对身体语言和其他文化的风俗,蒙田表现出近乎人类学家的敏悟,同时,又像背包客一样,特别在意自己有没有挨宰。

❦

旅程的第一段是从蒙田庄园至巴黎,在那里蒙田把一部《随笔集》献给了亨利三世。之后,他赶往位于北方七十英里被新教徒占据的费尔城①，目击了那里的围城战，然后沿马恩河岸向南，穿过法国东部，进入瑞士和德国。

真正投入旅行之后，蒙田感觉最明显的，是各地风情与自己国家的强烈对比。在德国，他注意到有的城镇的钟楼，每隔十五分钟敲响一次，还有的地方甚至每分钟都敲（意大利的钟楼比较少，这让他很遗憾）；他记录马匹的价格，面包的个头，帽子的形状，各地出产的木材，以及勒米尔蒙的村民怎样每年缴纳白雪作为租税。有不明白的事情他就问。在林岛城门处有一段古老的城墙，上面没有任何字迹，向人打听后才知道，这段墙德语名字的意思就是"老墙"。

同样引人瞩目的，是蒙田对异常现象的兴趣。这是前科学时代思想倾向的典型表现，人们认为，对自然的认识，不能通过平常事实的累积，而应通过它的反常之处来获得。蒙田留意记下了骑马经过山区时，马蹄声如何在山间回响，像不息的鼓声般环绕着一众旅人；在勃隆皮埃的浴场，他遇到一位安德洛领主，这位领主对兄弟哀思过度，竟至在身体上也落下了痕迹：

> 他的一部分胡子和一侧的半边眉毛是雪白的颜色。他告诉蒙田先生，胡子和眉毛是一下子变白的。那天，他在家里，因一个兄弟被阿尔法公爵处死而极度悲伤……当时，他用一只手撑着头，头靠在手上的姿势和位置，让在场的人看了，以为是不知怎么给面粉洒在了上面。从那以后，就一直是这样了。

---

① 据马振骋译《蒙田意大利之旅·译序》，其时占据该城的是天主教徒。——译者注

蒙田还遇到一个脑子有问题的克雷莫纳商人，他的《天主经》总是念不利索："到结尾的时候，就忘了已经念过开头，于是反复地重新开始"；他戴了顶羽毛边的帽子，和他的人倒也般配[①]。蒙田还去参观了佛罗伦萨大公的兽栏，见到了一只奇怪的羊，一峰骆驼，和一只"大小与巨型獒犬相近、模样像猫的动物，一身黑白条纹，人们说它叫老虎"。

蒙田对实用和技术性的东西也有强烈的兴趣；同样的志趣，在未来，将得其所哉地汇入科技革命的浪潮。他跟一个木匠学会了怎样通过年轮判断树龄，见识了波乔公爵（闲暇时是位"能工巧匠"）的车床和木工工具；他还参观了一座银矿和一家制牌厂，并记录了一个水泵、一根虹吸管和一架自动烤肉叉的运作过程；罗马大学的布罗博士特来拜访他，还送了他一部研究潮汐的专著。

最让蒙田赞叹的，是那些设计精妙的喷泉。在普拉托里诺宫的观赏园，游客不注意的话，就会给喷嘴中突然射出的水淋湿；还有一个洗衣妇的石雕像，水是从她正在洗的石雕衣物中流出的；在佛罗伦萨的卡斯特洛宫，亚平宁老人巨像"的胡子、前额和头发上不断渗出水来，那代表的是汗水和眼泪"。在奥格斯堡的富格尔家族的花园，捉弄游人的喷泉让蒙田忍俊不禁，"又细又急的水柱，喷出有一人高，给女士们的裙子和大腿送来一片清凉"，把她们吓一跳。

也有娱乐放松的时候。他嘲笑某些喜剧演员，还给一些女演员送过鱼；他参加有偿抽奖游戏（抽到了第二）；他品评艳名远播的佛罗伦萨妓女（"一般般"）；他购买纪念品：一个带银箍的桶、一根印度

[①] 英文featherbrained,意为健忘，与feather-brimmed（羽毛边的）构词相类。——译者注

手杖、一个罐子和一些槟榔果（对脾好）；他参观梵蒂冈图书馆，瞻仰亚里士多德潦草的手迹[①]；他乘雪橇下塞尼山，"有点意思，没什么危险"。

客栈的好坏也是个话头：皮亚琴察的驿站最好；帕维亚的苍鹰旅店最差；罗马的狗熊旅店（现仍营业，是一家昂贵的饭店）非常不错，在这里蒙田住得很划算，"三间上好的卧室、一间饭厅、一间食品室，还包括马厩和厨房，店主一个月收费20克朗，还另外提供一位厨师和厨房的用火"。

从始至终，蒙田一直把自己的贵族身份挂在心上。他把刻有自己纹章（蓝底三叶草）的木牌送给喜欢的店主；在斯特钦，某校长被他斥为"笨蛋"；在罗马，他急着向另一位绅士致意，竟然戳伤了自己的眼睛（尽管他也试图自我解嘲，说这是右手的拇指变成不干好事的左手拇指：sinister既是"左"也是"邪恶"的意思）；有的时候，他还故意保持沉默，任由别人误会他是位男爵或骑士，这相当于被抬到了最上层的地位；然而，蒙田却不能让一个无礼的意大利车夫坏了规矩，赏了他一个大耳光，再次验证了那句老话：真正的绅士，该动粗时绝不犹豫。

✣

但是，使蒙田成为那个时代最有趣的旅行者之一的，是他有着发自内心的愿望，想了解其时正席卷欧洲的各种历史力量。宗教改革

[①] 马振骋译《蒙田意大利之旅》中似未及此节。——译者注

的发源地德国，在政治和宗教上，对于他来说都是异国他乡。进入德国之后，蒙田把自己的信仰暂且搁置，打算现场了解一番宗教改革进展的情况。在伊斯尼，他专门去见了当地的牧师，用餐时和他展开了一场神学讨论；蒙田故意挑起争论，转述加尔文派对路德宗的批评，说路德的教导意味着上帝不但存在于圣体之中，而且无所不在。讨论渐趋激烈，"博士高声否认，急于撇清自己，就像这是对他的中伤诽谤"；(他为自己的辩护不太"成功"，蒙田在日记里不屑地道)。但至少，这位牧师还识得大体，肯陪蒙田和埃斯蒂萨克去参观当地的一间修道院；那里正在望弥撒，牧师站在旁边，看着信徒们祷告，不过他的帽子一直戴在头上，不肯摘下来。

在奥格斯堡——也许是"德国最漂亮的城市"——蒙田亲眼见证了发轫未久、还在成型阶段的新教。他参观了一座路德宗的教堂，看上去就像大学的礼堂，没有圣像、风琴和十字架，墙上满是摘自《圣经》的诗歌，会众人数是一般天主教堂的两到三倍。在肯普滕，他问牧师是否允许跳舞（"当然允许"），还问为什么新造的风琴上画着耶稣像，而教堂里原来的圣像都被擦掉了，牧师说那些事都是茨温利（Zwingli）派信徒干的，他们强烈反对偶像，他本人对圣像并无反感，只要别把圣像当成神的真身就行。这位来自奥格斯堡的牧师，名叫约翰·蒂利亚努斯，他对这位爱打听的法国绅士生出了好感，请他到家里做客，还给他看自己的书房——"挺不错的，书不少"，蒙田如是评价道。

在其他地方，古老的天主教迷信仍零星地存在着。在奥格斯堡的圣十字教堂，蒙田看到一块变成了肉的圣体饼，"肉红色"的一小口；在泽费尔德，有一个贪心的人，向神父索要一块更大的圣体饼，结果脚下的地面立时出现了一个洞口，把他吞了进去，只露出脑袋，至今镇里的人谈起这事仍心有余悸；那洞如今还在，洞口被铁栅盖住了，当时那人疯狂地抓住祭坛，还看得到在上面留下的手印。

同时，反对宗教改革的力量，也在试图革除天主教的这些陋习，以应对新教对天主教的攻讦。在兰茨贝格，蒙田看到耶稣会正忙着建造一座很漂亮的新教堂。在这里，不论什么人，蒙田说，对于天主教之外的任何信仰，哪怕只是心存一点好感，"他最好闭嘴别出声"。在奥格斯堡，他也去拜访当地的耶稣会士，发现他们"很有学问"。但是，改革很少有一帆风顺的。在伊京（Icking）[①]，耶稣会士的改革引出了一场乱子，他们强迫神父们跟自己的相好断绝关系，结果，这些神父纷纷向大公诉苦，让人看了会以为，这些只是被勉强容忍的事情，以前竟然"被当成了光明正大的合法行为"。

在跨越这些宗教疆界的同时，蒙田也敏锐地注意到了伴随着宗教狂热的、具有讽刺意味的表里不一和矛盾乖戾。伊尼斯那位容易激动的牧师，吃饭的时候说他"宁可望一百次弥撒，也不愿参加加尔文教派的圣餐礼"，似乎完全不知道这话对于他的身份而言有多么荒唐；在意大利，尤其是在罗马，许多教堂里面只有为数很少的圣像，一些老教堂则根本没有。而那些两种宗教能够相安无事、和平共存的地方，则让刚刚脱离了法国内战的蒙田看到了希望。在奥格斯堡，路德宗信徒和天主教徒结婚是很常见的，"爱得更深的一方接受另一方的教规"。确实，他入住的椵树客栈就是一例，店主是天主教徒，老板娘则是路德派信徒。他们这一对树立了普世基督徒携手合作的成功典

[①] 据马振骋译《蒙田意大利之旅》，此事发生于柯尼格斯道尔。——译者注

范：客栈干干净净，楼梯用水洗过，还铺了布，没有蜘蛛网，一尘不染。

奥格斯堡以南，新教便销声匿迹了；沿去特兰托的路走约两里格（约六英里），人们开始讲意大利语。但是，进入意大利之后，蒙田的日记中多出了一丝不以为然。他遇到一些圣哲罗姆－耶稣会会士，他们组成了某种修道会，穿棕色的长袍，戴白色小帽，整天忙着调制一种橙汁酒，在蒙田看来，他们中绝大多数都很"愚昧"；在维罗纳，信徒们在望弥撒的时候头上还戴着帽子，说闲话，直到举扬礼的时候才停下来；在罗马，教皇和红衣主教们在圣礼的过程中继续聊天，这让蒙田觉得"挺奇怪"；在圣周四，他看到教皇站在圣彼得大教堂的台阶上，宣读谕旨，开除了"数不清多少人"的教籍，包括"胡格诺派信徒，他用的就是这个名字"，以及任何抢了教会土地的君主——读到这些君主的名字时，美第奇红衣主教和卡拉法红衣主教在一旁"笑得很开心"；在圣约翰教堂，他又一次目睹了天主教会有失检点的表现：圣西斯多红衣主教，坐在通常是苦修者待的地方，在信徒走过时，用一根长杖轻轻敲他们的脑袋，如果是"有身份并且貌美的"女信徒，他敲的时候就更笑容可掬，斯文有礼。

在比萨，教会的水准更降到了一个新的低点。主教座堂的神父和圣方济各会修士大打出手，起因是双方抢着要为一个富裕堂区的居民主持殡葬礼。蒙田就像个初出茅庐的记者那样，心急火燎地赶往现场，为我们提供了一份详细的报告：

> 一个神父走近大祭台，企图占住石桌，一个修士过来要把他推开，却挨了神父所在教堂的副本堂神父一巴掌，就这样，你来

我往,越打越凶,到最后,拳头、棍棒、烛台和火把,能用的全都用上了。

不用说,那富人的殡葬弥撒也泡汤了。

蒙田也目睹了教会权力更为阴暗的一面。在罗马圣周期间,一个神父拿出圣维罗尼卡为耶稣拭面的布给信徒瞻仰,布上有耶稣的面像:"一张让人发怵的脸,"蒙田说,"色调阴森。"看到它,人群一下子变得癫狂,一个女人挥舞着胳膊,说胡话,发出尖叫,"说是被鬼上身了"。还有一次,蒙田适逢其会,看到教士为一个被魔鬼附体、"好像只剩半条命了"的抑郁症患者驱魔,其中似乎暗藏着见不得人的把戏:

> 他们紧紧拉着他脖子上缠着的布条,让他跪在祭台前;神父捧着日课经,面对着他,宣读祷文和驱魔咒,命令魔鬼离开他的身体;之后,神父开始交替向那病人和魔鬼讲话,咒骂他,用拳头猛打,还朝他脸上吐口水;对神父的问话,病人嗫嚅着答了几句,描述他被附体的感受,一会儿又换成了魔鬼的口吻,说他如何畏惧上帝,以及神父的咒语多么厉害。

然后神父拿起圣体盘,头朝下烧了几根蜡烛,念诵的咒语也达到了高潮。仪式完成后,他给那人解绑,让家人带他回去。神父对围观者说,今天的魔鬼比较麻烦,属于最难对付的那一类,要费很大功夫才能驱走,还说昨天他刚给一位妇女驱过魔,她吐出来一些钉子、别针和毛发;这时观者中有人说她还没好呢,神父的解释是她又给一个小鬼附体了,"这些鬼怪的名字、种类、特性,他都知道得一清二楚"。留意到今天的病人并没有吐出钉子和毛发,蒙田最后写下的几句话中似乎透出一种怀疑;同时,作为从事法律工作的同行(也同为人类中的一员),他用"我的"一词,传达着因感动而产生的同情:

> 当他们把圣体端到他面前时,我的那人没有任何动作,只是咬住牙关,紧抿着嘴,偶尔吐出这几个字:si fata volent(如果命运要如此安排);因为他是个公证人,知道一点拉丁文。

这一类的时刻,有助于调整我们对蒙田的看法,以免失之偏颇。在《随笔集》中,他表白自己是个保守的天主教徒,但在未打算出版的旅行日记里,我们看到,他对教会表现出一种更为复杂的态度:有些怀疑,有些不满,尽管最终他还是有心要放弃这些态度的。

因为,天主教体系中,仍有许多让蒙田崇慕的东西。集体祝祷的场面,让他心生感动,尤其是圣周期间,夜晚"整个城市好像成了一片火海……每个人都擎着火把,烧的几乎一律是白蜡";他还看到,教皇无上的权力中,也有仁恕的一面:棕榈主日,在一座教堂里,他看见一个少年,坐在祭台旁边,身穿蓝色塔夫绸衣服,头戴橄榄枝冠,手上拿着一支点燃的火把,"他约莫有十五岁,因教皇谕令,当天从监狱获释;他杀了另一个男孩"。

但是,对于文艺复兴时代绝大多数旅行者的终点站——罗马的辉煌,蒙田的态度却甚为含糊。人文主义者之所以热衷于欧陆旅行,是把它当作一场接受古典洗礼的文明之旅:文化、思想和道德的条条大路,都通向罗马,通向人类善美的普世典范。然而,他的日记里,蒙田却表达了一种不同寻常的看法,认为古代遥不可追,这将是一次永远不会足月顺产的复兴或重生;一次蒙田谈性大发的时候,他的秘书匆匆记道:

> 他说"真正的罗马,除了当初建立时那同一个天空下残存的一点轮廓,我们什么都看不到了;我们对罗马的认识,纯粹是抽象的,只存在于思索中的,没有任何具体的感知为基础……很多时候,人们向下挖了很深,却只挖出了一根柱子的顶部,它的下面,还埋在更深的土里……显而易见,今天的街面,已经比当初的街道,高出了三十多尺"。

如果说这段话代表着文艺复兴的结束和现代的开端,也未尝不可——怀疑主义把人文主义从驾驭人们思想生活的宝座上赶走了。

⚜

但是,旅游依然有其重要性,只不过,传统的旅游观,被蒙田提出的一种更少关注历史与古典、更强调此时此地的新观念取代了。在《论儿童教育》一文中,蒙田便探索性地提出了这一见解,即生活本身就是教育,而旅行正是接受这种教育的最重要的渠道之一:

> 但不是像我们的法国贵族那样,能说得出来的,只是万神殿的规模,以及利维亚小姐(Signora Livia)的短衬裤有多么讲究,或者,像另一些人那样,只注意到一些古代废墟上的尼禄

像，同纪念章上印的头像相比，脸长出多少，宽出多少；他们最应该带回来的，是关于各地风土人情的知识，最应该做的，是借着与不同的人物交往来打磨我们的心智。

在1580年版的《随笔集》中，蒙田强调了旅行的交往功能："拜访沿路的许多亲朋，和当地人结识交往，是很快乐的。"这在《旅行日志》中得到了验证，并且，蒙田还表现出一种近乎文化人类学者的态度，对日常生活中的礼仪、习惯、动作和姿态尤为留意。尽管他试图融入当地，在意大利的时候，说话、书写都用意大利语，他的外国人身份依然带给他一个特别的好处——使他能够对扰人的话语声充耳不闻，更专注于近距离观察人类行为的语言。

在托斯卡纳和乌尔比诺，他注意到当地的女性行屈膝礼，和法国一样；在巴登，向女士致意的方式，是先亲一下自己的手，再用这只手去碰她们的手，按照当地的风俗，女士只是站在那里一动不动，或者，如果够幸运，她会向你微微点一下头；在德国，出于礼貌，你得从一个人左边过，方便他拿自己的武器。在肯普滕，蒙田目睹了一场简朴的婚礼，但他并没有一开始就点明这是一场婚礼，而是让当事者简单的行动举止为自己说话：

> 布道之后，另一位牧师走到祭台前，手里拿着一本书，面朝大家；一位姑娘走到他面前，按当地的方式向牧师微微行了一礼，然后便站在那里；她没戴帽子，头发也没有扎起来；紧接着，一个小伙子走上前来，站在那姑娘身边；他是个工匠，腰上挂着把剑；牧师附耳对他们讲了几句话，又让他们每人念一遍

《天主经》，然后牧师展开书读了一会儿，都是结婚者要遵守的规约，最后，他让他们互相碰了碰手，但没有接吻。

蒙田注意到，即使是最古老的仪式，也会随各地风俗而有所变化：有些人张口领受圣体，有些地方的人则伸手去接。

穷人的言行习惯同样因地而异。在佛罗伦萨，乞丐的放肆无礼和咄咄逼人让蒙田大为震惊："给点钱吧，怎么样？！"或者，"给我点东西，你听到没有？！"罗马的一个乞丐更是直接敲打蒙田的良心："行行好吧，为了你自己好！"（蒙田的钱包，就是在给钱的时候丢的，从裤子的开缝漏出去了。）在卢卡，法国人和西班牙人分成两派，本地人通过在头的左侧或右侧戴花，来表示自己倾向于哪一派，蒙田入乡随俗，随便在左耳上戴了朵花，结果招致了法国一派的不满。

就蒙田的触觉而言，外国的东西感觉就是不一样。在马克道夫的鸽子旅馆，睡垫里填的是树叶，当地人说比麦秆耐用；蒙田"像本地人那样"，试着盖羽毛被睡觉，觉得很舒服，"又轻又暖"；他喜欢德国南部的那种炉子，不会把靴子和人的脸烤得发烫，也不像壁炉那么大烟（那对蒙田敏感的鼻子来说是很难忍受的）。

通过食物，通过餐桌礼仪，饮食之道最能体现文化上的差异。在林岛，人们用一种特殊的工具切碎卷心菜，放进缸里用盐水腌制，留到冬天食用；在皇冠旅店，梨、李子、苹果制成的果馅儿饼和肉菜混在一起上，而且有时候先上烤肉后上汤，餐厅里，长长的鸟笼从屋子一头伸到另一头，蒙田就在鸟鸣声中用餐；在伊京，饮酒的木杯箍得像桶一样；在肯普滕他还吃了白兔；因斯布鲁克的饭食非常讲究，食客先坐在一旁，等饭菜准备好之后，再连同桌子一道搬过来。蒙田只是沉下心来，去体会这些差异，没有任何抱怨。作为一位领主，他的口味精致，颇为现代——喜欢新鲜水果，橙子、柠檬，尤其是甜瓜，还能欣赏清淡的意大利菜，蓬特雷莫利的"无核橄榄，用油和醋调味，像沙拉一样"，"味道很好"。

并不是说，蒙田没有任何偏见。他评价康斯坦茨苍鹰旅店的老板，"在我们的仆人和我们从巴塞尔雇来的向导之间的纠纷一事上的作为，是条顿人粗野、蛮横性格的典型表现"；处理纠纷的当地长官是位意大利人，表现出的又是另外一种民族性格——他说可以判蒙田这一方占理，只要蒙田同意解雇自己的仆人，不过也允许他马上再把人聘回来；"这真是相当灵活巧妙的手段。"蒙田赞叹道。

和我们大多数人一样，蒙田无法避免拿已知者作为尺度，去评判新奇的事物。他说德国的生活费用比法国高，法国的胡桃树比德国的松树好。他从前听人谣传，说阿尔卑斯山区如何"艰苦，民风古怪，道路难行，住宿条件落后"；然而，旅行没多久，到了布雷萨诺内，他便开始反思，认为在外国旅行其实不一定就比国内危险：这一路气候温和，下雨的时间总共才一小时左右，而且，"从各个方面来看，如果他想带自己只有八岁的女儿出来游玩，走这条路线完全没问题，就和在自家花园的小径散步一样"。与大多数时候"只想着回家"的旅伴们截然相反，蒙田全身心地投入到对新奇事物的体验之中，每当要去什么新地方，他一起来就"浑身是劲"；他总是"对前方充满了期待，寻找一切机会和陌生人聊天"；在罗马，蒙田嫌遇到的法国人太多，他想方设法要融入当地的生活；他"在任何地方，都让人按当地的风俗招待自己"；在奥格斯堡，他穿着普通的衣服，戴了一顶毛皮帽子，伪装成当地人的样子，在城里四处转悠，结果因为擤鼻涕而暴露了身份（手帕当时还是挺稀罕的东西），让他很郁闷。

蒙田也以旅行为参照，对自己本土的文化进行定位。林岛的客栈伙食"美味"，"我们法国贵族家里的烹调也未必比得上"，山鹑、野兔等大小野味供应充足，鱼也不少，"调味的方法和我们非常不同，但味道一样好"；巴塞尔的金属匠人手艺要胜过他们的法国同行，"他们的教堂，无论多么小，都有一个很气派的时钟或日晷"；意大利人用转轮带动筛面粉，"这样他们的面包师傅一小时干的活儿比我们四个小时还多"。于是乎，我们很快便看到，他对自己的国家多了一丝不以为然："另有一些原因，使得他痛恨、厌恶法国"（因为它的宗教战争）；蒙田全副身心投入到对异国风情的体验中，甚至"喝葡萄酒都不兑水了"。他总结自己这次旅行有三大遗憾，其一是没带上"一个厨子，让他学习他们的烹调技艺，回去后让大家开开眼界"；其二是没带上一个德国男仆，这样就不至于被当地人算计；其三是没有一部合适的旅行指南，比如1544年出版的塞巴斯蒂安·缪斯特（Sebastian Münster）的《世界地理》（*Cosmographie Universelle*）一类的书，这书他回国后觅到了一本。

蒙田对异域文化的兴趣，越过了欧洲的边界。在罗马，他与一位"安条克的阿拉伯老翁"交上了朋友。老人家知道"那边的五六种语言"（指中东地区），给蒙田留下了深刻印象。他送了蒙田一些治肾结石的药，装在"一个小陶罐里"，蒙田在日记中录下了用法：吃少量晚饭后，"取约两粒豆子大小的药，先用手指捏碎，温水冲服"。

蒙田开阔的胸襟另有突出的表现。他去了罗马的一户犹太人家，观看一个新生儿受割礼——他称之为"人类现存最古老的宗教仪式"。蒙田对此事的浓厚兴趣是显而易见的。他母亲很可能有犹太血统；之前在维罗纳，他就参观了犹太会堂，"并围绕宗教仪式的话题和他们进行了一番长谈"。作为虔诚的天主教徒，蒙田是否因母亲的出身背景，而对犹太教怀有同情，这是一个难有定论的问题；但我们能看到的，是客观而公允的描述，类似他笔下路德宗信徒的那场婚礼——撇开字面上的教理教义，让真实具体的宗教活动为自己说话：

> 跟我们一样，他们对祷告也不大上心，会同时谈些不相干的事情，对他们信仰的奥迹亦缺乏敬畏……晚饭后，经师们轮流讲解当天的日课，用的都是意大利语；每位经师讲完后，另一位在场的经师从听讲者中叫出一个，有时是连续两三个，向刚才讲读的经师问难辩论。我们赶上听讲的那位经师似乎口才不错，雄辩机智。

他继续描写割礼的过程，并把它和天主教的一些习惯进行对比。"和我们一样"，他们也给小男孩安排了一位教父和一位教母；婴儿裹得严严实实，"和我们没什么区别"；割包皮之前，操刀者先暖了暖手，割完后还用嘴吮净伤处的血；整个过程"费了不少功夫"，"有点疼"，蒙田记录道。但他似乎并不想妄作任何评价。"和我们的孩子受洗礼时一样"，那小男孩也哭了起来，但让他吮吮沾了葡萄酒的手指头，就哄好了。

⚜

但是"与他人交往，打磨我们的心智"的最有趣的例子，也许出

巨嘴鸟。见安德烈·塞维《南极法兰西志异》(André Thevet, *Les Singularitez de la France Antarctique*, 1557)

自《食人族》一文，该文写于蒙田去意大利旅行之前的两年，但后来又有增补，直至他去世。

16 世纪，大西洋贸易急剧扩张，船舶纷纷从法国和西班牙的港口起锚，经六个礼拜的航程，前往美洲，返程时满载着白银、巴西木和香料，也带回了许许多多奇谈异事，讲的都是各种见所未见、闻所未闻的人、动物和自然现象，比如一种叫作帕克的黄色水果（香蕉）和巨嘴鸟。

地理大发现，给欧洲文化带来了巨大的冲击。从古代起，欧洲人就相信，世界上只有三块大陆——欧洲、非洲和亚洲，这是神的旨意，而且能与圣父、圣子和圣灵形成一种对应的关系。蒙田把地理发现造成的冲击和震骇录之于笔，同时也因势让自己的心越出常轨，去思考我们应该如何"小心提防，不要狃于俗见，人云亦云，而要靠自己的理性来判断事物"。

蒙田从未踏足新世界，但他说有位曾受雇于自己的人，在巴西，或者当时也称为"南极法兰西"的地方生活过十到十二年。南极法兰西这一说法，似乎会让我们很自然地联想起殖民者的傲慢，但蒙田话题一转，有些先知先觉地探讨起地质变动和海洋作用，对地球表面造成的改变——把西西里同意大利隔开，让远古时也许本来相连的欧洲和美洲大陆分成了两片；他说起多多涅河的河道在自己这一生中的变迁，以及他弟弟在梅多克的地产如何被大海侵吞，作为例证，以支撑自己的观点。

蒙田提起亚里士多德，说他曾讲过，迦太基人在大西洋发现了一座大岛，岛上"森林密布，河流又大又深"，但是迦太基的统治者禁止人民到岛上定居，担心迦太基沦为空城，最终被新世界取代。就像忒修斯之船的哲学难题——忒修斯的船不断换掉朽坏的木板，到最后，人们会问，这还是原来的船吗？——蒙田也问道：如果事实上我们都源出于同一块大陆，并且有着共同的祖先（今天的古生物学表明的确如此），那么，谁说得清，什么人是文明的，什么人不是呢？或者，在未来的时代，什么人会是文明的，什么人会沦于野蛮？

与亚里士多德相比，蒙田更愿意相信自己的前仆人，"一个纯朴、没什么学问的人"，他讲的话也许更为可靠。那些年间，这位仆人曾带过数位商人和水手到蒙田家，根据他们的描述，蒙田对认为新大陆居民是野蛮人的普遍看法嗤之以鼻，并表达了自己的一番见解：

> 依据我听到的说法，那地方的人我看不出有任何野蛮之处，只不过凡是与我们习俗不合的东西，我们就会称之为野蛮，仅此而已。的确，对于何为真理，何为理性，我们似乎无可借鉴，只有拿自己国家的主张和习惯当作楷模和典范，而本国的宗教总是十全十美的，治理总是尽如人意的，什么都是完美无缺的。我们称那些人野蛮，就和我们把大自然在正常的进程中，自行孕育出的果实称为野果是一回事；实际上，真该称为野蛮的，是那些被人为的手段改变、偏离了常态的东西。

所以，用衣饰和装扮败坏、扼杀自然美的我们，才是真正的野蛮人；相反，值得赞赏的是新伊甸园出产的、未经人工栽培的果实："味道极鲜美，为我们的水果所不及。"就这样，蒙田把观念翻转了过来，开启了一个新的传统，到卢梭的高贵野蛮人的说法一出，终于登峰造极，堕落前的天真未凿，已经变得比人工巧饰更值得推崇。在后来的《论马车》一文中，蒙田更站在印第安人的角度，反观自己和自己的同类：

> 想想征服者用以欺骗他们的阴谋诡计，想想他们看到这些骑着前所未见的怪兽，满面虬髯，语言、宗教、形貌和面孔都与他们截然不同的人，看到这些来自他们从来没梦想到会有人居住的遥远异域的人，突然出现在自己面前时自然会有的惊奇……这些人一身坚硬、闪亮的皮肤，手持光闪闪的锋利武器，攻击的却是

一群为了一面镜子或一把刀的奇妙闪光，肯拿出大把的黄金或珍珠来交换的人……用我们雷鸣电闪的大炮和火枪，来攻击一群赤身裸体的人……在友好和真诚的伪装之下，向对新奇事物满心想往和好奇的人们，发动了突然袭击；我要说的是，如果把征服者所依赖的这些优势因素全考虑进去，他们那么多的胜利就变得不值一提。

西班牙征服者的阴谋诡计与美洲印第安人的真诚，形成了鲜明的对比。在《食人族》一文中，蒙田设想，柏拉图会非常愿意见见这些所谓的野蛮人：在他们那里，"虚假、背叛、掩饰、贪婪、妒忌、诋毁……这类的字眼根本没听说过！"

蒙田继续转述那些引他遐想的异闻：他们的战士使用木剑，夫、妻各有自己单独的棉布吊床；他们戴镯子，脸刮得干干净净，手持长长的空心杖伴舞；他们的道德只有两条：战斗勇敢，爱自己的妻子。

接着，蒙田径直谈起印第安人所谓的"野蛮"。他们的战士虽然赤身裸体，战斗时却极为勇敢；他们作战唯一的目的，是表现勇气（他们绝不会为了土地之类微不足道的东西开启战端）；他们和最好的朋友一起动手，杀死俘虏，烤他们的肉吃，还选出上好的肉留给不在场的朋友，但在杀死俘虏之前，却对他们优容有加，极尽善待，而且，他们吃掉敌人，并非为了填饱肚子，而是作为报复的一种仪式。蒙田将其与葡萄牙人的杀人方式进行对比——把人埋到腰部，先用箭攒射，再挖出来吊死。蒙田就这样剥了欧洲人的皮，把他们的"优越感"痛斥为道德上的失明：

> 我想，吃活人比吃死人更为野蛮。在肢刑架上折磨、切割仍完全有感觉的活人，把人用慢火烧烤，丢给猪、狗，任它们撕扯、咬烂（这些事，我们读过、见过，而且记忆犹新，不是宿仇相残，而是发生在邻里和同胞之间，更糟糕的是还打着虔诚和宗教的旗号），这一切，我说，比杀死一个人之后再把他烤来吃更为野蛮。

这时，蒙田一定想到了处决土匪卡泰纳的场面：只是肢解罪犯的尸体时，才在围观的人群中引起了一点怜悯或惊骇的情绪。[1]

但蒙田眼中的文化，并不是必然被封闭在各自的道德玻璃之中，可以像玩某种思维游戏一样比来比去、一较短长的东西；如果以为他只是这样一个文化相对主义者，那就错了。即以《食人族》为例，该文最让我们感兴趣的方面之一，在于蒙田点出了美洲印第安人的宗教与基督教有相类相通之处。天主教徒相信，神"真实地临在"于圣餐之中，这是他们最容易遭致新教徒攻击的观念之一，因为如此一来，领圣餐实际上就等于是人相食。对此，蒙田的回答是，更"纯真"的文化中也存在同样的行为，只不过他们的做法更为诚实。不吃敌人的时候，那些印第安人赖以为生的食物是饼和酒；他们造酒的原料是"某种植物的根，颜色近似于我们的红酒"，他们的饼"除了甜，没什么滋味"。他们日常的食物，不但与圣餐的饼和酒相似，甚或更接近那原初的血肉本义，因为，"他们只喝暖的酒"；而"让酒暖着并使酒味醇和"，则是哺育生命的女性的工作。

---

[1] 前段引文，出自《食人族》一文；处决卡泰纳一事，则分别在《论残忍》一文和《旅行日志》中有所提及。——译者注

就这样，在《食人族》一页页文字的表面之下，如潜流般淌过的，是这样一种观念：一切宗教，基督教也好，美洲印第安人的宗教也罢，都隐含着与他人身体接触的欲望，并进而由人及己。这一对身体的崇拜，经由升华和所谓"文化"的作用，被基督教扭曲，变成了怀疑和毫无意义的残暴的根源。但是，基督教教义分歧的焦点圣餐礼本身，却是紧密团结的源泉，并保持着它的本真面貌。这种人我一体的观念，甚至在被俘者对敌人所唱的仪式化的歌中也有体现：

> 大意是要他们放胆过来，一起吃他，因为吃他就等于吃自己的父亲和祖父，他们的血肉，滋养过他的身体；这些皮肉，他唱道，这些筋脉，都是你们的，可怜的傻瓜，你们难道看不出，这筋、肉中，也有你们父、祖的身体？好好品尝吧，你们会发现，这肉里，也有你们自己的肉的味道。

这些话，让人想起圣餐礼的祝辞："这是我的身体"，"这是我的血"。但重要的是，在印第安人的"祝辞"中，包含着自我克制的种子。这样，蒙田所描述的印第安人的报复，实则相当于个人之间、肉体之间重新结合的过程，而且是真正意义上的合为一体，不但在胜利者之间，也在胜利者和被难者之间——他们曾吃过胜利者的先人。这是一种互相吸收的行为：吃即被吃，是自己吃自己。蒙田强调的是对身体的品尝和享用，甚至达到双方血肉同质的地步："你们自己的肉的味道。"通过品尝另一人的生命，他们也就尝到了自己生命的滋味，从而在宗教和哲学上，都建立并"品尝"到了相互之间的联系。

但是对蒙田而言，最重要的也许是，这种品尝能带来一种满足，因而有助于减小人的贪欲。使他们得到滋养（这是蒙田最喜欢用的词之一）的，不在于吃了多少肉，而在其仪式的一面。并且，在蒙田看来，这种主动、积极地细细品尝，并从中得到滋养的能力，才是印第安人和欧洲人最主要的差异所在。印第安人吃肉和鱼的时候，"只是简单地烧烤，没有任何其他工序"；他们早晨起来就吃饭，一顿管一整天；他们的酒，会让没喝惯的人拉肚子（即吸纳、摄入的反面），但对他们来说却有健胃的效果，而且"很好喝"。这种恰到好处的饱足感，使得他们安于大自然给他们画好的边界，不会有任何分外的企图，使他们在初始的对印第安人的想象梦境之中，过着一种与消费社会完全相反的生活：

他们不会费力去征服新领土，因为大自然的赐予如此丰厚，一切必需的东西，都取之不尽，无需任何劳苦，也就没有任何开疆拓土的必要；他们仍处在除了基本的生理需要，此外无欲无求的幸福状态，任何超出基本需求的东西，对他们来说都是多余的。

欧洲人的嗜血和残暴，内里的实质是缺乏身体的滋养。酷刑和勒索对于印第安人来讲都是毫无必要的，"他们问俘虏要的唯一赎金，只是让他们承认自己败了"。他们的胃口很好，同时又很有节制。他们似乎不知罪恶为何物。蒙田录下了一首歌，讲的是情郎想送一条腰带给心上人："花蛇请你停下来，花蛇请你停下来，让我的妹妹仿照你的花纹，做成一条美丽的腰带，送给我的爱。"与基督教传统大相径庭，在此，蛇是美和忠诚的象征，而不是性的诱惑，那腰带也许象征着贞洁。蒙田还描述说，他们的语音"轻柔"动听，"尾音有点像希腊语"。

当然,蒙田从没去过南美洲,他对那里的一切认识,都来自二手材料和逸闻奇谈,所以,我们从中无法获取任何真正的人类学或历史知识。《食人族》是一篇想象性的文章,是混合了旅行见闻、水手奇谈和真假莫辨的新世界故事的大杂烩,蒙田借此思考的,其实是他自己的问题。然而,就像他关于动物所做的探讨一样,这种思考,使他得以探索另外一种可能的现实,在那里,人们——甚至仇敌——被宗教连为一体,而不是因宗教导致分裂对立;这宗教明白表达了人与人之间,即便茹毛饮血,却并不残忍的相互需求。

至此,我们便能够看出,他对自己在罗马看到的"最古老的宗教仪式"——割礼的描述中,也渗透了这些关于食人族的思考:操刀的拉比噙了一点酒在自己嘴里,"吮了吮男婴仍在流血的龟头,然后把吸到嘴里的血吐出来",这样重复了三次之后,他在血红的酒杯里蘸了一下手指,给婴儿吸吮;接着,他把酒杯"原样"——即仍混有血水——递给孩子母亲和其他在场的女人,让她们把"剩下的喝光";最后,大家嗅了嗅装在一个被蒙田描述为长柄锅形状的容器里的香料,仪式便告结束了。在这里,蒙田突出强调的,是一种类似的交换血与肉的经济秩序:从拉比到男婴,再从男婴到他的母亲,再到其他的妇女,最终是男婴和他自己——给他吮一根蘸了酒、还沾着他自己的血的手指,让他尝尝"自己的肉的味儿"。蒙田对这一切是否都持赞赏的态度,我们无从得知——后来,在对自己某篇文章所做的增补中,他称割礼是对性的惩罚[1]。但别具深意的是,在紧接观看割礼的

---

[1] 见《论维吉尔的诗》。——译者注

下一则日记中，蒙田专门描写了封斋节前狂欢节的"放纵"：赤身露体的老人和犹太人，在街上狂奔赛跑，饱受羞辱。他很清楚，狂欢节，意味着封斋前对肉体的告别：carnival（狂欢）——carn（肉体），vale（再见）。

在《食人族》一文的结尾，蒙田自陈在1562年鲁昂围城战之后（鲁昂垄断了从新世界进口巴西木的贸易），曾遇到过三个图皮族印第安人。就像对他的猫那样，他有兴趣问印第安人的问题也是：你们怎么看待我们？他们说了三件事，可是，仿佛故意要让我们心痒难挠，蒙田说他只记得其中的两件：第一，他们说想不懂，这么多留着大胡子的人，为何会由一个孩儿（查理九世当时12岁）统治；第二件想不明白的事是：

> 他们说，看到我们中的一些人，每天大吃大喝，另一半（他们习惯把人称为彼此的"一半"）却在他们家门口讨饭，又穷又饿，瘦得只剩一把骨头。

蒙田和他们中的一人谈了很久，问他从自己的地位中得了什么好处（那人在印第安人中的身份相当于我们的将领），他说，好处就是打仗时可以冲在最前面；那么不打仗的时候呢？他说，平时，他部下的村民会在林中清出道路，方便他到村里去。

然后，蒙田以谐谑的一笔，结束了全文："这些都很好，可是且慢，他们甚至连裤子都不穿"——这暗示着，评价他人时，我们永远别想摆脱自己的偏见。但是从这种对他人的坦诚，从这种好客和愿意迁就的姿态中表现出的荣誉感，似乎触动了蒙田的心弦。

蒙田在罗马期间的头等大事是觐见教皇，他的秘书记录了敬拜这位普世教会最高教长时，那如同舞蹈般繁复的典仪。说到底，上帝在人间的全权代表，依然是个有血有肉，并且有脚的人：

> 确实是这样的，大多数人并不穿过房间直接走向教皇，而是先贴着墙壁往前蹭着走一段，然后再从侧面朝教皇走；走到一半的时候，单膝跪下，接受第二次祝福；再然后，他继续向前，走到地上铺着的一块绒毯前，双膝跪下，这时离教皇的脚还有七八步远；大使先为他引见，然后单膝跪倒，把教皇衣袍的下摆从他的右脚上翻开，那脚上穿着红色凉鞋，上面有个白色的十字架；此时，觐见者保持跪姿，膝行到教皇脚前，弯腰到地亲他的脚。蒙田先生说，他看到教皇稍稍翘了翘他的脚趾头。

8

哲人之石

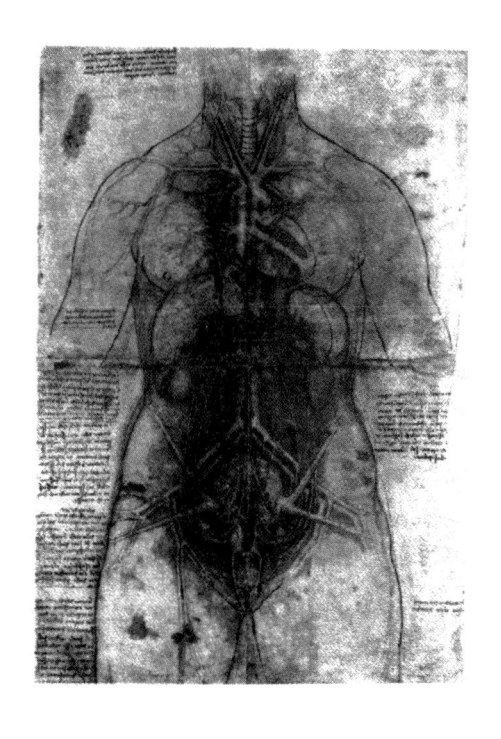

达·芬奇人体解剖图

几个月后，蒙田已经换到了一个没那么正式的环境，在卢卡温暖的矿泉浴场，脱掉裤子，安心疗养。此番旅行的最终目的，是尝试一下意大利的温泉浴——连喝带泡——是否对已经折磨了他几年的肾结石有效。1581年4月，蒙田从罗马出发，兴致勃勃地踏上了前往浴场的旅程。到达目的地后，他先把供出租的房屋看了个遍，然后才不惜破费，租下了最贵的一套：

尤其是景观……整个小山谷和利马河，连同周围的山丘尽收眼底；从山脚到山顶，一片青翠葱郁，遍山种满了栗子树、橄榄树，还有葡萄，打理得很精心，呈条带状环绕着山坡，平整处修成了梯田……在我的房间，整夜都听得到河水的呢喃。

供他使用的房间计有三间卧室，一间餐厅一间厨房；每天还有一条干净的毛巾，他用来清洁牙齿。矿泉水池约有蒙田城堡餐厅的一半那么大，上方有拱顶，光线阴暗。蒙田开始泡温泉，在日记里记录饮水和排尿量,甚至还尝试了一种叫doccia的装置,"它不停地向外喷洒……热水,淋到你身体的各个部位,尤其是脑袋"。

周围的山坡上,还有很多家浴场,各有不同的疗效:"有的清热,有的驱寒,这个水池治一种病,那个水池治另一种病,创造了上千的奇迹,总而言之,无论什么病,在这里总能找到对症的泉水。"

肾结石对蒙田的人生造成了深远的影响。目睹父亲在去世前的七年里,"惨受病痛折磨",甚至疼得晕过去,这一切和他最初的悲观主义人生态度的形成不无关系。蒙田在四十岁前后,即辞官归里之后不久,就患上了肾结石,但直到《随笔集》第一版印行之前两年,即他45岁的时候,才真正变得严重,说不上什么时候就发作起来,让他倍受煎熬。人生有许多不幸,但他希望命运给他选择的不是这一种:"因为,无论什么样的厄运,都不可能更让我害怕,从童年起就是如此……这是我最大的恐惧。"这样我们就能理解,为什么1580年《随笔集》首次出版时,他会以为自己只剩五年好活;这也是他去旅行、去看世界的另一原因——真真正正是想着:看过罗马,死而无憾。

肾结石一般情况下是由尿液中的草酸钙结晶形成的,大量存积在肾中无法顺利排出时,就成了结石病。饮食可能是得肾结石的一个原因,但一个关键的因素是基因遗传。蒙田想不明白,他怎么会继承了这样一个定时炸弹。母亲怀上他的时候,他的父亲还没得肾结石。他想不通,那给了他生命的一点点精液,如何就注定了他一生的命运?而且,为什么弟弟妹妹们都没事,只有他一个得了这病?

蒙田说,肾结石"是所有疾病中,发作最突然,疼得最厉害,最要命,也最无药可救的"。每当大一点的结石阻塞了尿路,就会发病,出现呕吐、发烧的症状,并伴随着剧烈的疼痛。在《有其父必有其子》一文中，蒙田援引普林尼，说肾结石是最可能导致自杀的一种病；还遗憾自己没有西塞罗笔下那个人的幸运：那人做了一场绮梦，结果在被窝里射出了一粒结石！自己的情况可差得太远了，蒙田说，结石病让他萎靡不振，完全没了"干劲儿"。

有时候，疼痛会延续很久。在罗马时，就在圣诞节前，他被结石折磨了一晚，一粒石头用了六个小时才通过阴茎排了出来[①]。发病也会打断他的行程，有时连续数日不能上路，这对视运动为生命的蒙田，同样是这种折磨，几乎不亚于结石造成的疼痛。

关于肾结石的对症治疗，蒙田自认算个专家。他对治肾结石的各种疗法、验方极有兴趣，曾读过关于温泉疗法的最新论文，例如巴齐的《论温泉浴》（1571）和多纳蒂的《论火泉》（1580）。浴场当地的几位医师，治病的时候还特地咨询过他的看法，让他很是得意。但是，在16世纪，人体还是一部有待展开的神秘书卷。有位绅士信誓旦旦地说，他随身携带的一块绿宝石——得自某个曾在印度旅行过的僧侣——有神奇的祛病效果；巴登的人相信，划破皮肤之后再泡温泉效果才好，水被鲜血染得红殷殷的，看上去人们就像是坐在血池里；那个健忘的克雷莫纳商人告诉蒙田，他得了很奇怪的胀气病，一到晚上，气就不停从耳朵眼儿里冒出来；他还教给蒙田一个通便的高招：把一些香菜籽放到嘴里，用口水润湿，然后塞进肛门（希望他不会记错顺序）；蒙田试了一次，但是效果让他有点泄气——"满肚子屁，放个不停，却没拉出什么真东西"。

故此，蒙田还是得靠自己摸索出的一套办法：先淋浴一小会儿，

---

① 此处强调的是结石通过之慢，排出之难。——译者注

然后到水池里沐浴，喝矿泉，然后再到水池里泡一次——他的这种做法让当地人大惊失色；他把下腹部放到水下面冲，自己觉得有气从生殖器里面排出，右侧的睾丸也消肿了。在排出结石的过程中，他见证了大宇宙和小宇宙的奥妙神奇，以及微观对宏观的再现：

> 24日上午，我排出了一粒堵在尿道中的结石。从它被卡住一直到吃饭，这中间我都在憋尿，以增加尿的压强，最后终于把它排了出来，排出之前和之后，当然都少不了流血和疼痛。这粒石头大小和长短都跟松子差不多，不过一头较大，有点像豆子，其实，更像鸡巴，简直一模一样。

蒙田琢磨着不知接下来又会怎样；他尝试不同的疗法，试探并揣测病情相应会有什么变化；他沐浴，他喝五磅的水，他为恢复体力散步两英里，但都没什么用，除了"不停放屁"。

一天傍晚，肚子胀气疼得实在无法忍受，蒙田叫来了波里诺上尉——和许多浴场的老板一样，波里诺有时也充任医师——要他给自己灌肠，就像我们在五星级宾馆的酒吧间点杯鸡尾酒般随意自然：

> 在日落时分做了灌肠，一点都不难受；灌肠剂完全按照药剂师的配方，纯用甘菊油和茴香油制成，没添加任何别的东西；波里诺上尉的手法很高超，感觉到肚子里的气向外冲，就停下来，向后退一退，然后再一点一点往里推，所以很顺畅就全进去了。不用他提醒我尽量让它在肠道里留久一点，因为我根本没什么便意。我就这样待了三个小时，然后自己把它弄了出来。

但总体来说，病症的发展趋势并不好。一般情况下，多喝水对治疗肾结石有好处，因为可以让尿液稀释，有利于钙化物分解，而且，蒙田也看到，其他人的身体确实有好转。可他自己痛苦依旧，大量饮水似乎还造成了并发症：他开始牙疼（医生说是肠胃胀气闹的），还有偏头疼；头疼甚至影响到了他的视力，他试着把头浸到水里，用水泡眼睛，但是"没什么效果，没变好，也没有变糟"。对于医疗见解上的矛盾，他的认识也越来越多：多纳蒂说最好少吃饭多喝水，弗朗西奥蒂的说法恰恰相反。"药石之道真是渺茫啊！"蒙田叹道。"日复一日地测量自己尿了多少，这太傻了。"浴场之行临近结束的时候，他开始觉得，矿泉浴给他造成的问题，可能不比带来的好处少：

对我来说，如果我的判断没错的话，这些矿泉既没有太多害处，也没什么明显的好处；它们没什么药力，我还担心，它们不但不能洗肾，反而会让肾脏过分受热。

1581年9月初，他"对温泉浴开始感觉厌恶"，情绪低落，与初到浴场时经历的那一阵忧郁不无相似，当时他又思念起自己的亡友：

给奥萨特先生写信时，我想起了拉波哀西先生，于是陷入极度伤感的情绪中，久久不能摆脱，给我带来了莫大的痛苦。

他从一位当地人口里知道，死于矿泉浴的人，比它治好的人还多。9月4日晚，蒙田的情况跌入了谷底：结石痛、牙痛一起发作，下巴也疼了起来，扩散到整个头部，他冒虚汗，打哆嗦，人都站不起来了。半夜,他叫人把波里诺上尉请来,上尉让他在嘴里含一些 aqua vitae(酒精),这多少缓解了疼痛;他因乏已极,不知不觉便睡了过去,可是酒精马上流进了嗓子,使他呛咳不已。"这是记忆中我度过的最残酷的一个夜晚。"蒙田说。

❦

但是,尽管遭受了种种痛苦,他在浴场也经历了一些好事,对他的精神和身体同样有益。第二天,当他捧着疼痛的腮帮子躺在床上时,发生了颇为感人的一幕,蒙田的记录如下:

> 星期二早晨,我躺在床上,住在这个浴场的绅士们全都来探望我。我左边太阳穴上贴了一剂乳香膏药,这一天没怎么疼。晚上,他们在我脸颊和头的左侧敷了热药膏,我睡着了,没感觉到任何疼痛……

看到这位16世纪的佩剑贵族、古人克己自律的人生观的信徒,躺在病床上,被同为贵族绅士的一群人围在中间——他们如此殷切地前来探视,只是因为他患了牙疼——看到这一幕,莫名其妙地让人心生感动。蒙田在浴场的生活,不乏社会活动和人际交往,甚至可以说,他还交上了朋友。浴友们送给他大量酒食;他去默那比奥村,带了些鱼作为礼物,到一位富裕的军人桑多先生家做客、吃饭;回到浴场之后,他受邀参加了一场舞会:

来了几位淑女，穿着入时，但容貌平平，尽管在卢卡她们已经算是大美女了。晚上，克雷莫纳的卢多维克·德·费拉里先生，送了我几盒上好的榅桲果冻，闻上去很香，还有若干酸橙和一些个头很大的柑橘；我和他已经是熟人了。

他中间去了一趟佛罗伦萨，重返浴场的时候，受到的欢迎，让他生出回家的感觉：

大家看我回来，表现出的热乎劲儿，确实，让我觉得就算回自己家也不过如此。我住回了原来的房间，一个月20斯库多，其他的条件也都一如从前。

第二天一早，他去浴池泡水的时候，"不但身体感觉良好，而且神清气爽"。

由此看来，友情是让他忘却烦恼的良方。但必须要说明的是，这种友好温馨感觉的形成，与浴场提供的松弛暧昧、富于桃色情调的氛围不无关系。踏上旅程之初，蒙田在勃隆皮埃浴场的墙上看到一份浴场守则，严禁沐浴者携带武器、赌咒、打架和骗人；此外：

妓女和不检点的年轻女子一律禁止进入浴场，或接近浴场五百步内……所有人等，严禁向来浴场沐浴的淑女、闺秀以及其他女性使用粗言俗语或讲下流话，严禁无礼地碰触她们的身体；严禁以任何不雅、有违公共礼仪的方式，进入或离开浴场……

这让我们想起当今公共泳池的警示牌，严禁"嬉闹、危险动作和跳水"，以及——让人觉得有点匪夷所思——"吸烟和爱抚"。蒙田不厌其烦，把一大篇守则全抄了下来。

但这篇有点唠叨的守则，似乎过于装腔作势了一些；在同时代的一篇旅行指南——让·勒邦1576年的《勃隆皮埃浴场简介》——中，我们看到的是一个全然不同的画面，在得体的表象下暗藏着一丝让人心痒的诱惑：

> 上午沐浴。男性穿长裤或大短裤，女人穿厚布料的罩衫（穿得少了会太暴露，为浴场所不喜）。沐浴的时候，人们随心所欲，干什么的都有，有人演奏乐器，有人吃东西，有人打盹，还

奥佛涅的波旁拉尔尚博浴场

有人跳舞给大家解闷，从来不会觉得时间过得慢。

而在一幅表现波旁拉尔尚博浴场的文艺复兴时代的绘画里，我们看到的场面似乎更为荒唐。说句公道话，卢卡的浴场的确有女性沐浴的专门区域，但其监管显然不甚得力，形同虚设，蒙田有天上午就去女浴池泡过水；他还引过当地流传的两句打油诗，以暗示男女分区从来不能真正阻断两性间的吸引：

Chi vuol che la sua donna impregni,
Mandila al bagno, e non ci vengi.
如果你想要老婆怀孕，
带她去浴场，然后自己走人。

显然，在对女性的态度上，蒙田属于那种老派男人。在罗马，"就跟在巴黎一样"，他对当地的妓女表现出浓厚的兴趣，并做出结论："最美的女人……都在那些出卖美色的人当中"；在威尼斯，名妓维罗尼卡·弗朗哥（Veronica Franca）甚至送了蒙田她的一些诗作；他赞赏安科纳的女士，她们以美貌闻名，不过，同样以美女知名的法诺，却让他大失所望："我们一个美女也没见到，只看到一些奇丑无比的，我向一位可信的当地人打听，他说那都是老早以前的事了。"

如果说，有什么地方能满足他对女人的兴致，那就是浴场。在5月的一个周日，饭后他给"村姑们"办了场舞会，非常成功，于是他乘兴又办了一场，这次还邀请了在浴场疗养的绅士、淑女们，并安排竞赛，看谁跳舞跳得最好。他叫人去卢卡镇里置办奖品：给男士准备的奖品有一条皮带和一顶黑呢帽，给女士们准备的奖品包括：两条塔夫绸围裙，一条绿色，一条紫色，还有两条细布围裙，四板别针，一双凉鞋，三件细纱发网，三条发带，四条小项链和四双轻便软鞋（其中一双，他送给了一位没来参加舞会的姑娘）。奖品挂在一个大圆环上，让大家都能看到。

蒙田显然过得很开心，日记里表现出他一贯的坦荡，还带有某种让人喜欢的急懒不羁：

> 真的，这是件很美好的事，对我们法国人来说更是难得，能有机会看到这些乡下姑娘，这么优雅，打扮得如同大家闺秀，她们舞跳得非常好，不输于我们最顶尖的淑女……

舞会结束，他向大家致辞，并请求女士们帮忙评判发奖，她们出于礼貌婉拒了。最终，蒙田同意自己也参与评选并颁发奖品，他的表现殷勤有礼，同时又带着点贵族老爷的家长做派。

> 说不得，我拿眼睛一个个看过去，一会儿选这个，一会儿是那个，总是基于她们的容貌美丑，以及表现是否温柔，我跟她们说，舞跳得好不好，不全取决于脚的动作，还要看样貌、仪表，以及整个身体的姿态是否优雅。就这样，奖品发了下去，一些人得的多些，一些人少些，都是根据她们的优秀程度……一切进行得井井有条，除了中间有位姑娘拒绝领奖，她说请我为了她的缘故，把奖给另一位姑娘，我觉得这么做不合适。她并不是特别出众的一个。

蒙田是否更为充分地利用了贵族老爷的特权，谁也说不上来；也许值得一提的是，舞会第二天上午，他到"浴场比平时晚了一些"，先去理发并修了面。另一方面，他似乎也开始想家，想他的妻子和女儿；在洛雷托，他在圣母堂的墙上放了一块许愿牌，牌上有他们一家三口的像，跪在圣母前，旁边的铭文如下："米歇尔·德·蒙田，加斯科涅法国人，国王勋位团骑士，1581年，他的妻子弗朗索瓦兹·德·拉夏塞涅，他的独生女莉奥诺·德·蒙田。"

⚜

但是蒙田的浴场之旅，以及浴场带给他快乐——无论是否与性有关，其最为重要的一面，在于让他形成了对自己身体的敏锐意识。他写道，要是别的病，往往不等你恢复到能重新享受"新鲜的空气、葡萄酒、老婆和甜瓜"（他最喜欢的水果），"就会拿新一轮的病痛来折磨你，否则那简直是奇迹"；但结石"一旦排出，病马上好得干净利索"，疼起来固然厉害，疼完了也真让人欢喜。因此，通过结石病，人反而能感觉到自己的健康，进而意识到生存究竟是怎么一回事；通过它，蒙田对于自己，对于作为米歇尔·德·蒙田而活着的这个人，获得了一种强化了的动态生命的认识。描述排出一粒结石的感觉时，他那酣畅淋漓的笔触，他的用词，让人想起分娩和性高潮：

……还有什么，比在最突然、最强烈的疼痛之后，随着结石的排出，像闪电一般，刹那间恢复了健康的美好光明，在剧痛之后，获得如此完满的解脱，还有什么，比这突然的转变更甜美的吗？之前遭受的那一阵疼痛，跟霍然恢复健康的快乐相比，又算得了什么？病痛之后的健康，在我眼中更增美好；它们就像两个全身披挂、互相试探、邀斗的对手，相互间如此靠近，我能清楚地看出哪个是哪个。

每逢这些畅快的间隙，蒙田言道，"我的尿管不再刺痛，懒洋洋地放松下来。"他的人也回到了"自然的状态……我聊天，我欢笑，我看书"。在已经临近生命的终点时，他犹写道："有时一下子好了起来，非常彻底，几乎不逊于年轻时那种健康和毫无痛苦的感觉，尽管只是偶尔才有，而且为时很短。"疼痛的作用被彻底转换，从磨砺、培养我们对生命的斯多葛式的淡漠，变为让我们更贴近地感受生命：

就像斯多葛主义者说的，邪恶的存在，是为了彰显美德；我们也许可以说——并且更有理由和根据——自然给我们疼痛，是为了让我们能够更懂得珍惜和体味逸乐。

温水、葡萄酒、甜瓜，还有漂亮姑娘眼中的一抹笑意，对蒙田来说，都有让情绪变好的效力；但是，那"健康的美好光明"，那"欣快、富足和慵懒的健康"，却有着脱胎换骨的力量——只需没有疼痛，如此简单。

但同样重要的是，病痛，对蒙田而言，成了促进交往、增进友情的一个媒介。在人生的最后一篇文章中，他以毫无掩饰的势利说道："到处都见得到患这同一种病的人，而且，这是一个可敬的群体，因为肾结石偏爱上流人物——本质上，它是一种有面子的富贵病。"他写信给马蒂尼翁元帅,语气中透着同病相怜的亲近,祝愿"那粒最近烦扰您的石头……已经像我的那粒一样,轻松地排出来了";一位阿萨克的朗贡领主,还教给他怎样先把尿憋住,然后突然开闸,把结石像个木头塞子一样冲出来。(难怪蒙田会对那些哗哗流淌的喷泉设施如此着迷。)

结石也让蒙田有机会体验简单纯朴的善意。他说自己多少次吞下"刺芹汤或麦芽汁","为了不让女士们扫兴,她们拿出一半的分量送给我,结石的疼痛跟她们的好心比起来,实在不算什么"。返程之后,总结旅行所得时,他说浴场的好处,在于它提供的与人结交相处的机会,这与泉水本身同样重要:

> 去浴场的人,如果兴致不高,不能享受与疗养的同伴们交往的乐趣,不愿去散步、锻炼——矿泉所在的地方通常是风景名胜,非常适合这类活动——那么毫无疑问,他将错失浴场的各种好处中最有价值的那一部分。

就这样,蒙田的旅行结束了。治病的希望落空了——在《随笔集》的最后一篇文章中,他说只有"傻瓜"才会相信,"靠喝水"就能化掉结石,但是,他却获得了一种更深层意义上的康复。对蒙田来说,旅行能让一个人站在陌生的角度,重新认识自己,包括他的语言、举止和习俗,也包括他习以为常的对自己的认识。通过旅行,蒙田开始思考同与不同的相对性,思考何为野蛮,何为文明,并得出结论:通常被视为野蛮的事物,只是因为它们"不合传统习俗"。他说,在他眼中,"所有人都是同胞,我会拥抱一个波兰人,就像他是法国人一样"。在旅途中，我们向他人、向不同的人情风俗敞开心扉，并由此让我们与自己的关系也获得了新生，使我们身、心交会，使我们与自己融合。

1581年9月7日，在卢卡的水池里泡了一个小时之后，蒙田一直担心的事终于还是来了，他收到书信，通知他已当选为波尔多市市长，并促请他"为了对自己国家的爱"接受这一职位。责任在召唤。不过，他选择了一条比较绕远的路线回国，途经锡耶纳和罗马——他曾对秘书说过，自己旅行时，"就像读一个有趣的故事，或者看一部好书，快到结尾的时候就舍不得"。但是，近三个月后，当真正结束了旅程，返回到起点时，他写道：

> 11月26日，星期日，我饭后离开利摩日，行五里格，宿于勒卡尔家，那里只有勒卡尔太太在……星期二，行五里格，宿于佩里格。星期三，行五里格，宿于莫里亚克。星期四，圣安德烈节，11月最后一天，行七里格，宿于蒙田城堡。我于1580年6月22日离开蒙田城堡，前往费尔，到今天，全部旅程共计十七个月又八天。

"宿于蒙田城堡。"回家，在蒙田笔下，仿佛只是途中的又一次停留：到自己家中做客，并倍受优容，睡在主人自己的床上。并且，好似要给这个与自己相会的私密时刻留下见证，他走上书房，打开伯特尔的《历代同日大事记》，再次记下自己的旅行归来——用他自己的手无声地书写，把家庭记事变成了一份来客登记。

9

男欢女爱

桑德罗·波提切利《维纳斯的诞生》局部

旅行归来，蒙田开始了一段为期甚久的公务生涯，从1581年至1585年，连任两届市长。他不愿接受这一职务，无疑是因为他父亲担任市长一职时给他留下的印象："我记得，在我还是个孩子的时候，看到他……为了他们，丝毫不顾惜自己的生命，经常要长途跋涉，差点就把命丢了。"相比之下，蒙田所处的时代甚至更为艰难，因为他要在忠于国王的天主教势力和新教领袖亨利·德·纳瓦尔之间奔走调停。有人对他的执政颇有微词，说他任期内没留下任何"影响或政绩"，对此蒙田回应道："有人批评我什么都没做，但是除我之外，几乎所有人都犯的错误，就是做得太多了。"

但是，蒙田还是了抽出时间，用在他的书上。1582年和1587年两次推出修订版，1588年又出一版，不但对已有文章的内容做了重要增补，还有新刊文章十三篇，合为第三卷。（该版蒙田自留的一部，现仍存于世，被称为"波尔多版"，书页上有许多蒙田手书的增补，是很多蒙田文集现代版本的底本。）在这些后出的文字中，蒙田以更见性情的笔触，谈论虚妄、怅恨和性一类的话题，证实了自己所言不虚:"市长和蒙田从来就是两个人。"

从蒙田身上,我们能看到文艺复兴时代那种超脱肉体的性观念,与我们相比更为古板,同时在有的方面又更放得开。蒙田结婚的时候32岁,妻子20岁,据说容貌很标致,但蒙田在人伦大欲方面的表现却甚为保守。他把自己比作奥地利的马克西米连一世(Maximilian I of Austria),尽管形体异常俊美,却"像处女般,生怕露出自己的肌肤,甚至在遗嘱中还专门写明,在他死后,一定要给他穿好衬裤"。蒙田的一位朋友,弗洛里蒙·德·雷蒙(Florimond de Raemond),在自己收藏的一部《随笔集》中,写了一条批注,评价蒙田婚姻生活的德操,说他甚至没瞧过一眼自己太太的乳房。但是,在文章中,蒙田似乎放开了手脚,敢于质疑"那些死死束缚住我们社会的可笑禁锢"。

蒙田所处时代的斯多葛主义与基督教道德观,共有一个重要的核心,即对性的厌憎。基督教的故事从撒旦对夏娃、继而夏娃对亚当的诱惑开始,这样原罪便与女性联系了起来。斯多葛主义者则认为,性会削弱一个人的坚强,因为接触女人,会让人心肠变软,变得脆弱。蒙田在文中写道,斯多葛学派的老祖宗芝诺,一生只和女人发生过一次关系,而且还是为了面子。尤斯图斯·李普修斯,在他的《论坚韧》中,描画了一个不受柔弱女性的情感需求干扰、只有男人的伊甸园。这种对女性的厌恶,在较为低俗的大众观念上也有体现:女人都是水性杨花;月经表明,她们的身体有神秘的缺漏;阴道是黑暗、可怕的不可知之地。圣哲罗姆有谓:Diaboli virtus in lumbis est。("魔鬼的力量在腰子里。")

相应地,宗教便以一种惩戒性的手段来对待身体,如蒙田所说:"彻夜连祷、斋戒、穿带毛的衬衣、异域隐修、无期的幽禁";在罗马，蒙田曾亲眼目睹这样一队苦修者，他们用来抽打自己后背的鞭子"已经被血污牢牢地粘成了团，必须先弄湿才能展开"。尽管整个16世纪民间的黄段子流行不绝，但在这一世纪的后50年中，民间的性俗日渐受到压制：卧室与日常活动的地方隔开，孩子要单独睡，衬裤不再可有可无，裸体成了禁忌，指代身体某些部位的词成了脏话——"说到自己的肢体时，我们都不敢用它们真正的名称"，蒙田抱怨道。在当时接连出版的众多修养手册中，对与性有关的行为的监督，尤其是妻女的贞洁，被放在了越来越重要的位置。瑞士宗教改革者亨利·布灵格（Henry Bullinger），在他广为流传的于1541年出版的《基督徒的婚姻》（*The Christian State of Matrimony*）中，说明了"女儿和姑娘们必须要怎样管教"：

> 在这件事上，每一位谨慎的父母通过前述的规则，都会知道该怎样教导她们避免一切轻浮……《罗宾汉》、《汉普顿的毕维斯》（*Beves of Hampton*）、《特罗洛斯》（*Troilus*）之类的书，以及与之相类的荒唐故事，只会蛊惑说谎者也一样去撒谎，并唤起同样轻浮的爱，这些东西不该让涉世未深的少年人吸收……把你的《新约》拿在手里，认真学习，谨记你洗礼时的誓言，克制你的肉体……

面对这些偏执狂般的束缚，蒙田发出了一个更为通情达理的声音。他回忆女儿当初偶尔读到"fouteau"（山毛榉）一词，念成了"foutre"（肏），闹得家庭教师一时极为窘迫；蒙田像一位洞明练达、波澜不惊的观察者那样，记述了老师的尴尬，怎样使他的女儿对此反倒更为好奇。总之，这是一个重视礼教的时代，这也是为什么，蒙田那篇以性为话题的文章,会有一个顾左右而言他的标题:《论维吉尔的诗》。

但是当53岁的蒙田开始写作后来的这些文章时,随着年龄的增长,他反而变得更为无拘无束,对自我的披露更为坦诚,表达了对斯多葛主义清规戒律以及高雅圈子的厌弃,并且说:

> 现今,我会有意放宽对自己的限制,有时让我的心沉湎于年轻人那些荒唐的想法,让它得些休息;到了我这个年纪,人就变得太陈腐,太沉重,太老;每一天,我的年岁都提醒我,要冷淡,要克制……无论睡觉还是醒着,不容我歇一口气,总在不停地给我讲死亡、忍耐和忏悔。就像我过去要防备纵欲那样,现在,为保护自己,我要提防的反而是节制。

现在很少有什么能让他觉得尴尬的了,他说自己有强烈的愿望,想把心里的话都说出来:"我讲的都是真话,虽则并非是我想说的一切,却是我敢说的一切,而我年事愈高,敢说的也愈多了。"

他说发觉"和美貌、诚实的女人待在一起让人愉快"("美貌"一词是后来补上去的);并回忆起少年时的第一次情爱体验,"那时还什么都不懂,也不知选择,这一切都要很久后才明白";他吹嘘在青年时代,曾放任"丘比特尽情地扇动翅膀",尽管在记忆中,一次幽会做爱最多也不超过六次;他说自己的胡须可以存住气味,既可以起到勿忘我的作用,也会透露出他去过什么地方;"青春的热吻,甜美、贪婪,如胶似漆,那味道留在我的胡子上,久久不会散去,能持续几个小时"。他充满慈爱地回忆着青春年少时纵情欢爱的愉悦,说自己真想回到过去。

他说在餐桌上自己喜欢"机智胜过老成",在床上则是"心美不如人美";他并不渴求"尊贵、庄严、崇高"的愉悦,更喜欢的是"有滋有味、容易上手"的快乐;他觉得性全赖"视觉和触觉":"心不美犹可说,身不美无可做";他探讨延迟射精的办法:"在那关键的时刻,转移心思,想点别的"——例如《战马》,或者《被围要塞的将领是否该出城谈判》这类的话题——但同时必须"保持紧张,不能松懈",在文集的最后一版,蒙田难掩得意地补充道:"在这方面,我是专家。"

但是,说到自己的阴茎,他不免黯然神伤:自然"带给我的最大伤害",就是让它长得太小了;他承认有过阳痿的时候,"对此我并非从无体验"——后来又把这句划掉了(划了两次,用的不同的笔);不过,他并未对"打结"——当时经常以此指代阳痿——避而不谈,认为这是很正常的一时之恙,通常由心理问题引发,而不是像很多人想的那样,是中了邪;他说自己有个"朋友"(他自己?),在"蜜意正浓的时候",突然出了这个事,在心里留下了阴影,一直"压在心头,让他什么都做不成",后来,他向另一个人说了自己的心事,"心上的压力尽去",这才得到了缓解。我们不禁想问,蒙田写这些文章,会不会也是在对自己进行某种"谈话治疗"呢?

蒙田同情和体谅性的苦恼,并善解人意地做出忠告:性爱不能马虎草率,不打无准备之仗;男人应多方"试探""摸底",不要勉强,冒第一次就被拒绝的风险,那以后的性爱都会有问题。

桀骜不驯的阳具也让男人受够了罪:"用不着的时候偏偏很失礼地支起来,最想用的时候,却怎么都不行……又顽固又傲慢,对我们的恳求不理不睬,无论动之以情还是动之以手,都不起半点作用。"接着,前法院推事蒙田,在一场假想的针对阳具的审判中,为它做出辩护:我们身上不听话的地方很多,阳具并非特例:脸会暴露我们的情绪,头发有时会不由自主地根根直立,所以,身体其他部位对阳具的指控,实则是出于对它的妒忌。

在此问题上,蒙田依然引经据典,但这一次不是为了古人的坚强或武力,而是因为他们对身体所持的开明的态度。他说从前的人会用海绵揩屁股;做爱之后拿芳香的羊毛擦净身体;恺撒剃净体毛,全身涂油;还有一位让蒙田佩服不已的希腊哲学家,干好事的时候被人撞见,他的说法是:"我在种人",那淡定的口吻,简直就像他正在种大蒜;第欧根尼,在公共场所手淫,还满不在乎地对围观者说:要是自摸也能解决肚皮的问题就好了。

古人的文学也同样百无禁忌,蒙田在《论维吉尔的诗》中列举了一长串专攻爱的艺术的古代作品:斯特拉图(Strato)的《论肉体的结合》(*Of Carnal Conjunction*),泰奥弗拉斯托斯(Theophrastus)的《情人》(*The Lover*)和《论爱情》(*Of Love*),亚里斯提卜(Aristippus)的《论古代的享乐》(*Of Ancient Delights*),阿里斯托(Aristo)的《男欢女爱》(*On Amorous Exercises*),克里西普(Chrysippus)关于朱庇特和朱诺的神怪故事,更是"无耻之尤"。但最让蒙田叹服的,还是古人大胆奔放的诗歌;以文章标题点到的维吉尔为例,他在诗句中描写维纳斯(英译德莱顿):

……雪白的胳膊,
抱住还在犹豫的丈夫。

她温柔的臂膀很快唤起了欲望，
突来的暖流，振奋他的骨头和脊髓，
全身又恢复了平素的火热激情。
滚滚的雷鸣和划过长空的
分岔的闪电，速度不及一半……
他的声音颤抖，因她的美
而迫不及待，猛地把等待多时的女神
拉了过来；直到在她身上
得到了释放，充分满足了
欲望，才躺下来惬意地休息。

奥维德的写法更是毫无遮掩：

Et nudam pressi corpus ad usque meum.
我死死抱住她赤裸的身体。

蒙田承认："这样的表达让我兴味索然……对她的描写太直露了。"

在《塞邦赞》中，蒙田还引述古人的各种臆测，对精液的本质进行了一番考究：它是否如毕达哥拉斯所说，是我们精血的白沫？或者像柏拉图推断的，是我们的脊髓，因为做爱的时候，总是脊柱先出现酸疼？或者是脑浆的一部分，不然纵欲的人眼睛为什么会那样浑浊？是身体的精华？或者如伊壁鸠鲁所言，是灵魂和身体共同的精华？又或者，创世也不过是场超级巨大的射精？因为，按苏格拉底的想象，一切生命，都是由乳白色的物质形成的，在一场——我们只能称之为——初始的大爆炸中。

蒙田信笔写来，随意拈取世界各地（并未具体点明是哪里，但总之是异域他乡）宽松的习俗：有的地方贞洁观只限于婚后，少女们可以任性而为，怀孕了就吃药堕胎；还有一些地方，商人结婚，会跟同行们分享自己的妻子，甚至高官也一样，如果是佃农或干粗活的人，他的新婚妻子则要先献给当地的领主老爷。

最关键的是，性欲揭示了我们对自己身体的亏欠，表明我们的身体有它自己的生命和欲望，在它面前，我们的斯多葛主义教条显得那么苍白无力：

> 不只是身体的这一部位，出于同样的原因，呼吸会变得急促，心跳和脉搏加速，而我们自己还不知道；看到赏心悦目的东西，我们的身心也会在不知不觉中兴奋激动起来……恐惧和欲望，让我们不由自主地头发直竖，或者肌肤战栗；我们的手经常不听指挥；舌头不受控地打结，声音梗在嗓子眼里。

性高潮本身也显示出，心与身必然是不可两分的——当"维纳斯准备在女人的沃土上播种"（卢克莱修）的时刻，"极度的快感，使我们精神恍惚，理性陷入狂喜之中，丧失了它的功能"。

⚜

蒙田留意到，老天也喜欢做些逾矩出格的事情。

1580年，去意大利旅行的途中，在马恩河畔的维特里·勒·弗朗索瓦，蒙田听说了"三件让人难忘的事情"。第一件，是寡居的吉斯公爵夫人，87岁高龄，还能走一英里路；第二件，说的是前些年，附近地方有几个姑娘，作兴穿起了男装，并且像男人一样过日子，其中一个叫玛丽的，来到维特里，谋了份纺织工的活儿，和一个本地姑娘好上了，后来又闹崩了，之后她去了蒙提埃昂代尔，在那儿和一个女人结了婚，"美满地"过了四五个月，直至被一个从肖蒙来的人认出，最终被法官判了绞刑："她说宁可被绞死，也不想再做回女人。"

第三件事里讲的那个男人还活着，不过，从前他是个姑娘，名叫玛丽，直到二十二岁的那年，追在一口猪后面跳过壕沟的时候，他的"阳性器官一下掉了出来"；从那以后，当地的姑娘们多了一首歌谣，警告走路不要蹦蹦跳跳，以防变成男人；沙隆的主教给她/他取了个新名，叫耶门（Germain，很巧地把原来的名字 Marie 的字母都嵌了进去），现在他已经是个胡须满脸的汉子，不过还是一个人生活。蒙田想去见见他，却赶上他不在家，没能如愿。

显而易见，维特里的风水肯定出了问题，就连镇子本身都是另起炉灶后建的，原来"那一个维特里"，大约四十年前被查理五世付之一炬。但真正值得注意的是，通过这三件令人难忘的事情——一个以自身彪悍的体力弥补失去丈夫的缺憾的老寡妇，两个做了夫妻的女子，一个生为女人的男人——蒙田探触到的是在两性差异这一问题上现代和前现代观念的更深层的一些不同，从这些不同中体现出的文艺复兴世界观，与我们的相比，既显得更为吊诡，同时又更为"现代"。在文化史学者笔下，文艺复兴时代对两性差异的认识，其基础是一种可以上溯至古希腊的"单性"观：男性和女性生理上不存在本质的差异，其区别只是程度上的，就像不同的色光，男性只不过是经过改善的、更完美的女性。于是，在这个时期的人体解剖图中，我们看到，那些看上去像男性性器的部位，实则是女性的性器——男性被看作是颠倒过来的女性——真真正正从里向外翻了个个儿。这与我们现代的、以生物表征为圭臬的两性差异观大相径庭，在我们看来，男女之间在本质上必然是不同的，然而，我们眼中的本质区别，在早期现代人看来，却是大同小异，甚至几乎相同的。

这些观念，在《怪婴》一文中也有涉及；在该文中，蒙田描述人们如何通过展示畸形婴儿获利：

> 两天前，我看到两个男人和一个乳娘，带着一个婴儿……四处展览他的畸形，赚取几个苏……那婴儿在胸部以下的地方，和另一个无头的婴孩连在了一起……无头婴的胳膊一条长、一条短，短的那条在分娩时意外折断了；他们面对面连在一起，看上去就像小的那个要用他的胳膊去抱较大那个的脖子……乳娘告诉我们，两个身体都撒尿，而且无头婴儿的肢体也吸收养分，也有感觉，和大的一样，只不过要更为瘦小。

在后来的一版中，蒙田又在文中添加了一个畸形人的例子：

> 我前不久在梅多克见过一个牧人，三十岁左右，体表看不到有生殖器的迹象，只有三个窟窿眼，不停往外渗尿；他有胡子，也有性欲，有机会就对女人动手动脚。

蒙田的用词——展览（montrer）婴孩牟利，牧人没显出

（montre）有生殖器的迹象——指向的是"怪物"（monster）一词的拉丁词源monstrum，意为呈现、妖异、神之警告。在此，蒙田要说的似乎是，在我们眼中，那畸形的婴儿是个怪物，但在那牧人看来，也许"显出"男性生殖器的，同样也是怪物。或许，半男半女的牧人，才是某种更为完整的存在方式的样板——是那瘦小的婴孩拥抱同胞兄弟的愿望的最终实现。

在最后对该文手书的增补中，蒙田追问：是否"那些被我们称为畸形古怪的，在上帝眼中却并非如此？他造物无数，看到的形态也必然无穷无尽。谁能说，那些我们看来奇怪的，在我们所看不到的无限存在中，就不会有与自己形态相似的呢"？那形态相似的，甚至可能是上帝他——或她自己？

性之一事因人因地而异，蒙田以开放的心态，面对多样化的性－社会习俗：某些国家有男妓院，有的地方男人和男人结婚；还有一些地方，女人和男人一起上战场，参与作战和指挥；在罗马的时候，他听人说起一个葡萄牙人的小教派，信徒们奉行同性婚姻，"婚礼的仪式是一样的……也一样领圣体……同床、过日子"。

尽管从一些信笔写下的只言片语看来，蒙田似乎是他那个时代非常典型的男人——他说得亲过五十个丑女，才能碰上三个美女，还引用布列塔尼公爵的话，说一个女人什么都不用懂，只要能分清她丈夫的紧身上衣和衬衣就足够了——但从其众多文章的主脉来看，蒙田毕竟尽他所能，尝试着从另外的角度思考，想象女人如何看待男人。尤其是在后来所做的增补中，蒙田更把男性置于显微镜下，并说：

> 说到底，女人的不忠可能比男人的更情有可原：首先，女人可

以说,像我们男人一样,她们也贪新鲜,喜新厌旧;其次,她们还可以说,嫁错了人,自己的男人中看不中用,这话我们却没道理说。

或者,也可以说男人是挂羊头卖狗肉:为人妇之前,女人不会知道自己的男人会有什么样的表现;当时流行的护裆,在蒙田看来,更起了推波助澜的作用,因为它往往不现实地夸大了"我们的加斯科涅紧腿裤下面的东西"。

如果让女人自己管自己,她们完全可以把日子过得很不错。在普塞一家以教育年轻女子为业的女修院,蒙田看到,除了院长和副院长,其他人无需保持童贞,穿着也没有统一要求,尽可随自己的意,只不过脸上都要戴一小块白面纱;她们可以自由地在宿舍里接待访客,甚至包括来求婚的人;不过,她们中的大多数,还是选择在修院度过一生。也许是想到了这样的事例(蒙田的外甥女,让娜·德·莱斯托奈克,也将建立类似的修会,为年轻女子提供教育),蒙田才会得出结论:"如果女人抗拒生活中的一些规则,这根本不是她们的错,因为这世上的规则都是男人制定的,而且没问过她们的意见。"

但是,也许蒙田对女性的态度,最突出地表现在他与玛丽·德·古内的关系中。古内小姐是蒙田的文学遗嘱执行人,在他死后继续编辑出版他的著作。她生于1565年,比蒙田小三十二岁,十六七岁就读过了蒙田的作品。1588年,她听说蒙田在巴黎,就写信给他,表达"对他和他的书的仰慕之情",蒙田收到信后,便去了庇卡底,前往拜访自己的崇拜者和她的母亲。这是他们第一次会面。

玛丽·德·古内像

蒙田称古内为"干女儿",这听上去似乎有点怪,不过,古内自己的父亲在她十二岁时已经过世,而且,从蒙田的角度出发,作为一个有妻有女的人,他很可能是想让两人的关系有个体面的说法,以免别人讲闲话。据说两人共度了三个月的时光,蒙田对文章所做的一些增补,就是由古内抄录下来的;同时,她的学识也让蒙田激赏不已。古内显然是位非同一般的女性,知识学养不但超越了自己的年龄,而且远远超越了一般认为以她的身份地位所能达到的层次水平。在1595年出版的《随笔集》中,我们会发现,蒙田对她的非凡天赋不吝赞美之辞:

我曾几次讲过对我的干女儿玛丽·德·古内·勒贾尔所抱的期望。我爱她还胜过一个父亲，视她为我孤独隐退的生活中最珍贵的部分之一，这世上，再没有谁能更让我看重；如果青春时代的表现能说明任何问题的话，那么可以肯定，她的心灵，在未来将会有最美好的收获，其中包括，完美而圣洁的友谊——书上都说，这是她的性别迄今无法企及的……

鉴于上面这段揄扬之辞，在古内自己编辑的那一版《随笔集》中才首次出现，学者们对它的真实性向来存有疑问。至于两人之间是否存在着更为密切的关系，我们永远没办法知道了。不过，蒙田另有一文，其中的一段话确实暗示着一种更为强烈的感情，当然，是在古内小姐这方面而言：

在离开布卢瓦著名的三级会议之前不久，我在庇卡底见过一个小姑娘，为了证明自己的坚贞和信守诺言的决心，拿簪子在自己的胳膊上用力地扎了四五下，皮都戳破了，流了不少血。

不过，从蒙田收进文章的这一段描写看，我们很难断定，她的自残，她用如此激烈的方式表达出的坚贞，究竟会让蒙田更喜欢她，还是恰恰相反。

❦

蒙田用一个让人浮想联翩的比喻，结束了《论维吉尔的诗》一文：

> 我的话匣子打开就收不住了，语言的水流一发不可收拾，有时甚至变成迅猛泛滥、带来痛苦的洪涛。

在这段近乎女性化的自我描述中，写文章，几乎成了月经来潮。我们不免回想起蒙田人生中的那些时刻，当他在产妇般的阵痛中，等待着一粒结石的出生，当他在女子水池中沐浴，或者让动作轻柔的波里诺上尉给自己灌肠。他引用贺拉斯描写少年男子美貌的诗句："雌雄莫辨的脸蛋和长发"，混在一队女孩当中，谁也找不出；在罗马的一座教堂，他曾把一个女孩误认作男孩，问她："你会讲拉丁文吗？"他引用奥维德的话，说从男身变为女身的提瑞西阿斯，"两种爱都体验过"；他说，应该给多变的爱神丘比特以自由，而不是把他抓在"冷硬的毛手"之中。

无论蒙田的性倾向究竟如何，他要表达的，说到底，是对隔绝男女两性的斯多葛主义人生观的质疑和挑战——"排除了教育和习俗的因素，我认为男人和女人是同一个模子造出来的，没什么了不得的区别"——并提醒我们，塑造人生，使我们成为今日自己的，不但在于身体之远，更在身体之近。放在今天，这是很平常的想法，但在16世纪的道德语境中，却是近乎日心说般的天翻地覆的观念变革：性的本能，被蒙田重新置于人类轨道的中心，是人类所有其他行为环绕运行的枢轴。与其他的人际关系不同，性"不可能是单方面的行为"，而且"付出的和获得的必然是相同的东西"。对披着传统美德外衣的虚伪和残酷，蒙田则态度一转，进行严厉的斥责，这种愤激，在那些锋芒毕露的增补文字中，表现得尤为分明：

一个人出生的时候，所有人都躲得远远的，到他死的时候，为了来看上一眼，所有人争先恐后；为埋葬他，人们在青天白日下寻找一块宽敞的地面，生他的时候，却躲进阴暗的角落；给他生命时，必须隐藏起来并感到害臊，结束他的生命却是一种光荣，是各种美德的源头。

最后，蒙田又恨恨不已地添上一笔："我们视生命如寇仇。"

与冷漠无情、装模作样的道学先生截然不同，蒙田接受两性间天然的、不可避免的吸引，接受我们深心中对彼此的渴望欲求，承认性在生命的自然地貌中的要冲地位："世界的全部运动，都指向并最终归结于男女的结合，它浸透于一切之中，是统摄一切的中枢。"在德国的一座教堂，蒙田看到男女信徒被过道分隔在左右两边——教堂的布局本身，便是对人类堕落的一种认定；但是，随后，在一群共舞的乡镇男女身上，蒙田看到，两性间的隔膜，如汤沃雪，在永恒的和谐中化解：

稍停片刻后，男士们又来请自己的舞伴，他先在手上吻一下，然后伸向对方，女士接过他的手，但之前并不吻自己的手；然后，他把手扶在她的腋窝下，拥抱着她，两人脸贴着脸……

男士们"都没戴帽子，衣饰也不甚讲究"，蒙田写道。这些描写，在揭示人物平凡身份的同时，或许，和赤身裸体的新大陆居民一样，也暗示着他们的纯真，以及对彼此的接纳，就如我们看到的，女士们把手搭在舞伴的肩上，然后，他们便开始了。

10

熟悉的手的触摸

伦勃朗《犹太新娘》局部

当我只把死亡作为生命的终结,从普遍的意义上去看待它时,我是持着一种无所谓的态度的。在整体、抽象的角度,我不在乎死亡,但死亡具体的细节,却让我苦恼。一个仆人的眼泪、一件要送人的再也用不着的衣服、一只熟悉的手的触摸、一句普通的安慰话,都让我难受,甚至流泪。

1580年代后期,蒙田在政治和外交生活中继续扮演活跃的角色。1588年2月,他受亨利·德·纳瓦尔所托,觐见法王亨利三世。对他的到来,当时的英国大使爱德华·斯塔福德爵士(Sir Edward Stafford)有如下记载:"蒙替安[①],一位非常有智慧的绅士,受命于纳瓦尔国王,来向法王转达他的意思。"在后来的一封信中又提到了蒙田,说他"是个天主教徒,精明强干,曾出任波尔多市市长,如果让他转达的信息会让法王不喜,那他就绝不会接受这个任务,他

---

① 大使把蒙田的名字误拼为Montigny。——译者注

就是这样一个人"。几天之后，西班牙大使门多萨（Mendoza）在给菲利普二世的信中，也提到了蒙田——"据说是一个有头脑的人。"不过，紧接着，他对我们的英雄又非常不敬地加了一句评语："但是有点傻气。"没多久，蒙田便被天主教同盟送进了巴士底狱，起因是一位同盟成员在鲁昂被抓，把蒙田下狱，是对此事的报复。最终，凯瑟琳·德·美第奇出面斡旋，蒙田才得以获释。可见，尽管门多萨不把蒙田当回事，他实际上仍被认为是个有影响力的人物。

尽管满口说要退隐田园，实际上蒙田仍在危险的外交漩涡中舍身沉浮，这与他在文章中持续关注的话题——人们如何通过面对面接触的方式而互相影响、改变——是一致的。当然，在一个没有电邮和电话的世界里，人与人直接的交流、沟通，应该说是相当平常的；然而，即便如此，蒙田的外交活动，对私人关系以及个人躬亲到场在16世纪政治生活中的重要性，仍构成一种强调，就像门多萨接下来在他的那封信中提到的：蒙田将亲自去找纳瓦尔伯爵夫人疏通，再通过她来影响亨利。

蒙田对这一话题的兴趣，可以追溯至他最早的那些文章，如《健谈与口拙》和《国王的待客之道》等。事实上，他的第一篇文章《殊途同归》，开篇讨论的即是我们的行为举止对他人的影响，以及是否能给这种影响找出原因或道理：

> 对于那些我们曾经触犯，现在却握有生杀予夺大权、可以向我们报复的人，要软化他们的心，最常见的办法，就是低声下气地降服，以此获得他们的怜悯与同情。但有的时候，相反的做法——表现赴死的勇气和决心，也能起到相同的作用。

接着，蒙田又说到自己天性倾向于同情，这可能被看成是一种"懦弱"，因为斯多葛主义教导人们视同情为"弊习"。在文章的结尾，蒙田讲述了亚历山大如何以毫无必要的残酷手段，对待加沙人不屈的领袖贝蒂斯：把他绑在马车后面，活生生拖死。与肃杀的时代氛围一致，文章也在萧索的笔调中结束。

但是，尽管蒙田在写作之初，身处内战频仍、山河破碎的世界，对人与人之间的关系可能不抱指望，后来的文章，尤其是1588年新增的第三卷诸文，如《论三种交往》、《论相貌》和《交谈的艺术》等篇，表现出他对身体在人际关系中的作用越来越感兴趣。从去世前那些年间他对文章手写的增补看，这种兴趣似乎一直在加深。斯多葛主义者认为，我们应该把亲朋视为陶罐，他们的死，就像罐子破了碎了，不必太过悲伤，蒙田却说，直面伤心事的时候，任凭我们心里如何有准备，也是永远不够的：

> 世上不存在这样高超的智慧，能单凭理智便完全透彻、生动地理解悲伤的原因，甚至置身悲伤的现场，也无能让这理解进一步加深，当眼睛和耳朵也参与其中……

他回忆当初护送他的朋友格拉蒙先生的遗体，离开被围的费尔城时，每经过一个地方，看到他们的人"都会流泪、哀哭，仅仅是我们一行人的庄严肃穆便让他们如此感动，因为他们甚至连死者的名字都不知道"。

我们尽可以努力克制，试图摆脱自己的情感，却永远无法完全摆脱他人对我们的影响："一个仆人的眼泪……一只熟悉的手的触摸"，都会让我们回归自身，重新与生命捆绑在一起。

❧

当然，蒙田对于我们的行为如何影响他人的认识，很多是基于他作为领主、法院推事和市长，以及在内战各方间奔走调停所获得的经验。他在文章中对外交的艺术也多有涉及。他说，大多数人每每是站在什么位置说什么话，他做事的风格却与众不同：

> 我对一方讲的任何话，在需要的时候，都可以对另一方说，只不过语气会有一点不同……无论为了什么好处，我都不会对人说假话。那些出于对我的信任，让我听到的秘密，我会虔诚地藏在心底，但我尽量不让自己知道太多的秘密，王公的秘辛，对于不相干的人来说，是个负担。

他自诩说，"在敌对势力间调停弥缝，却甚少遭受怀疑"，没几个人能达到这样的境界；他厌恶口是心非，更愿意直抒胸臆："坦诚的话语，如同爱情和佳酿，会引导对方也说出心里话。"在《论发怒》一文中，他说在进行剑拔弩张的谈判时，他会采用这样一种办法：请对手允许他把自己的怒火发泄出来，他也允许对手发火——只有愤怒郁积、无路宣泄时，才会酿成风暴；"这是一个很有用的策略，"他补充说，"但不容易做到。"蒙田还认为，愤怒也可以是一种有力的武器，他本人便会善加利用，"以更好地治家"，同时也承认，自己有时会"失之操切，大发雷霆"。但作为武器，它也有不可靠的一面：“因为其他的武器都受控于我们，愤怒却会让我们受控于它；不是我们的手指挥它，而是它指挥我们的手；不是它听命于我们，而是我们听命于它。”

另一方面，温和隐忍、逆来顺受的作风，同样能造成灾难性的后果。波尔多军事长官莫奈安先生（Monsieur de Monneins）的命运就是一例：1548年抗盐税暴动期间，他去平息骚乱，面对一大群暴民，他没有摆出上官的威严，而是唯唯诺诺，结果"惨遭杀害"；相比之下，蒙田更欣赏苏格拉底在军队溃败、脱离战场时的镇定："他的目光沉着坚定……看着战友和敌人，让前者得到激励，让后者明白，想要他的命一定会付出血的代价。"蒙田还说起，他自己离乡躲避战乱时，如何力持镇定，没有表现得"张皇失措"，这"帮了我很大的忙"，尽管在心里他"并不是没有恐惧"。

蒙田似乎在许多方面都是典型的人文主义者，不过从文章中我们可以看出，他对古人的兴趣超出了故纸的范畴，产生了一种亲见面晤的愿望。他说更想见到"书房和卧室里的"布鲁托斯，而不是在"广场上和元老院里"；他想象自己坐在亚历山大身边，看着他饮酒、讲话，"摆弄他的棋子"；他注意到古人更具身体意识：罗马人碰到大人物，会去吻对方的手，如果是朋友相见，则和他这个时代的威尼斯人一样，会互吻面颊；希波马库斯（Hippomachus）说，他凭一个人的步态，就能看出对方是不是个摔跤好手；恺撒挠头的时候，表明他在沉思；亚历山大的头，则略有些做作地歪向一边；西塞罗爱皱鼻子，这表明他喜欢冷嘲热讽；而君士坦提乌斯皇帝（Emperor Constantius），更不负他名字中的坚韧之意：

在公共场合，总是目视前方，脑袋绝不会转动一下……身体巍然不动，连行驶的马车都别想让他晃动分毫；在公众面前，甚至连吐口痰，擤鼻子，或者擦擦脸都不敢。

以上例子出现在《论自以为是》一文中，蒙田用这些例子说明，当我们自以为心中所想无人能知的时候，我们的身体已经把秘密说了出来。

同时，蒙田对身体的作用的明察敏思，也兼顾到了身体的具体部位，那些我们借以向他人表露心曲的单件乐器。在帕多瓦，他观察提图斯·李维的雕像，说从"消瘦的面孔看这是一个勤勉、多虑的人"；他展示自己在手相方面的学问，说生命线切过食指的根部，是性格残酷的标志；他甚至写了一篇文章，专谈"大拇指"：某些化外之地，首领们在订立盟约时，双方握手，然后挑破紧扣在一起的拇指，互相吮吸对方拇指流出来的血；他提醒我们注意，罗马人辩论的时候，"倒垂拇指"表示赞赏，而"挑起拇指"则意味着不屑；在斯巴达，老师惩罚学生，就咬他们的大拇指；他引用马提雅尔（Martial）的诗句，评点可以与其他四指对握的拇指在进化上的优势（或劣势）：

良言相劝或拇指的
轻柔抚摸都不能让它奋起。

——这说的是手淫。

在蒙田对肢体动作的兴趣背后，也许暗藏着他对自己矮小身材的焦虑。他在文章中说自己"身高不到中等",然后在第二版中,他竟然让自己长高了一点,变成了"中等偏下";这也是他喜欢骑马出门的一个原因:"走路的话我连屁股都会溅上泥巴,而且,在我们那些狭窄的街道上,小个子不被当回事,容易给人推来搡去。"在罗马旅行的时候,他说看妓女的最佳角度"是骑在马上,不过只有我这样的可怜人才需如此"。在《塞邦赞》一文的末尾,蒙田写道:"希望握在手里的东西比手还大,抱起的东西超过臂展,或者迈步超越两腿的跨度",都是没有意义的妄想。也许,在这具有哲理意味的结论中,也隐含着他自己的人生体验。

身材矮小,或许也是蒙田有时在人前显得拘谨、不够自在的一部分原因:"一种架势或姿态,表现出愚蠢的傲慢,和对自己太过在乎。"他总是拿一根"手杖,甚至想借此给自己增添点优雅的风度,装模作样地扶杖而立"。在社交场合,甚至在自己的仆人面前,蒙田也总是急于让别人感觉到自己的存在,生怕下一刻就被无视了:

> 当你和仆人站在一起,来人却问:"你们的先生在哪里?"而且错把理发师傅或秘书当成了你,跟他们打招呼致意,把你冷落到一旁,这是非常让人讨厌的。可怜的菲洛普门(Philopoemen)就遇到过这种事,当时他赶在随从前面,先到了客栈,等着迎接他的老板娘并不认得他,又见他生得丑,就叫他去帮女仆们打水、生火,为菲洛普门的到来做准备。他手下的先生们到了之后,看到他正忙得不亦乐乎,就问是怎么回事,他答道:"我在为自己的丑陋受惩罚。"

在《旅行日志》中，蒙田的秘书曾隐晦地提及主人矮小的身材。他们参观了巴黎附近的丹麦人奥奇埃之墓，秘书记述，遗骸的上臂骨长度，"约有当今普通身高的人整条胳膊那么长，比蒙田先生的胳膊略长一点"（当时人的平均身高约为五英尺七英寸，这说明蒙田还不到这个高度）。蒙田的文章中还提到，盖乌斯·马略（Caius Marius）不收任何身高低于六英尺的人参军，亚里士多德则说过，"小个子可以标致，但绝不会英俊"。蒙田愤愤不平地道：女人的美多种多样，男人却只看身高。如果身材不够高大，就算拥有他在第二版中（用斜体字）增补的全部品质，也于事无补：

> 宽阔而没有棱角的额头，明亮的眼睛，柔和的眼神，中规中矩的鼻子，小巧的耳朵、嘴巴，整齐、洁白的牙齿，浓密适中、颜色如同栗子壳一般的胡须，卷曲的头发，浑圆的头颅，清新的肤色，可喜的表情，没有异味的身体，匀称的四肢，即便你拥有这一切，只要身材矮小，依然算不上一个英俊的人。

蒙田的身材虽然不高，但他"强壮、结实"，"脸孔饱满却不肥胖"，无论走到哪里，都是"一副开朗的面孔，并心怀坦荡"，他"昂首挺胸"，说话声音"响亮、节奏清楚"；他说，"运动和做事能让语言变得生气勃勃，像他这样"行动麻利并容易兴奋"的人，就更是如此；他行起脱帽礼来特别痛快，"尤其在夏天的时候，别人敬礼，我从来都要回礼，除非是我的家仆"。

通过蒙田的《旅行日志》、他的一版又一版的《随笔集》，从他和他的猫之间的关系，我们看到，蒙田在字里行间流露出对某些知识领域的与日俱增的直觉认识，这些知识领域，放在今天，我们会称之为空间关系学（即研究人与人在空间中的关系的人类学）和动作行为学（研究行为举止的含义的学说）。这些学科的核心思想是，认为人与人之间身体距离的远近，与他们的熟识程度和情感亲疏有着内在的联系。所谓"个人空间"（1.5 至 4 英尺之间）和"亲密空间"（少于 1.5 英尺）等术语，便是由此引申而来。"两个身体之间的相互影响，和引力作用一样，也是与距离成反比的，不但是平方意义上的距离，甚至很可能要从立方的尺度来计算。"这是空间关系学的创建者爱德华·霍尔（Edward T. Hall），在 20 世纪 60 年代所写的一段话。或者，不妨引用惠特曼更具诗意的表达："每一立方英寸的空间，都是一个奇迹。"

这种人与人之间的空间关系感，是一种继文艺复兴之后，我们在很大程度上已经丧失，或者说已经意识不到的一种能力；但是这种能力，是蒙田那个时代的人的第二天性，几乎可以称之为 16 世纪的第六感。艺术史家们在评论文艺复兴时期的绘画时，也会谈到"身体布局"的艺术，在他们眼中，身体的空间安排，并不等同于真实、自然的再现，而常常是王朝之间、国与国之间关系的一种表达。跳舞代表着编排主属关系的一种方式；对宫廷而言，跳舞不单纯是娱乐，通过它，统治者和从属于他们的贵族之间的亲密关系和同盟身份，就被赋予了一个具体可感知的形式。毫无疑问，蒙田对这类事情的意识，得力于他的贵族身份——他与其他贵族、与国王之间的关系，便是通过主从地位的纽带，通过个人间的交往来维系、发展的。蒙田自夸说，亨利·德·纳瓦尔造访蒙田城堡时，睡在他的床上；拿这种事来炫耀，在我们看来多少让人有点尴尬，但对蒙田来说，再没有什么能更清楚地说明他们之间友情的密切了。

蒙田说，大到一个国家，小到每一个城市和行业，"都有它自己的礼仪规范"，而斯文懂礼，能让人"顺畅地走好社会交际的第一步"。尽管已经退隐在家，权力仍吸引着蒙田时时投来倾慕的"一瞥"："大人物的一次颔首，一句友好的话，或者一个亲善的表情，都让我心动。"在《论儿童教育》一文中，他说教给孩子"知识的同时，也应让他文明懂礼，学会待人接物，并养成良好的举止仪态"。他说，我们希望了解自己的邻居，仅仅知道他们之间的血缘、姻亲关系还不够，更要"和他们做朋友，建立彼此间的友谊和理解"。他回忆起父亲给自己的忠告："应重视那些伸出双手欢迎我，而不是见到我就转过身去的人"——这里指的是他的采邑上的佃农和居民。

他知道，当面借钱比写信借贷更难拒绝；他说自己能明白别人的意思，"通过他们的沉默和微笑，而且，在餐桌边也许比在会议室更有助于了解一个人"；浅薄和空洞的讲话，能因着"讲话者的威仪、衣着和财势"而使闻者改观。哲学家，在距离接近的时候，也同样会受到他人身体的影响。蒙田援引苏格拉底，描述被爱人的肩膀擦碰引起的触电般的感觉：

> 我们一起看一本书，肩膀挨着肩膀，我的头靠近他的头，这时，如果你肯相信的话，我的肩膀突然感觉到一下刺痛，就像给

虫子叮了一口；连续五天，刺痒的感觉一直不停，并且悄悄钻进了我的心里。

"天呐！"蒙田惊呼。"苏格拉底！所有人中最纯良的苏格拉底！并且只是被肩膀碰了一下而已！"但为什么不呢？他又补充道："苏格拉底是一个人，他也只想做一个人，也希望别人只把他当作一个人，而不是别的什么。"

蒙田谈到知识，不是纯粹抽象的说理，而仿佛是一场相遇。他说自己脑子慢，有点笨，"但一旦学会了什么东西……就会牢牢将其抱在怀里"，还说要"掌握真理的身形、五官、风度和面孔"；他说重游故地，或重读一本书，"都像面对一张熟悉而又新鲜的笑脸"。而苏格拉底，在蒙田的引文中，更把自己比作他人知识的助产妇：

> 打开智慧的产门，润滑产道，帮助婴儿顺利出生，评价婴儿的健康，施洗、哺育，使之强壮，给婴儿裹上褓褓，并施以割礼；就这样，苏格拉底施展、运用自己的才能，福祸却由别人来承当。

希腊哲学家芝诺则用不同的手势，来譬喻心灵的各种功能环节，思考的过程，便这样落实到了两只手上：

> 手掌伸开，意味着看到表象；手指微曲，虚握成拳，表示对表象的认同；拳头紧握，表示理解；再用另一只手紧抓住已经握紧的拳头，则表示获得了知识。

最优秀的心灵，蒙田说，"总是邃远、开通，随时准备拥抱一切。"在死前那些年间对《塞邦赞》所做的增补中，蒙田明确指出，他要为塞邦对于信仰的理解进行辩护，是因为：

> 神为了我们，允许自己在某种程度上以肉身的形象呈现，他的超自然的、天上的圣事，也因为我们的情况，而相应地世俗化了；为敬奉他而采用的仪式和祝辞，也以人的感官为影响的目标；因为，信神和向神祈祷的，都是人……十字架和耶稣受难图，教堂中的那些装饰和庄严的仪式，与我们的虔信协调一致的话语声，我很难相信，这一切对感官形成的冲击，不会在人们心中唤起宗教的情感，提振他们的灵魂，并带来很好的结果。

人们不免会想，蒙田颇有些复杂的宗教观，实质上，是否相当于把宗教看成一种扩展了的——用我们的术语来讲——空间关系感，类似于社会学对宗教的理解："扩展到超出社会之外的一种社会关系。"于是，对蒙田而言，某样东西，某处地方，有时便具备了近乎圣餐一般的功能——作为通向早已失去的密切的身体关系的桥梁。在梵蒂冈图书馆，一部古希腊文的《使徒行传》让他艳羡不已，字体大，用金极多，"用手摸上去，你能感觉到字的凸起……这种书写的方法已经失传了"。恺撒的袍子在罗马城中引发的躁动，几乎不下于他本人的死亡；甚至建筑和位置也有让我们感动的力量：

> 当我们来到一处地方，并知道，某位备受怀念、敬仰的人物，从前常去那里，或者在那儿居住过，这时，我们心中的感

动,比听人讲一遍他们的事迹,或读他们的作品还要大,这究竟是一种天性,还是想象之误?……我想看到他们的脸,观察他们的举止、风度和服饰;我在嘴里反复念叨这些伟大的名字,让它们在我耳中回响……我真希望能亲眼看到他们讲话、走路和吃饭的样子!

对于自己去世的亲人,蒙田以更为感人的笔触写道:

要是有人能跟我说说,我的祖辈人的举止习惯、长相神情,他们平常都说什么话,经历过怎样的命运起伏,那该多好啊!我会听得多么认真!即便是朋友和先人的肖像,我们也应珍爱,如果瞧不上眼,看不起他们的衣着款型和甲胄的样式,这肯定是本性不善的标志。先人的手迹、印章、祈祷书我都保留着,还有他们用过的一把剑,甚至父亲经常拿在手里的几根长杖,也一直留在我的书房里。

"一次告别,一个动作,一点特别的恩惠",这些记忆都让我们感动,一如那些"在我们耳中回荡不去"的名字,当我们听到这样的哭喊:"'我可怜的主人!',或者'我的好朋友!''哎,我亲爱的父亲!',或者'我亲爱的女儿!'"

⚜

由此看来,蒙田对他人身体的意识,便与我们后笛卡尔时代现代西方的视角截然不同：对我们来说，自我的边界清晰，且比作为自我居所的身体更为重要。故此，蒙田的观念最清晰的遗响，并未诞生于西方的传统之内，却出现在20世纪日本哲学家和辻哲郎（Watsuji Tetsurō）的著述中，也就是很自然的事了。和辻使用"关联"（aidagara）这个概念，来描述自我的本质。所谓"关联"，就是我们对自己与他人的身体的空间关系的直觉感知。这种"关联"论，可能听上去有点敏感过度、小题大做的意思，但是，只要想想我们的家庭，看看我们工作的地方，马上就能明白，"关联"性无时无刻不存在于我们的日常生活之中：我们直觉地便能意识到公共空间和私人空间的分界；我们把个人空间保留给爱人和家人，而对这些边界的侵犯，我们想感觉不到都不可能。和辻说，正是由于"关联"性，人与人的关系，才不可避免地具有了引力，如同母亲所感受到的那种磁石般的吸引，"拉扯"着她，回到无人照顾的孩子身边。不但母亲和孩子、丈夫和妻子之间存在这样的引力，朋友之间也同样如此：

> 想见朋友，是想在身体上跟他们靠近……因此，把友情视为纯精神上的关系，与身体无关，显然是个错误；友情的精神方面，可能会受到种种限制，但身体上的吸引和联系，则无时不在。友情既不单纯是身体的关系，也非单纯的精神关系，但又不是两种关系的简单合并。

在此，我们耳中自然又响起拉波哀西临终时的哀呼："你会拒绝给我一个位置吗？"无论我们对友情有怎样的想法，怎样从精神和哲学的角度去思考它的意义，友情最基本的表现，总归是对身体靠拢的想往,是一种关联感。简单来说,朋友就是你想去看、去见的人。不管斯多葛-人文主义者怎么说,友情始终是一种以身体的在场为基础的关系,而不是身体的远离。

因此,霍尔拜因的《使节》,从根本来说——从并立于画中的两个人物来看——它所描绘的,也是基于身体在场的友谊。如果我们回头再去读一遍蒙田描述拉波哀西之死的那封信,就会看到,浮在表面的,是出尘绝俗、唯以精神为重的姿态,潜藏着的,则是无时不在的对朋友的身体、动作和神态的留意和关注,前者持续地被后者所消解。他计划和拉波哀西一起吃饭,他劝他离开波尔多,但不要走得太远;他去探望拉波哀西,回来,然后又去,尽可能多地陪在他身边;他给拉波哀西把脉,为了让他放心,叫他也摸摸自己的脉搏;他有点自私地通过自己与拉波哀西太太对比——她多数时间待在隔壁的房间里——来显示自己和拉波哀西更为密切的关系;他记下拉波哀西临终的呼唤:"我的兄弟……请你待在我身边";以及他陷入恍惚后的谵语:担心被拒绝"一个位置"。这感人的最终一幕提示着,我们只能在与他人靠近、接触的经验中感知人生,而死亡则是最后的离位——在只有一次机会的抢椅子游戏中,失掉了自己的位置。

拉波哀西去世十年后,蒙田在《论友谊》一文中又谈起他的朋友,他记忆最深刻的,不是两人在哲学上的默契,也不是拉波哀西的性格特征,而是初次相逢、发现彼此的时刻,从那时起,他们"难舍难离","再没有什么,能比我们之间的关系更为紧密"。

在此意义上,友谊的独特本质,与它不牵涉任何义务这一事实无关,而在于它必然会触发和激活我们的空间关系感——友情的出现,始于两个素昧平生的身体相遇相逢;就像蒙田说的那样:在一场市民的欢庆集会上,他和拉波哀西在人丛中互相寻觅,"我们的名字"已经"拥抱"在一起。于是,从蒙田关于友情的这些文字,我们可以看出,亡友去世前表现出的斯多葛式的自制,深深地影响了他,但同时,由身体的靠近——作为无言、无形却滋养人的一种力量——所构成的友情,也吸引着他。

⚜

蒙田之所以会形成如此迫切的空间关系意识,是因为他看到,人与人之间的这种关联感,因当时的政治和宗教暴力的影响,而变得越来越麻木——"不在于人民的整体发生了什么变化,而是人作为群体,被瓦解和撕裂"。战时人的身份变得模糊,朋友可能变成敌人;而且人的身体也可能成为可憎之物,成为变态的窥视欲望的对象,而不再是知识的一个来源。蒙田写道:有些人,只为杀人而杀人,他们砍掉人的四肢,换着花样折磨人,"不为别的,就为了观赏受刑人凄惨、可怜的动作和表情,以此取乐";他说"习惯了战争的乌合之众表现勇气的方式,是血溅双肘,把脚下奄奄一息的身体撕成碎片"。内战中的这些暴行,几乎起到和圣餐仪式相反的作用,借历史学家娜塔丽·泽蒙·戴维斯(Natalie Zemon-Davies)的话来说,它们是一种"暴力仪式":通过对他者肢体的仪式性的残害,人的同情心和空间关系意识被成功地抹去,敌人被摧残得认不出面目,罪恶感也相应地变得迟钝、麻木。

在暴行最为猖獗的时候,蒙田记下了这样一件事情:

一些村民急匆匆地赶来告诉我，他们刚刚在我的一片树林里，看到一个浑身是伤的人，那人还活着，他请他们发发慈悲，给他点儿水，帮他起来，但他们不敢过去，把他留在那里，匆匆跑开了，因为怕被治安官拘捕……

这种冷酷，又因当时流行的斯多葛主义的淡漠而进一步加剧；这是一个把同情和怜悯视同为软弱的时代，甚至最紧密的亲情，也变得疏远，甚至被隔断。铁血无情的保皇派元帅蒙吕克，在儿子死后，便曾向蒙田坦言心中的歉疚，后悔自己对儿子总是那么"严肃和刻板"：

"那个可怜的孩子，"他说，"在我脸上除了责备和厌弃，没看到过任何别的表情；他走了，到最后还认为自己在我眼中一无是处，以为我不爱他，不重视他。我灵魂里那份疼爱，是留着给谁的呢？难道不是该给他，让他拥有这份快乐，并为之感动吗？为了维持这副假面，我压抑、折磨自己，失去了和他谈话的快乐，也失去了他的爱；他当然只能对我冷冰冰的，因为他从我这里得到的，也只有严厉，只有暴君般的态度。"

使这种分离感更为加剧的，还有16世纪生活中日益复杂的经济因素。蒙田写过一篇文章，探讨是否《一人受益即另一人受损》；他还回忆，有过一个时期，因家业兴旺，他开始存钱，结果却似乎只造成了一种与他人隔绝的孤独感：

> 这是我的秘密。我这样一个事无不可对人言的人，提到钱的时候，却总是言不由衷，就和那些有钱装穷、没钱装阔的人一样，关于自己的财产，从来不凭良心、讲实话；这真是可笑而又可耻的谨慎。

到头来，他发现自己饱受焦虑、怀疑和忧惧的折磨，"而且，这些心事还没法向人吐露！"

蒙田的这种疏离感，以及16世纪生活中日渐增加的异化倾向，集中体现在1588年版《随笔集》新增的《论马车》一文中。蒙田在该文中表达了对马车的厌恶——不但因为他会晕车，也因为马车代表着与他人在经济地位以及空间上的分隔，由此马车就成了一个自私自利的时代人与人之间的隔阂的象征物；这个时代，充斥着"背叛、奢侈和贪婪"，人的地位已经被物所取代。在蒙田看来，这种时代精神，最清楚地体现在对新世界的掠夺中："在友谊和真诚"的旗号下，千千万万人"惨遭屠杀……只为了珍珠和胡椒"！

与这种贪婪的伪诈形成鲜明对照的，是蒙田眼中人类文明迄今取得的最辉煌的业绩：

> 秘鲁的大路，由那个国家的君王们所建造，从基多城一直通到库斯科（距离300里格）；道路笔直、平整，宽25步，铺了路面……遇到山、石挡在前面，他们就劈山凿石，开出齐平的道路，遇到坑洞沟壑，就用石头和石粉填满；路上的每一站都建有漂亮的殿宇，备有饮食、衣物和武器，都是为了方便行旅……

与西班牙征服者的背信弃义截然相反，这条路是把人们联结起来的真实纽带，并用饮食和衣物向陌生的来客表示欢迎。这种纽带的作用，因一个事实而得到进一步凸显，即它不但是两位国王互相配合的成果，也需要人民的通力协作：搬运那些十英尺见方的石块，"他们除了靠两膀子力气，没有任何运输工具"；他们没有脚手架，只能借助垒起的土坡；劳动中的合作，象征着人们身体间的紧密联系。接下来，蒙田重新拾起文章的主要话题，并暗示，这一切，在拥有技术优势的西班牙人面前，是多么的不堪一击：

> 我们还是说回马车吧。他们（秘鲁人）不乘马车，也不用任何其他交通工具，他们的代步方式，是让人抬着自己。秘鲁的末代国王，在被俘的那天，就坐在一把黄金座椅上，由人用黄金的杆子抬着，在他的大军中间压阵；抬椅子的人一个又一个被杀……其他人争先恐后地补上他们的位置，看样子不论杀多少人，也没办法叫国王落地，最后，是一个骑马的人，抓着他，把他从肩舆上拉了下来。

抬着他的人被野蛮地屠戮，他自己也被一个骑在马上、来自异域的背叛者，从宝座上拽了下来——印加国王阿塔帕尔法摔落尘埃的这一幕，对蒙田来说，似乎在某种意义上，象征着人类历史的最低谷。

⚜

欧洲人丧失的，是他们在空间关系上的知识，是人与人如何相处的学问。宗教上的顽固不化、商业上的唯利是图,以及自我中心主义,已经蒙住了人们的眼睛;但蒙田暗示,这也是一种可以重新学习并学会的知识。

因此,"相会"这一母题,才会如此频繁地出现在蒙田的笔下,并具有如此感人的力量:《怪婴》中的连体婴儿,一个伸出手臂,试图去拥抱另一个;被罗马三巨头判处死刑的伊格纳蒂父子,各自端着剑向对方冲去,他们"拥抱得如此紧密,以至于刽子手一下就把两个人的脖子都砍断了,剩下身体依然抱在一起";他还写道,"小别重聚的喜悦"给婚姻注入活力,加深了他"对家人的爱,并使家庭生活更添乐趣";旅行至巴伐利亚时,蒙田在布莱纳山口看到一块嵌在石头上的铭牌,纪念1530年查理五世皇帝和他"八年未曾见面并互相牵挂"的弟弟,在此相聚"并拥抱"。

蒙田喜欢桥。他夸赞巴塞尔横跨莱茵河的木桥又宽又漂亮,想到生前看不到巴黎新建的桥梁完工,让他心头异常沮丧(即"新桥",于1604年竣工)。在《谈谈我们治理方面的一项缺陷》一文中,蒙田说他的父亲曾设想过某种类似劳务交易或征友栏目的便民措施,这样,想找个仆人,或者"去巴黎的时候路上找个旅伴"之类的事情就容易解决了;他很遗憾,李流士·吉拉尔都斯(Lilius Giraldus)和塞巴斯蒂安·卡斯蒂利奥这样的学者竟然死于穷困潦倒之中,"成百上千的人会愿意把他们请到自己家中……如果他们知道的话"。

看得出,蒙田的天性也是合群的,是"为社交和友谊而生"。他说娱乐没滋没味,"除非有人和我分享";他还摘引希腊哲学家阿契塔(Archytas)的话,说如果孑然一身,即使是天堂也会让人受不了:"身边没有伙伴,孤零零地在那些伟大、神圣的天体之间漫游。"

蒙田利用作者的特权，在文章中表达对友谊的渴望，呼唤另一个拉波哀西，和他一起，重现他们的那一场初见：

> 在书里写我自己，除了以上的好处外，我还希望能有另一个好处：在我死前，如果有哪位君子，通过看我的书，了解到我的性格，并碰巧觉得投缘，他就会想方设法跟我相见……
>
> 真的，如果是我，知道有这样一个性情相投的人，为了见他，走多远的路我都愿意，因为，我觉得，付出多大的代价，为了甜美、和谐的友谊都是值得的；啊，一个朋友！

——也许，在衷心仰慕他的玛丽·德·古内身上，蒙田的召唤得到了回应，尽管可能并非是以他所期待的方式。

蒙田对人与人相会的兴趣，对空间关系影响力的关注，表现在文章中，最广为人知的也许是《交谈的艺术》一文。在那篇文章中，蒙田认为，谈话不只是表达思想的手段，更是身体的延伸，是他所喜闻乐见的朋友之间你来我往、拳打脚踢的嬉闹。他说厌恶在聊天时讲究斯文和技巧，更喜欢"男子汉间粗豪和随便的交流……像又抓又咬直至流血的爱"。在《论经验》一文中，他更为明确地阐述了这一事实，即重要的不一定在于说什么，而在于为什么说，怎样说：

> 做指示是一个声音，奉承人是一个声音，责备人的时候也有一个声音。我不只想让自己的声音被对方听到，有的时候还要击中他、刺穿他。我用严厉、刺耳的声音呵斥仆人，这时候，他完全可以说：我的主人，请您小点声，我能听得清……讲出来的

话,一半属于说话人,一半属于听者;前者怎样讲,决定了后者该怎样听;就像打网球一样,接球的人,必须根据发球者的动作和手法,来调整自己的站位。

与此相连的,是这样一种看法,即我们的感觉和情绪必然是共有的。这几乎等于说,先于1996年科学家发现"镜像神经元"(或称"同感神经元",看到他人做某件事,或者有所经历,它就会应激做出反应)之前四百年,蒙田就已经认识到了它们的存在。而且,科学家的这一研究还揭示,语言可能是基于一个更为古老的交流系统,是围绕着对面部表情和身体姿态的理解和认识建立起来的,也就是说,蒙田把身体语言描述为"真正符合人类天性的语言",也许并非无稽之谈。蒙田说他"天生爱模仿","别人的毛病——愚蠢的表情、难看的怪相,或者可笑的说话方式——我看着看着就学会了,变成了自己的毛病。""别人的感觉,经常被我据为己有。"在谈到性的时候,他坦白地说,"我给予的快乐,比我自己感觉到的快乐,更能让我想入非非。"不过,别人的痛苦,他也一样"感同身受"。他说起诗歌的感染力:激发诗人灵感的强烈情绪,"也会打动他人,当他听到人们谈论或朗诵这首诗的时候;就像磁石,不但会把针吸住,同时也把吸力传给了它"。在剧院里,愤怒、悲伤和憎恨,以相似的方式,从诗人传递给演员,再传递给观众,如同一串磁化了的针,"一个连着一个"。这让我们回想起蒙田小时候演戏的天分,他那"成竹在胸的表情,灵活多变的声音和姿态,随便什么角色都能胜任"。

这种模仿能力造成的影响,也可以是双向的:

西门·托马斯是一代名医。我记得有一天，我在一位患肺痨的老富翁家里见到他，他和病人商讨治疗方案时，说有一个办法是把我留下来，给他做伴，说是多看看我朝气蓬勃的脸蛋，多想想我生机盎然的青春，用我的朝气填满他全部的感官，这样他的病情兴许能得到改善。但医生忘了说，我的情况却可能会变糟。

❧

尽管处在内战不止、人心离散的时代，蒙田却认为，人依然保有同情的能力，依然可以相互影响；无论如何，我们总是免不了会看到并体验到，我们与他人之间的相类和相像；我们对生命的感觉和认识，与我们彼此间的这种"关联性"密切相关。然而，妨碍我们认识这一事实的，不但有他人的原因，更有我们自己的原因。因此，蒙田作品的一个核心动机，便是要"逃离我们自己心中的粗俗……并重新拥有自己"。可以说，蒙田要做的，是重启自我，清空内存，让我们重新认识自己，也让作为人类同胞的世人重新认识我们；但是，这样的一种"撮合"，是太过艰巨的任务，太容易出错，太难把握好分寸。你该以什么样的方式与自己"会面"？该怎样凑上去和自己搭茬？蒙田的答案是，借助一种新的、远离传统哲学的因素，一种在家园和周边就地取材，土生土长的因素。

11

一条狗，一匹马，一本书，一只杯子

秋天

被病痛折磨的时候，我就想，让我念念不忘并因而留恋生命的，是一些多么微不足道的原因和事物啊；失去生命，在我心里引起的艰难和沉重感，又是由一些多么微小的元素构成的啊；对于这样一件大事，我的所思所想，又是多么的琐碎；一条狗，一匹马，一本书，一只杯子，每一样东西，都让我心中牵挂。

在人生最后的时日，蒙田的肾结石越来越严重，痛苦日增。困居在生命的边缘，他的思想转向了那些使我们无法平静接受死亡的日常之物；它们看似平平常常，却让我们念兹在兹，事实上，越是微不足道的东西，似乎越有意义："一条狗，一匹马，一本书，一只杯子……"

蒙田是领主，佩剑贵族的一员，是有文名的乡绅，但他也是一个葡萄园主，一个酿酒商。从书房向外望去，他看得到凝在葡萄上的秋霜，看得到1月份的剪枝和绑梢，看到葡萄沐浴着温暖的阳光，和9月采摘葡萄的繁忙、热闹；他能看到葡萄被运到塔楼对面的酒榨，酒桶装上车子，运到河边，再从那里运抵上游的码头，然后向西，漂洋过海。葡萄和葡萄园，酒桶、酒瓶、酒杯和酒鬼，摇摇晃晃地在蒙田的一行行文字中走过。他想象古代葡萄酒的味道，思考德国士兵酒醉后奇怪的沉默，以及葡萄酒发酵的神秘过程。旅行的时候，他觉得自己摆脱了每天大事小情的烦恼，在家的时候，他"像个酿酒商一样，有没完没了的事情需要操心"。

❧

在波尔多一带，酿酒早在恺撒征服高卢之后的数百年间就开始了。4世纪的诗人奥松尼乌斯（Ausonius），看到摩泽尔河的景致与家乡波尔多非常相似，无限诗情瞬间在心头涌起："满山亮绿的葡萄/还有山下美好的河流"。经历了黑死病和百年战争，当地民生凋敝、经济衰退，但到了蒙田的世纪，经济开始复苏并扎下新根：大批农民从中央高原涌入城镇和乡村，土地也被唤醒，恢复了生机与活力。

在这场经济复苏中，葡萄酒起了关键的作用。在城镇人口的增加，以及与英国、布列塔尼（稍晚还有荷兰）的贸易的双重推动下，沿多多涅河，从波尔多向上游的一带地方，出现了许多新的葡萄园；城市贵族和资本家，如勒斯多奈克家族、旁塔克家族和米莱家族，开始用来自美洲的白银，以低廉的价格从那里的农民手中购入土地。对田产进行整合、将产权有效地控制在手中之后——在这方面蒙田家族做得就非常成功——他们选择了葡萄酒，而不是小麦，作为田庄的主要出产。土地被兼并，小农户渐渐消失了，越来越多的农民变成了给大地主干活的佃农，为一年的衣食举债，年终用自己劳动的果实偿债、结算。

附近的多多涅河、洛特河和加龙河,是这场复苏的动脉。平底驳船沿着这些河流,缓缓驶向利布内、波尔多和纪龙德河上的其他港口,在那里,酒被装上近海帆船,然后运往更遥远的北方。1553年,蒙田的老师乔治·布坎南,结束了不愉快的葡萄牙之行,即将踏上法国的土地时,用拉丁文写了一首赞美她的颂诗,从那些甘腴的词句中,我们似乎可以看到波尔多一带物产的丰饶和商业的富足:

> 你啊,养育艺术的母亲!
> 你那健康的空气和富饶的土地,
> 葡萄遮阴的柔和的山坡,
> 牛群徜徉的林间牧场,
> 和溪水潺潺的山谷,
> 鲜花装点着绿色的草地,
> 蜿蜒的河流上点点白帆,
> 渔产丰富的池塘、溪流、湖泊和大海,
> 西方和南方港口遍布的海岸;
> 你接纳世界,并和她分享
> 你的财富,没有一点贪婪。

从各种数据来看,该地区在16世纪后期年均出口总计约三万桶葡萄酒。荷兰人尤其喜购白葡萄酒,其主产地便在沿多多涅河向上至蒙田庄园和贝格拉克的一带地方。对于阿姆斯特丹、布鲁日和伦敦的居民来说,白葡萄酒价格低廉,他们买得起,既是一种可以替代饮水的洁净饮料，又能起到纾解城市生活的紧张和疲劳的作用。

尽管相比较而言，蒙田可算是个老派的领主，但他也把主要出产从小麦转向了葡萄酒：利用天然降雨和排水的优势，在田庄南面山坡的白垩质土壤上种植葡萄；葡萄根须吸收了土壤中的钾、氮、磷、镁，最终生产出，根据科莱特（Colette）的说法，带点"土味儿"的葡萄酒。蒙田辞去法院的工作，或许在一定程度上，也是因为看到了田庄的潜力；用蒙田自己的话说："家产日增，超出了我的估算和预期，似乎回报总是比投入多。"

一幅17世纪的标题为"秋天"的木刻画（见本章开头），可以让我们对蒙田所生活的世界有一个直观的感受。画中，一位上了年岁的领主和他的夫人，在葡萄采摘季节，驻足观望周围繁忙、富足的丰收景象。领主手里的削皮刀，暗示着他和自己的领地以及人民的关系；夫人裙摆中兜满的苹果，象征着大自然的丰厚赐予；背景中载着酒桶的马车，则代表着即将落袋的可观收入。

类似地，蒙田的生活，在他自己眼中，也必然与葡萄园天然的农时节奏交织在一起，因为那就是他身处的环境：

> 命运最值得我感激的事情之一，是在人生各个阶段，我的身体状况能够一直顺应自然地发展；我已经见过了人生的叶、花和果，现在正在看到它的枯干……

然而，经营葡萄园，比种植小麦要求更高，更有技术难度，需要用心管理，掌控一切。因此，蒙田的退休生活，不见得像他最初希望的那么平静。靠蒙田庄园吃饭的有几百号人，他抱怨他们的贫困和纠

纷给他带来的烦恼,并引用贺拉斯的诗句,以说明种植葡萄的人苦厄不断的生活:

> 要么是冰雹毁了你的葡萄,
> 要么是无常的土地导致歉收;
> 树木埋怨太多的雨水,或干旱,
> 或者是冬季的严寒。

他说,"村里的葡萄受了冻灾,我的神父就宣布这是人遭了天罚";并说,第欧根尼的"回答正对我的脾气"——别人问第欧根尼最喜欢什么酒,他应声答道:"别人的。"

当然,蒙田不一定要亲自下田,参与辛苦的劳动。庄园雇有一位管事,专门监管葡萄的栽培、护理:在葡萄根周围松土施肥,修剪枝条,让能量更集中地被果实吸收。但是作为领主,蒙田应该会负责决定葡萄采摘何时开始,这是与庄园的经济前景休戚相关的重要时刻,需要把大量的劳动力组织起来,还要安排好他们的伙食;酒桶和酒榨也要进行检查与维修;此外,他可能还要负责葡萄酒的销售——通过新出现的一种政府代表,或曰经纪人;当然,肯定也要借助家族的关系网络。作为波尔多市长,他针对进口葡萄酒,对本地葡萄酒采取保护措施,订立规章,禁止二者使用相同的酒桶。蒙田似乎还尝试着改善自己家出产的葡萄酒的品质:他察觉到葡萄酒"根据葡萄果实和采摘时节的不同,在酒窖中的味道也有不同的变化";他还在意识到桶中的酒渣对于保持酒的活性非常重要。在德国和意大利旅行的时候,他会抱怨"陈"酒丧失了果味的甘甜。

因此，与葡萄酒和酿酒有关的词汇，在蒙田而言可谓信手拈来。《论无所事事》可能是蒙田所写的第一篇文章，该文开篇即借用维吉尔诗中的意象，把他的心思，比作桶中波动的水面映在天花板上的光影（对酿酒人来说这是一个熟悉的景象），并寄希望于退休生活能让他的心思"日渐厚重和成熟"。而在探讨儿童教育的问题时，他的话题自然而然地转到了葡萄栽培上：

就像农艺，栽种之前和栽种过程本身的方法步骤，都是简单明确的，可一旦种下去的东西活了过来，有了生命，接下来，培育的方法就变得多种多样，遇到的困难也五花八门；人也是同一个道理：造人不用费什么力气，可孩子一旦出生，养育和教育他们的过程中，有数不完的事情需要我们操心，充满了烦恼和恐惧。

转换话题的时候，他会说换个酒桶试试；谈到自己的忧伤，他说要把柔弱的心灵变得坚强，"给这个已经松动，行将碎裂的酒桶结结实实地敲上几下子，让桶箍重新牢固"；他说你很难从西塞罗的作品中榨取到任何"果汁和果肉"；他引用塞内加的话，描述回忆亡友时那种带着温馨的忧伤"像老酒的苦味"；他把余生比作桶底的残渣："我已经饮到了生命的桶底，开始有了酒渣的味道"——相似的表达，后来又出现在莎士比亚的《麦克白》中。

这样一种语言风格，也反应出，酒在早期现代社会中的中心位置，作为一种日常的饮用品，它在宗教上，在人的身心健康方面，都有许多的作用和益处。蒙田庄园附近的乡民们，"无论身体有什么不适，唯一的治疗方法，就是找来最有劲的酒，混着大量西红花和香料喝下去"。根据自己的经验，蒙田知道，"有些草药能滋润身体，有一些则能祛湿……吃羊肉能滋补我的身体，喝葡萄酒能暖血"。他甚至承认，有一段时间迷上了食疗：他养了一只山羊，只给它吃药草，喝白葡萄酒，想看看它的肉是否像传说的那样有治病效果。（后来他把这一说法斥为无稽之谈，因为宰杀之后发现，那山羊也患有肾结石。）葡萄酒与身份地位的关系也被揭示出来：口感更为精致的白葡萄酒，被认为更符合上流社会人物的身份；而提气热血的红葡萄酒，则和武器装备一样，是士兵的必需品。蒙田在文章中讲过，一支法国部队，向北朝卢森堡进军时，由于天气严寒，配给的葡萄酒都冻成了冰，战士们干脆用斧头把结冰的葡萄酒砍成碎块，装在头盔里拿走。

葡萄酒也被看成是一种联结的纽带：无论人们之间有什么差别，酒却是大家都可以理解并能一起享用的东西，因此，它也是很有用的见面礼。在旅行途中，蒙田便收到勒米尔蒙女修院的执事送的一桶葡萄酒，还有山鹑和菜蓟；路德维科·平特尼先生送了他十二瓶甜葡萄酒和一些无花果；在康斯坦茨①，市长派人把酒送到蒙田住的客栈；在奥格斯堡，"七名穿制服的士官和一名政府高级官员"给他送来了十四大桶葡萄酒。

在具有普遍性的同时，酒往往也能揭示出不同的民族性格。法国人不碰桶底的残酒，而在葡萄牙，喝桶底酒完全配得上王公贵人的身份；佛罗伦萨人在酒杯中加雪（其他地方的人通常会给酒加热）；德国人更看重容量而不是质量，他们喝酒用大号的杯子，甚至会邀请自己的仆人也来上一口；如果说德国人的酒杯太大，意大利人的酒杯又

---

① 据《蒙田意大利之旅》，此事应发生在巴塞尔。——译者注

太小了；旅行到巴塞尔时，蒙田听人抱怨，说当地人个个酗酒，生活放纵。至于狂喝滥饮，蒙田说他"从未被邀请参与过，除非只是出于客气，自己也从来没有尝试过"。

葡萄酒在《随笔集》中为蒙田提供了一条与古人联系的脐带，使他可以安坐下来，与古人对面畅饮。他说古人喝酒的时候，会停停歇歇，甚至在冬天，酒里也要放冰块；古人对酒也有自己的评价标准：蒙田引用荷马，说希腊开俄斯岛的葡萄酒品质超凡，当地人的酿酒技艺学自酒神的儿子俄诺皮翁。（根据普林尼的说法，公园前121年的葡萄酒品质特好。）

葡萄酒是蒙田的文章中随处可见的一大要素，但最具揭示性的，还是蒙田谈论自己对酒的品评、好恶的文字；这些评论反映出的，是一个不断增长、清晰可见的，更为现代和商业化的葡萄酒市场，致力于提供的是快乐和品位，而不单是为满足口腹之欲。传统上，酿制美酒的手艺主要被修道院所掌握；但在中世纪过程中，酿酒与品酒的技艺逐渐传播，形成了范围更广的一种文化。13世纪诗人让·德·安德利（Jean d'Andeli）在《酒之战》（*La Bataille des Vins*）中，描写一位国王请神父为他品酒，从七十种酒中选出品质最优秀的；一些北方酒，因味道发酸，丧失了资格，啤酒仅仅因产自英国，也被排除在外；酩酊大醉之前，神父终于选定了品质高贵、甘美醇厚的塞浦路斯葡萄酒作为酒国魁首。毫不奇怪，13世纪的行吟诗人伯特兰·德·波恩（Bertrand de Born）抱怨说：贵族们整天谈论的都是酒，而不是战争，已经失去了勇武之风；在《神曲》中，但丁很贴切地为伯恩塑造了一个永恒的形象：他伸出的手中，拿的不是一杯夏布利酒，而是自己被砍掉的脑袋。

尝酒者

但是，波尔多一带的新一辈制酒者们，已经把酿酒技艺提升到了一个全新的高度。他们不断研究开发新技术——根外追肥、成行栽种、桶内陈酿和研制新酒榨，因为，在这个日益增长、充满竞争的市场中，决定一切的是酒的口感。城市商人和贵族老爷不想喝用榨过的果渣酿制的味道寡淡的土酒；他们想要的是，能够与他们煞费苦心追求的标志高贵身份的其他象征物相匹配的、口感更丰富、更精致的葡萄酒。品牌的概念还未建立起来，口感是决定价格的唯一标准。新酒待售时，葡萄园主、酒商和水手们，便会围在桶边，用他们的尝酒杯，取样试饮。

贸易的增长进一步促进了酒文化的繁荣。1562年，威廉·哈维（William Harvey）的女儿在圣布里奇教堂受洗，堂区举办了盛大的庆祝活动，伦敦商人亨利·麦锡恩（Henry Machyn）尤其留意到了——其豪奢似乎的确值得留意——庆典宴会提供的酒类品种之丰富：

> 那样的盛宴我生平仅见，有香料甜酒、法国葡萄酒、加斯科涅葡萄酒、莱茵葡萄酒，都可尽情痛饮；他们的仆人也都一个不落地在大厅里会餐，菜肴异常丰盛。

根据1586年威廉·哈里森（William Harrison）的描述，当时的消费者甚至享有种类更为繁多的选择：

> 像波尔多葡萄酒、白葡萄酒、红葡萄酒、法国葡萄酒等等，约有六十种……还有约三十种产自意大利、希腊、西班牙和加那利的酒，诸如意大利沃内基甜酒、古特甜酒、皮蒙香料甜酒、烈性红莓甜酒、麝香葡萄酒、希腊罗姆尼葡萄酒、巴斯塔多葡萄酒、西西里烈性泰尔甜酒、葡萄牙奥西酒、卡布莱克甜酒、克拉里香料甜酒、马姆齐甜酒……酒劲越大，越受欢迎。

在从外地输入的众多酒类产品中，也包括产自阿利坎特、勃艮第、南特、奥列龙岛和罗舍尔的葡萄酒，还有后来者如萨克葡萄酒以及产自东地中海地区的麝香葡萄酒等等。在如此激烈的竞争环境中，酒味的好坏，很可能就决定了是盈利还是亏损。相应地，关于这门重新兴起的酿酒的学问，也出现了一些指导手册，如亨利·艾蒂安纳 1536 年出版的《葡萄园》(*Vinetum*)。尼科拉-亚伯拉罕·德·拉弗兰伯瓦西埃尔（Nicolas-Abraham de La Framboisière）在 1601 年建议道：

> 要鉴别葡萄酒的优劣，必须逐年品尝，仔细考察它的成色、品质，这样才能给出合理、全面的评判；某几年可能勃艮第的葡萄酒最好，另一些年头奥尔良的葡萄酒可能拔得头筹；安茹的葡萄酒哪一年都不是最好的，很多时候阿伊的葡萄酒品质完美，独占鳌头。

塞万提斯在《堂吉诃德》中对这种新起的味觉敏感性进行了讽刺：桑丘·潘沙吹嘘他只用鼻子闻一闻，就能判断出酒的"产地、种类、味道和品质，以及酒质会有怎样的变化"；这种天分得自遗传，他有两位擅长品酒的亲戚，有一次品酒的时候，其中一位尝了一口，说有股铁味儿，另一位只是闻了一下，说有股皮子味儿，过了一段时间，酒桶空出来之后，果然在桶底发现了一把钥匙，上面系着条皮带子。

就这样，质量和口感在 16 世纪后期的酒类市场上所起的作用越来越大。蒙田本人可能也拥有非常敏感的味觉，用现代的说法，他也许是一位"味觉超敏者"；这类人约占人口的 25%，对味道的感觉比别人更强烈，能尝出一些别人根本察觉不到的味道。表面上，蒙田做出一种斯多葛主义的姿态，与这种敏感保持距离："一个年轻人，如果对葡萄酒和调味料的味道挑挑拣拣，把时间都花在这上面，被鞭笞也不为过。"然而，紧接着，他又说自己上了年纪之后所做的，就是这样的事情:"我如今也在学了。我为此感到羞愧,可有什么办法呢?更叫我羞惭和恼怒的,是促使我学习此道的客观情况。"

蒙田说,卡加夫红衣主教的厨子讲起烹饪艺术,"一副庄重、威严的派头",就好像他正在探讨的是"治国经邦的大计";谈到此事的时候,蒙田甚至专门造了一个名词出来——"嘴学"。在这前后,法国烹饪也开始了它的辉煌时代,并于17世纪,随着著名厨师瓦代(Vatel)的自杀而达到顶点——原因是在欢迎国王的盛大宴会前夜,他发现鱼不够用了。

味觉之外,蒙田的嗅觉也异常敏锐(现在我们知道,味觉在很大程度上依赖鼻腔中的嗅膜)。他写过一篇文章,名为《谈气味》,在文中他说自己喜欢"被好闻的气味包围,我极讨厌难闻的气味,而且隔着老远,别人都没感觉的时候,我就先闻到了"。他说自己的鼻子很"奇妙",因为它对气味非常敏感;他描述健康孩子的呼吸如何没有异味,还说他手套上的气味会跟着他一整天;他喜欢威尼斯和巴黎,却受不了它们泥泞湿地的臭气;和家乡冒烟的壁炉相比,他更喜欢奥地利的炉子。无论男人还是女人,他说,最好的气味,就是什么味儿都没有。

蒙田嗅觉和味觉的敏感,尤为明显地表现在《旅行日志》中:每到一地,他都要尝试一下当地产的葡萄酒,或嗅或饮,或浅尝或鲸吞,或厌恶地吐掉,使他的《旅行日志》简直成了一部16世纪的《帕克的葡萄酒购买指南》(*Parker's Vine Buyer's Guide*)。勃隆皮埃的葡萄酒和面包都很差;在舍恩高,给客人上的都是新酒,而且一般是刚刚酿制出来的;奥格斯堡的"葡萄酒不错……通常是白葡萄酒",和斯特钦一样;11月到维琴察的时候,他们携带的葡萄酒快断档了，因此：

> 我们很怀念德国的那些酒，尽管多数都加了香料，有各种各样的香味，当地人觉得好闻，尤其是鼠尾草，他们叫鼠尾草酒，喝惯了的话味道也不错；说到底，酒还是醇厚可口的。

巴塞尔的葡萄酒"非常清淡，先生们觉得，甚至还不如我们兑了水的加斯科涅葡萄酒劲大；不过滋味还是很不错的"；佛罗伦萨的葡萄酒"没法喝……对于讨厌甜而无味的人来说"；在卢卡浴场，一位圣方济各会修士，送了他一些"上好的葡萄酒"，还有一些杏仁饼。此外，蒙田还留意到卢卡当地葡萄酒经营销售的方式：

> 每天都能看到，从四面八方汇集到这里的小瓶装的样酒，客人喝了如果喜欢，就可以下订单；但是好酒很少。白葡萄酒很清淡，还有苦味，口感也不够细致……除非你叫人去卢卡或佩夏买棠比内洛白葡萄酒，那酒很够劲，不过口感也不算好。

后来，就是喝了"味道甜，容易上头"的棠比内洛葡萄酒，才引发了他的偏头痛。

作为业内人士，蒙田对各地的酿酒技术也很感兴趣。在马萨德卡拉拉，"不得不"喝新酒的时候，他注意到，当地人"用某种木屑和蛋清"澄清葡萄酒，颜色和陈酒毫无差别，但有股"说不出的怪味"；他在葡萄园周围打转，留意到卢卡收获季节的开始，看到乌尔比诺红衣主教给他的葡萄进行过嫁接，还注意到斯福尔扎红衣主教的葡萄园里的林神萨梯雕像；他把罗马和波尔多的葡萄园进行比较，说前者都是"特别美丽的花园和游乐的去处，我看到，利用起伏不平、巉岩嶙峋的山地，艺术也可以创造出美，且为我们的平原地带所不及"。

⚜

但是，蒙田与酒的关系中最重要的方面，也许在于酒融入他的血脉的方式，为他思考"尝试"的整个过程，最终思考生命本身，提供了一种新的途径。蒙田的"essais"[①]究是何意？大多数注家把它解释为"试验"、"测试"或"试探"，强调的都是对思想能力略有些谦抑的态度，这与现代人对蒙田作品中的怀疑主义因素的关注是一致的。但是对于蒙田同时代的人来说，"essais"可以单纯指"品尝"或"尝味"。从"essai"（或它更早些的形式："assai"，等同于英文中的assay）一词的历史，我们便能看出，它的词义显然与酒、食有关。一份英国中世纪酿造香料甜酒的说明书，指导读者在添加香料时，应先"取一点，尝一尝（assay），如果姜味太大，就加点肉桂"。15世纪法国的掌故家奥利维尔·德·拉马什（Olivier de La Marche），详尽描述了在权贵之家为家主老爷"试"（assay）酒的整个过程：试酒者"端着酒樽，来到君主面前，倒一点酒在杯中，重新盖上酒樽，然后试酒"。（蒙田曾读过拉马什的《回忆录》，他把自己的作品定名为《随笔集》，很可能就是受了该书启发。）在1611年兰德尔·科特

[①] 即《随笔集》的法文标题。——译者注

格雷夫（Randle Cotgrave）的《法英词典》中，对"essai"的定义如下："验证，尝试，试验；提议，试图做某事；品尝，或通过触摸以了解某物；也有为君主试酒或试肉之意"。在乔治·赫伯特（George Herbert）的《巨痛》一诗中，"assay"一词所取的便是"品尝"的意思：

> 如果谁不知道什么是爱，
> 就去尝一尝那汁液，十字架上，
> 长矛一刺，就让它重新流出来；
> 然后请他说说，
> 同样的味道，他是否品尝过。
> 爱就是那甘甜、最为神圣的液体，
> 我主的血，却是我的美酒。

有趣的是，"品尝"——通常是为了检查葡萄酒有否掺假——也是地方贵族的一项责任。据一份文件，在1559年，潘布鲁克伯爵（Earl of Pembroke）的权利包括："品尝面包、葡萄酒、啤酒和其他食物；检查它们的重量和大小，如不合要求，予以纠正。"味道必须有一定的规范，在客观标准尚付阙如的时代，显然只能跟着权力走，由各地的领主自行甄别、判断。

在蒙田之后（很明显，在相当大的程度上正是因为他的作品的影响），"essay"一词的含义，似乎变得更为偏重思想的一面，几乎成了"篇章"或短文的同义词。然而，蒙田从未称自己写的东西是"文章"——他的书最初的标题为 *Essais de Messire Michel de Montaigne*，"Essais"在这里并无文章之意；有趣的是，这一定名方式，增加了标题的反身自指性，使它具备了两种可能的含义，既可以解释成"米歇尔·德·蒙田的尝试"，但也可以理解为"米歇尔·德·蒙田的味道"，也即让读者对他进行品尝。这不免让我们想起蒙田在《致读者》中的说法：他写书的目的，是希望家人和朋友能借助它提供的"养分"，来保持对他的记忆。

蒙田用"essais"一词来命名自己的作品，显然是考虑到了它与味觉相关的含义。谈起自己的养生之道，蒙田说："我已经活得足够久，可以说一说，一直以来我遵从的生活习惯了；对于那些也想尝试一下这些做法的人，我已经像他们的试酒者那样，提前替他们尝过了。"从这样的表达方式中，我们也许能推知，在蒙田看来，他的写作，并不尽是含有怀疑主义的"试探"，更多的是对于不同事物与话题的"尝试"或品尝。在这个意义上，写作从来不是一种可以简单地结束的行为，而是一个慢慢走向成熟的过程。在波尔多版《随笔集》的书名页上，蒙田用潦草的字迹写道：Viresque acquirit eundo，"走得越远，力量越增"——显然，这里表达的是蒙田对自己作品日增的信心，但也是蒙田在品尝时间越久劲道越足、口感也更醇厚的"陈"酒时，必然很熟悉的一种体验。

另一个与葡萄酒相关，并为蒙田大量使用的词，是goust（现代法语中的拼写为goût），表示"滋味、味道"之意，是一个更常用、更普通的词汇。在波尔多版《随笔集》中，蒙田使用goust及其同根词（gouster, gousté, 等等）总计达一百零六次，可谓非常多了；如果我们把之前的版本中，其他用到该词的地方也算上（后来，可能是由于蒙田也意识到自己使用这个词太过频繁，因而替换成了"胃口"或"感觉"等词），使用的次数更增加到一百四十六次。蒙田的《随笔集》总计约四十三万词,这样,其使用频率计约每三千词出现一次。如果再看一下《旅行日志》,我们会发现,该词的使用率同样非常高:法语部分中出现了三十六次,它的意大利语同义词(包括gustevoli,意为有滋味)则用了七次;如此计算下来,在这部十一万三千词的作品中,它共计出现了四十三次(每两千六百词使用一次)。

与蒙田形成鲜明对照的是,在1625年弗朗西斯·培根生前的最后一版《随笔集》中,"taste"(味道)一词只出现了两次,而且培根从没用过如"flavour"或"savour"等具有可比性的同义词。培根的《随笔集》五万三千词,长度为蒙田作品的八分之一,也就是说,该词在培根作品中的使用频率,仅为每两万六千五百词一次。当然,这些数字只是粗略的估算,但问题的关键是要看到,尽管像培根这样一个可以相提并论的随笔作者也会使用"味道"一词,但蒙田用得比任何人都多,甚至多出十倍。

就这样,"品尝"在葡萄园主蒙田的语汇中,并由此也在他的心目中,占有重要的位置。旅行途中,经过欧洲的一个个矿泉浴场时,他把自己品酒的习惯,也用在了当地的泉水上:巴登的泉水"偏淡,不带劲,好像倒来倒去好多次的水";比萨的泉水喝了之后"只是舌头上有点辣";巴塔格里亚的水"有一点点硫黄味,还有一点咸味"。在勃隆皮埃,他更是尽展所长:

> 只有两道泉水是可以饮用的。被他们称为女王浴池的池子里的水,是从东面山坡下来的,喝在嘴里有股甘草味,不过没有任何余味;但是蒙田先生认为,如果你特别留意的话,能发现一点

铁味。另一道泉水，发自对面山脚，蒙田先生只喝了一天，稍微有些苦，还能感觉出一点明矾的味道。

在罗马，蒙田甚至表现出法医一般的神通：他喝了"一种饮料，颜色和味道都与杏仁奶一般无二"，但他察觉出"里面泡过四种冷种籽"（即黄瓜、葫芦、西瓜和南瓜的籽）。蒙田的酿酒者的味觉，就这样，随着他一起去品尝更为广阔的世界，品尝水，显然还有饮食——蒙田对此非常讲究。

我们看到，这种倾向，在《随笔集》中表现为对"味道"的持续关注。在他笔下，上流社会的人物宴饮之时，会津津乐道地"谈论某块挂毯如何漂亮，或者马姆齐甜酒的味道如何"（一种产于马德拉群岛的酒）；他讲起南美的土著，说他们喝用"某种植物的根"酿造的酒，"颜色近似于我们的红酒……这种饮料只能存放两到三天，有一点点甜味"；他说我们没办法让自己相信，鞭笞只是抓抓痒，就像我们不能相信芦荟冲剂——一种强泻药——"味道"和波尔多葡萄酒一样。

❧

在蒙田文章的发展演进中，味觉扮演了极其重要的角色，因为这些文章代表着蒙田对味觉的运用，已经超出了酒的范畴，进入了更为抽象，更富寓意和哲学意味的领域，但最终又带他回到人的身体。首先，我们看到，口味的含义自然延伸，变成了天性的同义词；蒙田说："我的天性不适合管理家政，这取决于个人的口味"；他也不认为自己适合从政当官，因为那需要"不厌其烦地剖白心迹，表示愿意尽心效力，与我的口味不合"。对味觉的思考，也使蒙田越来越敏于察知人的感受的差异性。写到鱼的时候，他说："贵人老爷们都自命擅长做鱼；确实，鱼的味道比别的肉更精致，至少对我来说是如此。"在此，蒙田从中领悟到的重要道理是，我们所有人，都各有所好，各有各的活法；他引用贺拉斯的诗句，描写招待客人时的烦恼：

我的三位客人闹意见
一个人想吃的，
另两个准不喜欢。

在蒙田看来，对这一事实的认识，应推而广之，延伸至政治以及——这是不言自明的——宗教的领域。瓦罗（Varro）统计，为了寻求至善，形成了二百八十八个教派。"我们纷争不断，因为一个人听到的、看到的和尝到的，都与他人不同……一个孩子嘴里尝出的味道，与一个三十岁的人不会一样，后者跟年近古稀的人也不会相同。"早在1564年，约在他开始写作《随笔集》之前六年，蒙田在他的一部卢克莱修作品的扉页上，摘记了一些与味道有关的词句：Ouomodo fiat gustus（味觉如何形成）；Voluptas gustus tantum est in palato（味觉的享受只在嘴里）。尽管卢克莱修也说过，活得更久不会给人增添新喜乐，但在这里，很快就要从父亲手里接过酿酒生意的蒙田，似乎即将走向一个不同的想法：活得久，能给人更多的快乐。

关于"味道"的理解，让蒙田得以解释我们怎样获取对这世界认知，但是，就像饮酒者各有自己的口味，它也解释了人们为何各不相同。我们自以为拥有透彻的知识，其实只不过是尝了一点味道。关于自己的教育，蒙田说他"只是尝了尝知识的外皮，得了一个笼统、模糊的印象，什么都知道一点点，但什么都懂得不多"。所有这一切，都引导他，去满足自己的求知欲，去探索今天我们会称之为人类事务更具主观性和相对性的一面，即如下一类事实：我们喜欢的，孩子们不一定也喜欢；人对死亡的态度，会随时间的推移而改变，也会因和不同的人相处而变化；我们对宗教可能有不同的体验和看法。这一感官不断向外扩展，来者不拒地体验着他周围的世界：旅行让他有机会去"品尝人的性格、体态无时不有的差异"；他说他从来没"尝"过任何烦闷的工作；他说学究对待学问，就像收集谷粒的鸟，它把食物噙在嘴里，送给幼鸟，自己却不尝一口；谈到酒杯时他说："金属杯我一概不喜欢，它们不如用清澈、透明的材料制成的杯子好，让我的眼睛也能跟着尝尝味儿。"

还有一点，对于蒙田作为葡萄园主的经历和体验，也产生了不可忽视的影响，即他所生活的时代，正好赶上了一个所谓的"小冰川纪"（1570-1630年）。其结果是，好多年，农业的收成低得可怜，在蒙田刚接手家业的那几年，情况尤其严重：1572年几乎绝产，下一年又遭受了雨灾。因此，蒙田的第一篇文章《论无所事事》，不但是他自己精神面貌的写照——对因挚友、父亲和长女的死亡造成的精神空虚的思考——也是对周围环境，对因受灾而闲置的土地的如实描写：

就像那些闲置的土地，够肥沃的话，就会长满成百上千种无用的野草，如果想让它打粮食，就必须播下种子……人的心也是如此。

但是1574年之后的数年间——也即蒙田似乎要从斯多葛主义的沮丧和压抑中摆脱出来的那些年——天气和葡萄的收成都有所改善（新栽种的葡萄总之也要历时五年才到丰产期）。这种转变，也反应在蒙田的文字中。在较早所写的文章《人生甘苦主要取决于我们的态度》中，塞内加"观念决定一切"的看法，被蒙田注入了味觉的因素，而得到了进一步的发挥；在后来的《我们品尝的任何味道都不是单一的》（1578-1580年）一文中，他对这一观念做了更为有力的表达；《身体力行》（1573-1574年）一文尽管认为我们需要斯多葛主义的坚韧，因为我们无法对死亡提前进行演练，但蒙田依然不忘提到，一些古人在面对死亡的时候，会尽力对它持一种"品尝和体味"的态度；纵然我们不能拥有死亡的经验，至少我们可以试着去"品尝它"（et de l'essayer）。就这样，甚至当他的本意是要论述一个斯多葛主义的观点时，蒙田依然敏锐地意识到了身体和感官的作用。

很重要的一点是，我们应该意识到，蒙田使用这些词汇，不单是为了表达心中所想，更是因为通过这种言说方式，他能够更清楚地了解，究竟哪些是自己心里真正的想法，哪些不是。似乎为了证实这一判断，我们看到，他对goust一词的删除和替换，经常出现在会让我们对该词的用法觉得有些奇怪的语句之中，比如用它来表达某种抽象的意思（引文中粗体字为用来替换的词）：

> 但是我们面对死亡的坚毅和决心又是多么的不牢靠。多活或少活几个钟头，或者仅仅是想到身边的人，都会让我们心中对死亡的 ~~体味~~ 忧惧变得完全不同。

与靠一枚橄榄就能活一天的斯多葛主义者不同,蒙田开始探索人类体验的多样性:它无常多变,模糊不清,但又是那么丰富多彩。那些蒙田只是把"味道"一词删除而未用任何词来替换的地方,也同样值得我们深思。在《塞邦赞》中他写道:

> 事物在我们心中呈现的并非其本质……因为如果是这样,那么我们对它们的感觉必然完全相同:病人和健康人嘴里的葡萄酒都会是一样的味道。

在我们这个怀疑主义和相对主义盛行的时代,这是再平常不过的一句话。蒙田删除了最后的"味道"一词,只说"嘴里的葡萄酒都会是一样的",但从中依然可以清楚地看出,他对"味道"的兴趣,是在为对主观性的强调做铺垫,尽管后来他又决定把该词删掉。

实质上,我们所读到的,是蒙田文章原汁原味的**第一道压榨**;跟随着自笔尖畅快流出的文字,他得以笔锋一转——这是西方思想史上划时代的一转——用同样的语汇来描述自己,描述自己对生命的全部体验:

> 其他人感受到如意和成功的甜美,我也同样感觉到这种甜美,但这不应该是过眼云烟式的感受。我们应该琢磨它,品尝它,反复咀嚼它,如此才算对得住这恩赐。
>
> 所有人都向前看,至于我,我却把视线转向自己内部;我只同自己打交道,我不断地观察、审视自己,我品尝我自己。

就这样，蒙田使用了一种对酿酒者来说再自然不过的语言，来完成他的"自我发现"以及对斯多葛主义的摒弃；之后，回过头来，他又对自己的语言进行了一番裁剪、绑扎，并通过嫁接，给它打上了更具玄思性的印迹。但它最初结出的果实，是一次天性的自然绽放。

基于此，对蒙田来说，压倒一切的问题，不是我们对死亡的态度，而是我们品尝——更应该说是像美食家一般去咂摸——生命的能力。他从一匹马、一本书和一只杯子中看到了什么？蒙田否认这是一种情感上的依恋不舍。有些人可能觉得他的话未免有些冷漠——他将自己的妻子和女儿置于何地？但是，就像他接下来所解释的，失去这些东西引起的悲伤，是很容易理解的。如果推想能够成立的话，我们或许可以说，他的意思是，将随着这些东西一起失去的，是他对它们的感受，对它们的体验；它们具有某种感官上或思想上的味道，就像蒙田会说的，有某种"讲不清的东西"，在他心中"滋养"着对失去它们的恐惧。情感因素越简单的东西——一条狗、一本书、一只杯子——引起的反应越明显。因为，与斯多葛主义的说教不同，他并不能通过舍弃身外之物而获得对自己的认识，相反，跟着它们一起失去的，是生命的味道，是某种更为珍贵的、并非将我们与世界隔离，而是使我们与世界更为靠近的东西。

12

经验

蒙田像

我跳舞时就跳舞，睡觉时就睡觉；独自在一片美丽的果园里散步时，我的思绪偶尔会在别处，大多数时候，我会很快把心思引回到散步上，回到果园，回到这独处的甜美，回到我自己身上。

在后期的一篇文章中，蒙田曾说，在1586年，"上千种不幸降临到我头上，一件接着一件"。宗教战争已经打到了他的家门口，邻近的卡斯蒂翁镇被天主教同盟包围，成千上万的士兵涌入蒙田所在的地区，随之而来的是各种违法行径和暴力的劫掠："战争打着消弭叛乱的幌子，却制造了更多的叛乱；说是为了恢复法纪，却树立了无法无天的榜样……我们已经落到了什么样的地步啊！"他的领地上的村民全都遭了洗劫，农业在过去一个世纪恢复的元气毁于一旦：

活着的人不得不遭受痛苦，那些还未出生的，也不能幸免。人们遭受了劫掠——间接地也就是劫掠了我——甚至被夺走了将来的指望，因为他们在今后许多年里赖以维持生计的一切都被抢走了。

曾经为上百人提供工作的田地，"抛荒了很长时间"。

在这场灾难中，蒙田发现，他的中庸之道，也成了引起怀疑的原因："我的家族地位以及与邻里的交往，给人们留下的是一种印象；但我的生活和行为又给了他们另一种完全不同的印象"。最终的打击，是在被围的城镇里暴发的一场"极其严重的"瘟疫，疫情向山上蔓延，波及了蒙田城堡，他不得不带着家人，离开祖居，到外地避难——把城堡留在身后，"听凭任何嫉妒它的人随便处置"；接下来，据蒙田的说法，有六个月，他一直带着这一支凄惨的、无家可归的车队，到处流浪。但是，尽管自己的家庭也历经苦辛，蒙田说，最让他难过的，还是那些普通大众遭受的苦难。蒙田庄园周围的村民，能逃出来的，"不到百分之一"：

> 葡萄是这个地区的首要财富，现在却都挂在藤上；每个人都麻木地做着准备，等待当夜或第二天就会降临的死亡……我看到一些人担心死在后面，主因是因为那可怕的孤独；一般来说，他们唯一关心的，就是不要曝尸荒野。看到散落在田野里的尸体，任由虫、兽糟蹋，让他们无比心酸……一些人趁着还没病倒，提前给自己挖好坟坑；还有的人，活着就躺进了坑里。给我干活的一个人，等死的时候，用手、脚把土扒到自己身上。这不是很像为了睡个安稳觉，事先给自己盖好被子？

这是一场可怕的噩梦，不过蒙田从中却有所领悟；他领悟到的，不是古人那种斯多葛主义的道理，因为，他看到，一心想着死亡、等待死亡，并没给这些人带来任何好处："如果你不知怎样面对死亡，不要担心，时候一到，自然，会用她简单、明白的方式，告诉你该怎样做……别在这事上费思量。"尽管他曾经像西塞罗那样，认为"哲人的一生是思考死亡的一生"，但现在，他的观点已经发生了转变："生命应该以自身为目的和归宿"；"死亡确实是生命的终点，但不能说它因此也是生命的目的；它是生命的结束，是生命的尽头，但不能因此说它就是生命的目标"。他最终直言：斯多葛主义者，是"最阴郁的一群"。

他摒弃了对淡漠的追求，谴责那些"硬起心肠，无动于衷地看着自己国家毁掉"的人，说这是在政治上不负责任的行为；至于自己，他说，"我不赞成那样的冷漠无情，既不可能，也不可取。我不喜欢生病，可如果真的患上了疾病，我希望知道自己病了……我希望感觉到它。"他把这样的感觉视为生命自身永恒变化的一部分：

> 世界处在永恒的运动之中。一切都在不停地运动，脚下的大地、高加索山脉的岩石、埃及的金字塔，既有同步的运动，也有各自单独的运动；所谓不变，不过是较为缓慢的运动……我不描绘永恒的存在，我描绘瞬息即逝……

合上斯多葛主义的笺笺小册，蒙田打开了生命的大书。在后期的文章中，他说"幸福的源泉，在于快乐地生活，而不是……愉快地接受死亡"。尽管没有什么"天钩"可以把这种价值观高高挂起，但我们的下面也没有什么深渊:"我跳舞的时候就跳舞,睡觉的时候就睡觉。"蒙田也许是历史上第一个对意识领域进行探究的人,尽管并非像笛卡尔那样,以获得确定性为目的,而是寻求为生命自身正名。思考也许会让我们与自己分离——"我的思绪偶尔会在别处",但哲学的任务,是把它"带回到"人自身,是让我们在人生的果园里放慢脚步,尽量长久地把生命"甜蜜"和"美好"的滋味留在嘴里。

⚜

蒙田于1592年9月13日在家中去世。人生最后的数年,他的健康越来越糟,但始终没有停止对文章进行修订增补,直至最后。较早的时候,他曾写道:"我走上了这条路,只要世上还有纸墨,我就将一直走下去,不会让自己为此劳累,但也不会停下脚步";在这一点上,他是说到做到了。

蒙田生前也当上了外祖父。1590年5月27日,他的女儿莉奥诺在蒙田城堡与三十岁的弗朗索瓦·德·拉图成婚,一个月后,莉奥诺随夫婿离开城堡,去往位于圣通日的新家。1591年3月31日,她诞下一女,袭外祖母之名,取名为弗朗索瓦兹。

面对死亡,蒙田的泰然平和似乎是发自内心的;在对《随笔集》所做的最后增补中,他说自己的心情就像即将远行:"收拾好东西,打好我的行李";他的朋友艾蒂安纳·帕斯基尔(Estienne Pasquier),为我们描述了蒙田人生的最后时刻:

他死在自己家中。连续三天,舌头上的一处脓肿,让他说不出话，尽管神智一直清醒，没有办法，他只能靠笔来表达自己的意思。感觉到最终的时刻即将来临，他写了一张小纸条，让妻子把附近的几位乡绅请来，与他们道别；他们来了之后，他在自己房间里望了弥撒，当神父举扬圣体时，这可怜的绅士，费尽全身力气，挣扎着在床上坐起来，双手扣紧，同时把他的灵魂交给了天主。这最终的一幕，正是他深心中的灵魂的很好的写照。

他的心葬在当地的圣米歇尔-德-蒙田教堂，身体则葬于波尔多的斐扬教堂。但是，关于蒙田的人生谢幕，一位当地的历史学者，描绘了一幅——如果可信的话——也许更为恰切的画面：

《随笔集》的作者，已故的蒙田先生，感到大限将至，便穿着睡衣从床上起来，披上睡袍，打开书房的门，把所有的仆从和有份分得遗产的人都叫进来，把在遗嘱中列明的东西，一一分给他们；因为他预计到，要是等自己的继承人来分配这些遗产的话，事情不会进行得那么顺当。

蒙田去世前，安东尼·培根曾来拜访过他；安东尼的弟弟弗朗西斯·培根，将取法蒙田，于1597年，推出自己的《随笔集》。蒙田身后，声望更是与日俱增，《随笔集》在1590年被翻译成意大利语，英语、荷兰语和德语的译本，也分别于1603年、1692年和1753年出版；以后还会被译成多种不同的文字，包括汉语、日语、俄语、阿拉伯语和希腊语。越来越多的读者和从事写作的人将会发现，蒙田是最有吸引力、最让他们觉得心气相投的作家；奥森·威尔斯（Orson

Welles）说，蒙田"不拘何时何地都是最伟大的作家"。

但是，也许蒙田最心有灵犀的读者，是莎士比亚，在他的戏剧《暴风雨》里，贡柴罗的一段台词，几乎逐字逐句抄自蒙田在《食人族》中（约翰·弗罗里奥《随笔集》英译本）描写"黄金时代"的一段文字：

> 我会回答柏拉图，在这个国家，没有贸易，没有文学，没有算数；没有地方官的设立，也没有政治上的权贵；雇佣、财富和贫穷，都不存在；没有契约，没有承袭，没有地界，没有职业，所有的人都不做事……如果我是这个国家的君主，我该怎么办？……
>
> ——《随笔集》弗罗里奥（John Florio）译本，1603

> 在这共和国中我要实行一切与众不同的设施；我要禁止一切的贸易；没有地方官的设立；没有文学；富有、贫穷和雇佣都要废止；契约、承袭、疆界、区域、耕种、葡萄园都没有；金属、谷物、酒、油都没有用处；废除职业，所有的人都不做事，所有的……
>
> ——《暴风雨》第二幕第一场，148-155行

从以上两段文字来看，蒙田对莎士比亚的影响几乎是无可置疑的；但这种影响其实远比表面上更为深广，且不易察觉得出，有些人甚至认为，表现在《暴风雨》中的，不过是冰山一角；可以说，莎士比亚用他的全部悲剧，一步步演绎了蒙田对人类理性的矛盾局限的主

张。《塞邦赞》中有一段话,如果用来总结莎士比亚悲剧的实质,与后世学者的任何评论相比,都毫无逊色:

> ……如果在所有的生物中,只有人类才拥有这种特权——自由地想象和无拘无束地思考的能力,并借此去判断对错、真假以及自己想要的是什么——为了这样的特权,我们付出的代价未免太高了……

《哈姆雷特》(1603,在该剧较早的一个版本中,有一个叫"蒙田诺"的人物)[①]中似乎弥漫着一种类似的怀疑主义——哈姆雷特的台词,"就吃东西而言,蛆虫是唯一的帝王",与蒙田的话如出一辙:"不可一世的帝王,他的心脏和生命,不过是瞎眼小虫子的口中餐";哈姆雷特最著名的独白,几乎可以看作是搬进戏剧中的一篇文章,通过并置互相对立的观点,不但探究人究竟该活着还是死去,也是对生存自身的本质的探寻:

> 生存还是毁灭,这是一个值得考虑的问题;默然忍受命运的暴虐的毒箭,或是挺身反抗人世的无涯的苦难,通过斗争把它们扫清,这两种行为,哪一种更高贵?死了;睡着了;什么都完了;要是在这一种睡眠之中,我们心头的创痛,以及其他无数血

[①] 这里指的是《哈姆雷特》第一四开本,在这一版中,波洛涅斯这一角色的名字是克兰比,而他的仆人的名字,也与其他通行版本中的雷奈尔多不同,叫蒙田诺(Montano);本书作者在此暗示,莎士比亚在创作《哈姆雷特》的时候,可能想到了蒙田。——译者注

肉之躯所不能避免的打击，都可以从此消失，那正是我们求之不得的结局。死了；睡着了；睡着了也许还会做梦；嗯，阻碍就在这儿：因为当我们摆脱了这一具朽腐的皮囊以后，在那死的睡眠里，究竟将要做些什么梦，那不能不使我们踌躇顾虑。人们甘心久困于患难之中，也就是为了这个缘故。

……

这样，重重的顾虑使我们全变成了懦夫，决心的赤热的光彩，被审慎的思维盖上了一层灰色，伟大的事业在这一种考虑之下，也会逆流而退，失去了行动的意义……

——《哈姆雷特》第三幕第一场，56-90 行

凭借一种更为审慎的自我意识，哈姆雷特倾覆了斯多葛主义的"决心"和军人式的坚强，在这一点上，他仿佛也有了一次从马背跌落的经历。这些想法，现在看来尽管寻常，但在此之前，剧中人物从来不会说出这样的话，不会把认知与知识作为人类——因而也是戏剧——经验的核心；莎士比亚其他的悲剧主人公——麦克白、奥瑟罗和李尔王——似乎也被推动着沿一条类似的轨迹前进：经历了怀疑，丧失了思想的能力，看不清眼前的世界，同时，却获得了对自我的认识。

⚜

难怪许多文学史家会认为，蒙田标志着这样一种现代个人主义的开端，它以哈姆雷特的迷惘无措为象征，并在笛卡尔的思想中达到

顶点。弗吉尼亚·伍尔芙在写到蒙田时，也通过隐喻的方式，强调了他的心与身体的分离："（他）在那座塔楼里屋的炉火边沉思，塔楼尽管与主楼分为两处，却可居高临下俯瞰他的庄园，视野非常开阔。"但是，也可以说，蒙田代表着与此相反的一面——在把目光转向自己内部的时候，他要寻求的，并非是恒常不变的基点，或是对世界的逃避，而是与自我相伴：

> 能够掉转方向，把交情和友谊投注到自己身上的人，不妨就这么做吧……让他抚慰和照料自己，最重要的是，他要管好自己，尊重和敬畏自己的理性和良知，不至于犯了错误，还心中无愧。

其他任何作家，都未能如蒙田这般清楚地表明，自我这一概念本身，就证明了我们想要与人接触的内在愿望——比如，希望有个交谈的对象。这一点，也为一个事实所证明，即《随笔集》中的许多文章，以及《旅行日志》相当大的一部分篇幅，都是由他口授，秘书笔录的。因此，蒙田以下的说法，可算是真实的自白："我对纸张讲话，犹如面对在路上遇到的第一个人。"

尽管对自我的认知无法形成确定性的知识，但蒙田说，我们至少可以不断向它靠近；我们审视自我，不是因为我们自身包含着永不会错的真理，而是因为——我们现代读者会觉得最为出奇的正是这一想法——它是我们自己的身体，是与我们最为贴近的我们自己的自我：

> 灵魂如果有所知，很可能它最先知道的是自己；如果在自己

之外，它还能有所知，那就是它的身体和躯壳……我们与自己的关系较白色之于雪花、重量之于石头更为紧密；一个人，如果对自己一无所知，又怎么能知道自己可以做什么、有什么能力呢？

因此，哲学的任务，不是向下挖掘，寻找更牢固、坚实的基础，或者向上寻求超越，而是让我们看明白自己的立足之地；不是要甩脱身体，而是和身体握手。

而蒙田的圆形塔楼，无疑有助于他集中心神进行思考，但并不是作为隐遁之所，而是作为一重保护性的外壳——它的卧室、厕所和书房，构成了一个家，不是家外之家，而是一个家内之家；与四处漂泊的笛卡尔不同，蒙田只有真正在家的时候，当他的书，他的书桌和椅子都近在手边，当钟声在头上回响，也就是当他最靠近自己的时候，才会去尝试自我：

> 我们的欲望应该是有限制的，不要超出那些离我们最近、最易得的事物的范围；另外，实现愿望的路径，不应是一条落脚于他处的直线，而应是一个小小的圆圈，离开然后返回，终点和起点在我们身上相遇；任何行为，如果不能这样回返——我是说，真正的、靠近自身的回返——如那些野心勃勃、贪得无厌的人，还有更多眼盯前方的目标、不停步地径直疾奔的人，他们的行为，在我看来，是错误和病态的。（重点符号为作者所加）

蒙田最关心的，不是无可置疑的确定性，而是这种栖身有地的"家"的感觉："我们永远不能安居，总是舍近而求远"；要让心灵

"回家，待在它自己的地方"；"所有人都冲向别处，奔往未来，因为他们都未曾抵达自身"：

> 知道怎样合理地享受生命，是完美无瑕并且神圣的事情；我们总是看着别的东西好，因为我们不明白自身的好；我们总是旁骛外求，因为我们不了解自身内在已经拥有了什么。

蒙田在对文章进行增订时，在《随笔集》的最后一页，添上了大兵般豪迈不羁的一句，对于想把我们与自身分离的企图，进行了最终的驳斥："即使是世界上最高贵的宝座，也得用屁股去坐。"

是蒙田作为葡萄园主和酿酒人的经历，使这种自我知识具备了丰富的内容。数学家笛卡尔试图找到像几何证明一般"醒豁分明"的真理，酿酒人蒙田，却以身为范，代表了一种耐心求证、逐步累积的、品尝生活的态度：

> 我有一套属于自己的词汇。不顺心的时候，我"打发时间"；开心的时候，我不愿让时间过去，我反复地品尝它，抓着它不放……"消磨时间"、"打发时间"这一类常见的说法，代表了那些聪明人的习惯，他们觉得，度过一生最好的办法，就是让它溜走，逃离它……

就这样，通过味觉，蒙田得以与自己靠得甚至更近（他在这里使用的 taster，即品尝一词，也可以指触摸）。这样得来的知识，可能不会是"醒豁分明"的，（距离如此之近，又如何能做到醒豁分明？）但并不意味着，这种知识完全不能被体验；并且，随着时间的流逝和阅历的增加，我们对它的理解还会加深。我们要理解自己，就必须培养精细的味觉，这是一个需要时间的过程，也需要生活——就像蒙田在后期对文章所做的一处增补中说的：

> 对于那些知道如何积极主动地品尝、检视自己，发挥自己的能力的人，沉思是一种有力、充实的学习方式；我宁愿磨砺自己的心，而不是把它填满。思考，既可以是强度最大，也可以是最贫弱的活动，全看进行思考的是什么样的头脑；拥有最伟大头脑的人，把思考当成自己的职业——"quibus vivere est cogitare"。（对他们来说活着就是思考——西塞罗）

活着就是思考。对笛卡尔而言，我们的存在是有疑问的，因此要用"我思"去证明；在蒙田看来，有问题的不是存在，而是我们的能力，看我们能否对其进行欣赏、咂摸品味它、使它与我们贴近。

对蒙田来说，这种自我品尝，从来不会是一个可以简单地结束的过程，因为这种品尝，反过来也会使我们自身发生改变："我造就了我的书，我的书也同样造就了我。"因此，我们必须精心呵护、培育自己的生命，就像培育在藤上慢慢成熟的葡萄：

> 我想让生命更有分量；我想以同样的快捷，截住飞逝中的生命，抓住它，以利用生命的力度，对抗它逝去的速度；拥有的光阴越是短暂，我就一定要更充分、更深入地加以利用。

它不是一种抽象、终极的知识，而是一场日渐知心的相识，给人以亲近、甜美的感觉，给人以滋养。在《交谈的艺术》一文中，蒙田先是写道：通过交谈，"我们寻求真理"，但最终又把真理二字划掉，换成"我们寻求事实"。

在最后一篇文章《论经验》中，蒙田提供的，是一份惊人的记录，罗列其中的是他对自己生命的品味，对其质地的感受；这是西方哲学史上最奇峰突出的文本之一，是一份无可比拟的感官商店的存货清单。在这里，蒙田抛开了斯多葛主义，并认为，那些得自他人的想法，都是老调重弹，就像不断从旧根上发出新条的葡萄藤："我们的观念是嫁接在一起的，第一个观念是第二个的砧木，第二个又是第三个的砧木。"而经验，尽管是一种"更为普通平常的手段"，却能带我们靠近自然，她的"法则，比我们给自己订立的那些法则，更有效验"：

> 如果我们说自己缺少权威，说的话没有分量，不容易让人家相信，这是没有道理的；因为我认为，只要正确地看待它们，从最普通、最平常、最熟悉的事物中，就能构建出自然最伟大的奇迹，和最让人赞叹的典范——尤其是在人类行为这一方面。

就像蒙田在《论相貌》中说的："我们每个人，都比自己所知的更为富有。"

他继续品咂自己的身体和生活习惯：吃饭时需要干净的餐巾，因为他不太用刀叉；他白天睡不着觉，两顿饭之间不能加餐，也不能在晚饭后马上就寝；饭后"一定"要洗漱，床上"必须"要有床帐；喝白水或纯酒都不解渴。至于饮食，他写道：

> 我对沙拉或水果都不是特别热衷，除了甜瓜；我父亲讨厌所有的调味汁，我全都喜欢；吃得太多会让我不舒服，但我并不清楚地知道，什么东西是与我的脾胃不合的，就像我注意不到月亮是在变圆还是变缺，也注意不到是春天还是秋天；我们的喜好会莫名其妙地改变，没有规律，甚至自己都察觉不到，比方说，我一开始喜欢萝卜，后来不喜欢了，现在又爱吃了；我觉得，对于好几种食物，我的肠胃和胃口就是这样变来变去的：我从喝红葡萄酒，改成喝白葡萄酒，又转回喝红葡萄酒，之后又改回喝白葡萄酒了。

他吃起东西狼吞虎咽，会不小心咬到自己的舌头；他睡觉时喜欢把两条腿垫高。

他在一篇篇文章中不时添上几笔，使这幅自画像的色调越发鲜明，神韵渐丰：他身材矮壮，"脸孔饱满却不肥胖"，眼神清澈柔和，鼻子挺秀，牙齿整齐洁白（他每天都用一块布进行清洁）；他头颅浑圆，神情开朗，身上没有异味，四肢匀称；像父亲一样，他喜欢穿黑、白素色的衣服，不过偶尔也赶一下潮流："大衣像斗篷一样披在肩上……袜子故意邋邋遢遢"；年轻的时候他精力充沛，不过也会浮躁多动，一只苍蝇就能让他分了心；他喜欢读轻松的书，比如《十日谈》或约翰尼·塞昆都斯（Johannes Secundus）的《吻之书》；他认为生命是"物质和肉体的运动，本质上就不完美，也无规律；我要做的，就是依据生命的性质，过自己的生活"。

蒙田城堡的厕所

他写了一部狂野不羁、稀奇古怪的书，相似的书全世界再也找不出第二本；他挠自己的耳朵；他讨厌讨价还价；他希望死神来临的时候发现他正在种卷心菜；他痛恨上厕所的时候被打断；他闻到自己的尿有 3 月紫罗兰的气味；他的大便极为守时，每天"都是在我刚起床的那一刻"。不过，我们不要像他那样，只在某个特定的地方才便得舒服——就蒙田而言，是与他的书房只隔了几级台阶的厕所。至于肮脏的公厕，他问："希望它们能更干净、卫生一点，这难道不是合理的要求吗？"

❧

但最为重要的是，蒙田对自己的意识，他那种生动的与自己认识交往的感觉，并不与他在更广泛意义上的社会责任感相矛盾。这是他和笛卡尔的真正区别所在。因为，也许没有哪一个作者像蒙田那样，如此关注从我们身、心之间的联系中，能看出人类有哪些更普遍的共性。"如果人都是相同的，"他写道，"我们将不能区分彼此；如果我们没有任何相似之处，那我们就无法把彼此当成同类。"他说塞内加冷峻的斯多葛主义教谕，对"个人"有好处，普鲁塔克的思想更"温和，更适合社会"；他认同亚里斯提卜的观点，说从哲学中得到的最大益处，是跟任何人交流，都能开诚布公，畅所欲言。

自我知识，也能在一定程度上增进我们对他人的意识："说实话，幽居独处的时候，我的所思所想反而变得更为广阔。"他说我们经常是在接触他人的过程中而对自己有所发现；"他人的反驳，或是自己投入感情的讲话"，都能让他兴奋起来；"讲话时跟前有人，或者仅仅是听到自己讲话的声音，都能让我说起话来更为机智风趣，远远超过我自己练习的时候"。因此，了解他人，也就成了我们了解自己的一个途径：

> 我从少年时代起，就训练自己把别人当成观察自己的一面镜子，已经形成了牢固的习惯，当我想到这方面时，有关的一切，表情、脾气、话语，基本都逃不出我的注意。

如此一来，自我知识就与我们对他人的知识捆绑在了一起；通过了解自我,我们也就得以窥见所有人共有的,"人类的普遍模式"。

蒙田认识到,人与人之间是彼此相连的一种关系;从这一认识中,真正引申出的是怎样一种人生态度,也许可以从蒙田写于《塞邦赞》之前的一篇文章《论残忍》中,找到答案。该文开篇提出了一个问题:对美德的传统定义是什么?回答是,美德体现在那些需要付出"艰苦努力"的事情中,尤其是灵魂对身体的逸乐的抵抗。据此,我们可以说上帝是正义的或全能的,却不能说他是有美德的,因为他的善与正义,都是毫不费力地施予的。人类的美德"拒绝与轻松为伴",宁愿走艰苦卓绝的荆棘之路,而不愿选择轻松、舒适的坦途。

行文至此,蒙田笔锋一顿,写道:"话说我写了这么些,也没觉得有什么艰苦。"然后发问,那些最杰出的人物,他们的美德,是否也如此"艰苦"?以苏格拉底为例,他"淳朴、善良的性格",似乎是与生俱来的,他对邪恶的厌憎,也是本能的。之后,蒙田谈到自己,他眼中自己最主要的美德——对残忍的痛恨,也不是通过理性的思考获得的,而是一种本能的反应:

> 我的善良……是生来就有的……在一切恶中,我最痛恨的是残忍,无论在直觉的反应上,还是经过思考的结论,都是如此,残忍是万恶之首;我心软到了这样的程度:看到一只鸡给扭断脖子都没法不难受;听到野兔在我的猎犬嘴里哀叫,也让我受不了,尽管追猎的时候又刺激又开心。

但这种同情不是只对动物才有,它只是蒙田更广泛的同情心的一个方面:"我对他人的痛苦总是充满了怜悯和同情。"在巴塞尔,看到一个穷人家的男孩做脐疝手术,他写道:"做手术的医生动作非常粗暴。""无论判决多么公正",面对行刑的场面,他从来不能无动于衷;他同情将死之人多过已经死了的人;他很容易被感动得流泪。他自承"心软",不像一个硬汉,但重要的是,他的"心软",并非基于任何正义或宽容的理念,而是对他人所受惩罚的感同身受,是身体和行为上自然而然的反应;与"处决"的公正性无关,让他难受的,是处决的过程。在后来对《随笔集》所做的一处增补中,他说:"只有眼泪——不仅是那些真诚的泪水,随便什么眼泪,假装的也好,画出来的也罢——会让我流泪。"悲剧感人的力量也在于此,迪多和阿里阿德涅的哀歌让我们心恸,尽管我们并不相信那故事是真的:"面对这一切却不为所动,意味着性格的严酷和无情。"让蒙田难过的,不是隐藏在伤痛背后的信念或导致伤痛的原因,而是真切呈现在眼前的伤痛本身。

蒙田对残忍行径的这种反应之所以重要,是因为,如他所说,他生活在"一个充满了种种让人难以置信的暴行的时代",但是他说,他丝毫没有因此"而变得习以为常"。他又讲起动物,说看到一头浑身是血、筋疲力尽的牡鹿,喘着粗气,在追猎者面前放弃了挣扎,这样的场面"让我极为心酸";他说,抓到活的动物,他几乎总要放它们回到野地里去,还提到毕达哥拉斯也会从小贩手里买鱼和鸟来放生。在这里,很重要的一点是,蒙田没有为他的同情心找什么高妙的理论依据,打动他的,不是想到动物也应该有感觉,或者权利,而是它们"凄惨的啼叫":"这是让我们难过的根源。"

有人可能会据此认为,蒙田表现出的,只是一种富有同情心的宽容的道德,他哀叹人天性中的残忍,对于如何度过人生却未能提供任何答案。但是，如果我们去读他的倒数第二篇文章《论相貌》，也许就会有所发现；在该文中，他针锋相对地直面并逼退了自己所处时代背信弃义的残酷，同时，这种我们对其他人负有责任（他人同样对我们负有责任）的观念，也在一个戏剧性的高潮中获得了最有力的表达。

这篇文章部分上是对美貌的作用的思考——"一种使人获得力量和优势的品质"；但在更深层的意义上，它则展现了蒙田的洞见："最适合社会生活与最不适合社会生活的，都是人类，前者是他的本性决定的，后者则是因为他的恶行"——也就是说，人与人之间的关系不是抽象的，而是可触可见的。为了举例说明，蒙田讲了一件事：内战期间，有个邻居试图侵占他的城堡；尽管城堡的位置易受攻击，蒙田却没有像父亲那样，采取任何加强防守的措施，在这样的情况下，进犯城堡就成了"一种懦弱、卑鄙的行为……只要敲门，谁都可以进来"；唯一的哨兵，是一个上了年纪的门房，"他的作用与其说是守门，还不如说是为了多一个体面的摆设"。正是这种不设防和信任的态度，使一位邻居起了觊觎之心：

> 有一人曾企图趁我不备，对我的城堡和我本人来一次突然袭击。依照设定好的方案，他先是单独一人来到城堡大门外，急切地请求开门放他进来。我知道这人的名字，他是住在不远处的一个邻居，某种程度上还和我沾亲带故，我没有理由不相信他，于是就给他开了门——对谁我都会这样做。他表现出一副惊慌失措的样子，他的马也气喘吁吁、精疲力竭；他编了一套假话，说在半里格外碰上了他的敌人……我很天真地努力宽慰他，让他安

心。这时，门外来了四五个人，都是他的兵丁，也是一样的慌慌张张，然后很快又来了几批人，都全副武装，总共有三十来人，装出一副后有追兵的样子，想赶紧进入城堡。这事的古怪开始引起我的怀疑。我并非不知道自己生活在一个什么样的时代，以及我的城堡多遭人嫉妒；我认识的几个人，就遭遇过类似的不幸。然而，我觉得既然一开始已经做出了友好的姿态，半途而废未见得有什么好处，也不可能毫无损失地摆脱他们，于是，就按我随遇而安的一贯作风，选择了最自然、简单的做法：下令放他们进来……

　　这些人进了院子，仍骑在马上；他们的头领和我一起，待在我的客厅，他也没让人把他的马牵去马厩，说是等他的人一有消息，马上就得走。他认为自己的计划进行得滴水不漏，就差动手了。后来，他经常说起（他并不忌讳讲这件事），是我的面容和我的坦诚，把不义的图谋从他手里扯了出来。他重新上马，他的部下们眼睛一直盯着他，都在等他发信号，却吃惊地看着他就那样走了，放弃了已经到手的大好局面。

然后，蒙田又讲了一起类似的事情。1588 年，去巴黎的路上，他在维耶瓦的树林里被一伙蒙面人突袭，钱箱子给抢走了，仆人和马匹也被分作几处；当他被带到"火枪的两三个射程"之外的地方时，他显然已经开始担心会发生最糟糕的事情：

　　他们的态度突然出现了意想不到的变化，那领头的回到我身边，说话的语气也温和了许多，还不惜费事地从一个个部下手里找回我的东西……甚至我的钱箱子……他们当中最惹眼的一个，摘下面罩，把名字也告诉我了，反复跟我讲了几遍，我之所以能够脱身，多亏了我的相貌，还有我讲话时的坦率与坚定，使他们觉得我不该遭受这样的不幸；他要求我保证，如果有那么一天，也得以同样的方式对待他。

挫败邻居的图谋和拦路劫匪的，是蒙田诚朴、开朗的面容所具有的力量；解救他的，是他的脸和他话语中流露出的"坦率与坚定"；不是匪徒的慈悲，而是他自己的诚实——在后一次事件中，他说："我一开始就毫无隐瞒地告诉了他们，我站在哪一方，走的是哪条路。"正是他的诚实，促使攻击他的人，也表现出相应的坦诚：他"摘下面罩，把名字也告诉我了"；不仅如此，从前的敌人，现在变成了盟友：劫匪提醒他，第二天路上还有一场埋伏，并要蒙田保证，如果有形势逆转的一天，蒙田"也得以同样的方式对待他"。

"如果我的脸没有替我说话，"蒙田写道，"如果别人没有从我的眼睛和我的声音中读出我绝无恶意，我就不可能在不与人发生争执或不受冒犯的情况下活这么久。"我们的言谈举止走在我们前面，并对他人产生影响。在这个勾心斗角、处处见疑的马基雅维里主义时代，在这个一切表象都难获信任的时代，蒙田试图表明，在知识诞生的原初场景中，即当一个人与另一人相遇的时候，某些价值仍根深蒂固地存在着："纯粹的质朴和真诚，无论在什么时代，总会找到机会，打开一条出路。""面孔提供的保障，可能并不牢靠，但它总归能起一定的作用。"有的时候，外表或许会有欺骗性，但正如蒙田在另一处地方所说的："在自然中没有什么是无用的，甚至无用自身，都不是无用的。"对于表面友好，实际心怀鬼胎的敌人，蒙田也不愿改变友善、热情的态度，使得对方也无法撕破脸皮，只好继续伪装下去，用蒙田的话说，是自己的坦诚，把不义的图谋从对方手里"扯了出来"。我们心里也许会怀有疑虑，但对他人的言谈举止，却不能不做出相应的反应；而使信任得以重新确立的，正是我们的姿态，以及我们"坦率和坚定"的话语。

通过城堡险些落入敌手这件事，蒙田为我们重新确立真理，或者更重要的，为我们重建信任，提供了笛卡尔之外的另一种可以选择的基础：不是靠着逃离他人、遁入某种精妙、纯粹的理性之中，而是依赖一种近距离的、在人与人直面接触的情况下对道德的重申。恶，兴于距离：蒙田曾引用卢克莱修的文句，描述在远离海岸的地方，观看别人在暴风雨中挣扎的那种冷酷的乐趣；在罗马的时候，他看到，为陪送死刑犯走完最后一程，专门组成了兄弟会的"绅士和贵人们"，都用一块白色的亚麻布面罩把自己的脸藏起来。这些距离，又因金钱、宗教和权力等人为因素而进一步拉大：亚历山大让人刺穿贝蒂斯的脚跟，把他绑在马车后面拖行，但他并不会亲手来做这些事。

在他的文章中，蒙田从更普遍的意义上，探讨了身体在场，在道德生活中的影响力：奥古斯都听说秦那有意谋反，叫人把他带到自己面前，坐进一张事先为他准备好的椅子里，然后告诉他，自己已经知道了他的阴谋，说到最后，却宽恕了他，对他说："我饶你不死，是因为我相信你，而你将证明，我是否信错了人。"亚历山大收到一封信，说他的医生菲利普已经被大流士收买，要下毒害他，同样，亚历山大也把菲利普叫到自己面前，让他读那封信，同时把菲利普为他准备的药喝了下去；庞培的死让恺撒大为震动，但不是在得知死讯的当时，而是亲眼看到他的头颅的时候。

由此而言，对于蒙田来说，人与人邻近的空间关系就成了道德的核心："攻占一个要塞，率领一个使团，或治理一个国家"，往往会赢得大众的赞美；但与这样的事情以及很容易伪装的宗教上的虔诚——"它的本质是抽象而内敛的，外表却是仪式性的、可以轻松模仿的"——相比，"对自己，对我们的家人，都能心平气和，公道讲理，做到认真守信，表里如一，是更难能可贵的"，"很少有人能得到自己家人的敬佩"。同时，距离的靠近，也是幸福的基础——这样才会"得到我们的父母、孩子和朋友的承认"。在更广泛的意义上，蒙田认为，群体活动和共享的空间，有助于改善我们的社会；他以戏剧在古代的作用为例，说"善于治理的政府，会想办法把市民聚集到一起，不单是为了庄严的宗教活动，也为了运动和娱乐，以这种方式营造和促进人们之间友好相处的氛围"。

蒙田认为，近距离的空间关系，在道德中发挥着极其重要的作用，这一观点，似乎也得到了科学证据的支持。1960年代，在耶鲁大学进行的一系列著名的实验中，心理学家斯坦利·米格拉姆（Stanley Milgram）考察了人对权威的"服从"程度，尤其是在被要求做一些可能与他们的道德感相矛盾的事情的时候。一位身穿白色工作服的"实验主管"要求受试者，依据在另一个房间接受记忆测试的一位"学生"（实际是由演员装扮的）的表现，对学生进行不同程度的电击，从"强"到"危险"最后再到"超强"，学生连续犯的错误越多，所受电击强度越大。米格拉姆发现，65%的人——男性、女性都包括在内——会按照要求对学生进行最高强度的电击，这一比例之高，超出了所有人的预期。

同样值得注意的是，与学生之间距离的远近，也会对受试者的反应产生影响。进行第一组实验时，学生处在相对隔离的环境中，只能靠敲打墙壁与受试者进行交流；随着距离逐渐接近，先是可以用语言进行反馈，之后又进一步，与受试者同在一个房间，最终受试者甚至被要求，亲自把学生的手放到电极上，这时，愿意施加最高强度电击的受试者人数下降到了30%。此外，随着"实验主管"与受试者的距离拉远，当他只是通过电话来传达指令时，愿意听从命令的人数，进一步下降到了21%。

米格拉姆的发现显然指向着一些令人沮丧的结论，对某些人来说，可能意味着人与人之间的关系是没有希望的。但是，这些发现也揭示出，我们是否愿意采取伤害他人的行动，与空间距离紧密相关，也就是我们与"实验主管"或"学生"的靠近程度。因此，在做一件事之前，如果不想在道德上遭受蒙蔽，就要确保该行动的授权方与承受方——即"实验主管"和"学生"——都与我们在同一个房间里。

在《随笔集》行将完成的时候，蒙田似乎已经总结出了一个类似的道理；并且，对于一开始提出的难题——面对获胜的敌人，是该顽强不屈，还是俯首求饶；我们是否该对社会关系感到绝望——也给出了一个类似的答案。但他给出的，不是具体的应对之策，而是一种道德上的答案：修复了人与人在空间关系上的相互依存性，道德才有望重建。居于蒙田道德观的核心的，是那些"旷日持久、沉闷乏味的关于最佳社会形态的论争"，以及"凭空臆想"出来的理想政府都同样倾向于忽略、无视的某种东西：

……无论付出什么代价，人都会把自己聚合起来，形成社会。不管被丢在什么地方，人们总会挤在一起，动来动去，最后各安其位，就像胡乱扔进袋子里的东西，也会自动找好各自的位置，往往比你故意摆放的还要妥帖。

某种"必要性协调着人们之间的关系，把他们带到一起"，我们相互之间的关系，比我们自己所知的还要紧密；尽管我们的语言和理论，可能试图逃离这种关系，去寻求某种超越我们自身的泊地，但这样做，要冒着失去近在身边的一切的风险。蒙田关于行为的模仿之力——"镜像神经元"是我们自私基因的解毒剂——的直觉意识，显示出我们在不自知的情况下，已经处于与他人的双向交流之中：我们对他人并非毫无影响，他人对我们也不可能无动于衷。如果问为什么要做好事，理由或许可以很简单：因为对别人好，别人很可能也会对我们好——蒙田城堡的化险为夷就是一个例证。我们针对别人所做的一切，都会反过来影响我们自己。

⚜

我从波尔多出发的时候，气温接近零度；冰冷的白色地平线上，太阳勉强可见。我一路向东，土地向前延伸，田地越来越开阔，房屋越来越稀疏。但大地还在沉睡，枝叶静默无声，只有被修剪过枝条的葡萄根株，似乎向天空挥舞着它们的拳头。

一小时之后，我过了河——现在只有几百米宽了——绕过卡斯蒂翁，按照卫星导航加尔文教义般平淡呆板的指示，开始爬坡。狗叫声；一个农夫在洗他的桶。路变平了，我停车下来，转左，然后直接

冬季的葡萄园

拐进村子，经过学校和教堂，终于进入蒙田城堡的范围，电子定位仪显示的具体方位是：北纬 44°52′33″，东经 0°01′47″。我到售票处买了票和一瓶葡萄酒，又走了几百码，来到塔楼。树林里一只松鸦发出冰冷的笑声。

服务员为我打开门锁，扭亮了灯。进门右手边是小礼拜堂，里面的电暖器让人精神一振；上方是卧室，里面摆着那张四柱床；我继续沿楼梯上行，经过了窗口极小的厕所，推开门，低头走进书房——比你想象的更为宽敞亮堂。

书房里现在已经没有书，只放了些年代甚久的纪念品——块铭牌、一幅画、一个塑像、两只陈旧的马鞍；还有一张桌子和一把椅子——蒙田可能根本没用过。当我慢慢转身，仰望刻在屋顶的繁星般的文字，不禁想到那些同样来到此处的人——他们也打开这一扇门，抚摸这墙壁，从这窗前向外远眺——都是为探寻我们最古老的信念，那样一些无法辩驳，却晦暗不明的东西。

蒙田曾站在这里，这一事实本身，便自有其意义；但不是指某种抽象的宇宙精神，甚或居于一地的神魂，而是存在于更乡土、更靠近、更私密、更具家庭意味的层面上的，某种对蒙田和对我们都更为真实的东西。如果我伸出手去，几乎可以碰触到他的手；隔开我们的，只是时间的一层薄膜。具有道德重量的，正是这些定义了我们存在的因素，而不是别的什么。最简单的证据，便是我在这里这一事实。

就这样，作为史上最伟大的作家之一，同时也是把个人身体的在场作为自己言说的一部分的作家，蒙田的个人空间，就被保存在了这座独一无二的塔楼之中。当他望向我们的未来，他看到的是一种行将消逝的知识：与他人的关系决定了我们的存在，我们与他人是不可分割的一个整体。而塔楼圆形的墙壁，似乎使这种关联性得以存续，使不可见的空间变得可触、可尝，变得厚重，内聚而非离散。面对现代社会的松散与距离感，蒙田提醒我们，决定了人是否幸福的，他的最深层、最迫切的需要，只在一个半径很短的轨道上旋转，所需空间可能并不比这间屋子更大。为此，蒙田努力让哲学恢复其本来面貌，philo-sophia：不只是爱智慧，还要与它交好，靠近它，像朋友那样，与它相逢，拥抱它。而过度欲求——"希望握在手里的东西比手还大……或者迈步超越两腿的跨度"——的危险性在于，它忽视了人们之间尽管密切，却一样充满不测的距离。

似乎是要为此添些佐证，那些怀着一腔热情赶来，只为一睹蒙

某个作怪的家伙在墙上写的,"Moi!"(我!)

田工作的地方、他走过的地板、睡觉的房间,还有他的厕所(是在那里,蒙田提醒自己,他是如何无可救药、充满了痛苦地,最终却又舒畅、通泰地,与人类的普遍模式隔绝开来的)的游客,在他书房的墙壁上,留下了几百个签名。这些签名暗示了一种愿望:用我们自己的印迹和在场,与蒙田建立联系,最终为的是与我们自己相遇、相识;是要对蒙田说,我来了!就像某个作怪的家伙在墙上写的,"Moi!"(我!)

但这都是蒙田早就知道的东西。在塔楼里转了一圈,又想象了一会儿蒙田的生活——想必是人声伴着鸟鸣——之后,我打开自己带来的一部《随笔集》，翻到开头，在这里，在他的《致读者》中，蒙田仿佛不待敲门，就为我们敞开了大门的主人，对我们每一个人说道：

读者，这是一部诚信的书。我在此申明，本书的写作，纯是出于家庭和私人的考虑，此外别无任何目的；没打算对读者有所帮助，也没想过为自己赢得荣誉，这样的目标是我力不能及的。本书专为家人和朋友所写，以便他们失去我的时候（这必定是很快就要发生的事），可以通过它，唤起对我的习惯和性格的点滴回忆，借助它提供的养分，使他们对我的记忆更完整、更生动。如果我的目的是博取世人的赞誉，我就会虚夸矫饰，给自己脸上贴金，或者尽力表现自己最好的一面。但我想展现的是自己简单、自然、平常的样子，不必费力摆出一副姿态，也没有伪装做作，因为我描绘的是自己。在公共礼仪允许的范围内，我的缺点，我实际是什么样，都原原本本地呈现出来。据说，有些地方的人仍然生活在自然法则之下，享受着甜美的自由，如果我是他们当中的一员，请相信，我会很愿意拿出一幅毫无保留、完全赤裸的自画像。

因此，读者，我本人就是我的书的题材；你不应该把闲暇时光浪费在这样一个琐碎而毫无价值的话题上。

那就再见吧。蒙田，于一五八零年三月一日。

蒙田那种风趣的自谦在此表现得最为清楚，就像邀请我们进了城堡，随后又要我们摘下批评之剑，留在前厅。然而，这一前言最不同寻常之处，在于它对读者的态度——几乎是真实地跨越了时间和空间，伸手迎向了它的读者（就如蒙田在其他地方谈到自己和自己的书时所说的："接触了其中一个，也就等于接触了另一个"；他还曾对亨利三世说过："我就是我的书，我的书就是我"）；因为，在这里，蒙田抛弃了传统开篇致辞中普遍采用的正式敬语，而是用了更为亲近的"你"；并且，他并不想迎合所有的人，追求"世人的赞誉"，而只是怀着一个有限的目的，为"家人和朋友"，提供一份自己性格和习惯的记录。在笛卡尔看来，自己的书是"真"，是"唯一主人的作品"；对蒙田来说，他的书则是交往的媒介，是作者与读者，是米歇尔·德·蒙田和你相遇的地方。

同样重要的是，蒙田把自己的作品描述为一部"诚信"（"bonne

诚信

foi")的书；借"诚信"一词，蒙田引入了一系列丰富的联想：在宗教意义上，无法领受圣餐者的灵魂，可因诚信而得救；在法律意义上，诚信是合约的重要因素；同时，也让人联想到婚姻，因为婚姻中不但有爱，也要有信任和忠诚。

与诚信密切相连的，是握手或双手紧扣的意象，作为信任和友好的象征，该意象的历史可追溯至古代，通常用在表示生者与死者相逢的场合，但是，如某些历史学家所说，也意味着"敌意的终止，是表达友谊的姿态，是守信的保证"。于是，我们看到，在弗鲁瓦萨尔（Froissart）的《编年史》（Chronicles）的一幅插图中，一个士兵把他的手伸向另一个士兵，以"宣誓守信"（"pour faire jurer sa foi"）；把手和诚信联系在一起的，还有其他一些仪式：婚典上，或者向封建领主宣誓效忠时的"握手礼"，女士或骑士以自己的手套立誓，以及把手放在书上进行宣誓。

在蒙田的时代，我们看到，一些出版商的徽记也把握手与"诚信"等同起来。比如1624年版的培根的《学术的推进》一书，其徽记就是两只握在一起的手，下面是拉丁文的"诚信"二字；巴黎书商尼科拉·德·塞尔西（Nicolas de Sercy）的徽记，则是两只扣在一起的手，上面是一个王冠，配的文字是"诚信加冕"。但表现得最明确的，还是在诗画书中，比如安德里亚·艾西阿多（Andrea Alciato）在1531到1621年间不断再版的《木刻诗画》（Emblemata，蒙田很可能读过这本书），在它的一幅图中，"真理"（近乎赤裸，拿着一本书）与"荣誉"牵手，"真爱"（一个小男孩）站在他们当中，一手拉着一个，整个画面代表着"诚信"；这幅画所配的诗文是："由对荣誉的敬仰所塑造，由爱哺育，由真理所生，是为诚信。"

对蒙田来说也是如此,"诚信"不仅仅是"真",因为真理只是三角形的一角,荣誉、真理和真爱(读者、作者、书)这三角在一起,才构成了"诚信"。就像要对此做出最终的定论,蒙田本人来到你面前,以法国贵族的郑重口吻,面对面地告诉你——"读者"——他自己就是他的书的"题材",然后把他的书,和他的手一起,放在你手里。

图书选目

本书引自蒙田的文字，都是笔者自译；不过，感兴趣的读者，也可参考两种非常好的英译本：多纳德·M. 弗雷姆译的《蒙田随笔全集》（Donald M. Frame's *The Complete Works of Montaigne*），2003 年人人版，初版于 1957 年，和迈克尔·斯克里奇译的《随笔全集》（Michael Screech's *The Complete Essays*），1993 年企鹅版（《旅行日志》和《随笔集》的法文版网址如下：*http://humanities.uchicago.edu/orgs/montaigne/*）。约翰·弗罗里奥以及查尔斯·哥顿（Charles Cotton）的英译本，在网上也可一索即得。与蒙田研究有关的材料数不胜数，下面简要列出了普通读者可能会感兴趣的一些文献；本书的写作，从这些文献中获益良多，在此也谨志谢忱。

※

Abecassis, Jack I. 'Montaigne's Aesthetics of Seduction and the Constitution of the Modern Subject', *Montaigne Studies*, 2 (1990), 60-81.

Alciato, Andreas. *Emblematum libri II* (1556), p.154 for the symbol of 'bonne foi' (reproduced by permission of University of Glasgow Library, Dept of Special Collections).

Ariès, Philippe. *Western Attitudes Towards Death from the Middle Ages to the Present*, trans. Patricia M. Ranum (Baltimore: Johns Hopkins University Press, 1974), pp. 1-25 for Ariès's concept of 'tamed death'.

Bacon, Francis. *The Essays*, ed. John Pitcher (Harmondsworth: Penguin, 1985), p. 108 for the atheism of Leucippus, Democritus and Epicurus.

Baumgartner, Frederic J. *From Spear to Flintlock: History of War in Europe and the Middle East to the French Revolution* (Santa Barbara: Greenwood Press, 1991), p. 187 for Don John of Austria's advice on arquebus firing.

Behringer, Wolfgang. 'Weather, Hunger and Fears: Origins of the European Witch Hunts in Climate, Society and Mentality', *German History*, 13 (1995), 1-27 for the mini Ice Age of the late sixteenth century.

Bloch, Marc. *Feudal Society,* trans. L. A. Manyon (Chicago: University of Chicago Press, 1961), vol. I, pp. 145-6 for handclasps in feudal society.

Bomford, Kate. 'Friendship and Immortality: Holbein's Ambassadors Revisited', *Renaissance Studies*, 18 (2004), 544-81 for Holbein's Ambassadors as a representation of friendship.

Boutcher, Warren. 'Marginal Commentaries: The Cultural Transmission of Montaigne's *Essais* in Shakespeare's England', in *Montaigne et Shakespeare: vers un nouvel humanisme*, ed. Jean-Marie Maguin (Montpellier, Société Française Shakespeare & Université de Paris III, 2003), 13-27; p. 14 for critics'views of the 'hidden iceberg'of Montaigne's influence on Shakespeare.

Briggs, Robin. *Witchcraft and Neighbours* (Harmondsworth: Penguin,1998), p.8

for the number of European witchcraft accusations.

Bullinger, Heinrich. *The Christen State of Matrimonye* (1541), fol. 75r-v for Protestant advice on the conduct of wives and daughters.

Burke, Peter. *Montaigne* (Oxford: Oxford University Press, 1981).

Calvin, Jean, Battles, Ford Lewis and Hugo, Andre Malan. *Calvin's Commentary on Seneca's De Clementia* (Leiden: E.J. Brill, 1969), p. 53 for Calvin's commentary on Seneca.

Cervantes, Miguel. *Don Quixote*, trans. Tobias Smollet (New York: Barnes and Noble, 2004), p. 328 for Don Quixote's treatise on armaments.

Charlton, Walter. *Physiologia Epicuro-Gassendo-Charletonia* (1654), p. 505 for Charlton's scepticism about animals' interiority.

Clark, Willen, B. trans. and ed. *A Medieval Book of Beasts: The Second-Family Bestiary* (Woodbridge: Boydell Press, 2006), pp.43, 130 for the spiritual lessons of weasels and beavers.

Clarke, Desmond M. *Descartes:A Biography* (Cambridge: Cambridge University Press, 2006), p.180 for the description of Descartes as a 'reclusive, cantankerous, and oversensitive loner'.

Davis, Natalie Zemon. *Society and Culture in Early Modern France* (Stanford: Stanford University Press, 1975), pp.152-87 for 'rites of violence'during the Wars of Religion.

Dekker, Elly and Lippincott, Kristen.'The Scientific Instruments in Holbein's Ambassadors: A Re-Examination', *Journal of the Warburg and Courtauld Institutes*, 62 (1999), 93-125 for the astronomical instruments in Holbein's *Ambassadors*.

Delbrück, Hans. *The Dawn of Modern Warfare*, trans. Walter J.Renfroe, Jr.

(Nebraska: University of Nebraska Press, 1990), vol.IV, p. 43 for the slaughter at the battle of Pavia.

Desan, Phillipe. 'The Montaigne Project', an interview with Desan in *Fathom* magazine (www. fathom.com/feature/122610/index.html) for the different inks in Montaigne's line 'because it was him; because it was me'.

Descartes, René. *Selected Philosophical Writings*, trans. John Cottingham, Robert Stoothoff and Dugald Murdoch (Cambridge: Cambridge University Press, 1988).

Dewald, Jonathan. *Aristocratic Experience and the Origins of Modern Culture: France 1570-1715* (Berkeley: University of California Press, 1993), pp. 55-6 for Monluc's condemnation of firearms.

Epictetus, *Enchiridion*, trans. George Long (New York: Dover, 2004), pp. 2-3 for quotations (very slightly modified) from Epictetus.

Erasmus, Desiderius, *Enchiridion militis christiani* (*The Handbook of the Christian Soldier*), trans. Charles Fantazzi, *The Collected Works of Erasmus*, ed. John W. O'Malley (Toronto: University of Toronto Press), vol. LXVI, p. 84 for Erasmus's literate humanism.

Erasmus, Desiderius. *De Utraque Verborem Ac Rerum Copia* (*On Copia of Words and Ideas*), trans. Donald B. King and H. David Rix (Milwaukee: Marquette University Press, 1963), pp. 38-41 for Erasmus's delight at receiving a letter.

Flaubert, Gustave, *Selected Letters*, trans. J. A. Cohen (London: Weidenfeld and Nicolson, 1950), p.115 for Flaubert's eulogy to Montaigne.

Ford, Franklin L. 'Dimensions of Toleration: Castellio, Bodin, Montaigne', *Proceedings of the American Philosophical Society*, 116 (1972), 136-9, p. 137 for the translation of Castellio's dedication of the Bible to Henry II.

Frame, Donald. *Montaigne: A Biography* (London: Hamish Hamilton, 1965), pp. 272-3 for the quotations from the English and Spanish ambassadors; p. 305 for the descriptions of Montaigne's death; and *passim*.

Friedrich, Hugo. *Montaigne*, trans. Dawn Eng, ed. Philippe Desan (Berkeley: University of California Press, 1991).

Froissart, Jean. *Chroniques*, ed. S. Luce, G. Raynaud, Léon Mirot and Albert Mirot (Paris: Société de l'histoire de France,1869-1975), vol. XI, p. 143 for a soldier swearing his faith with a handclasp.

Gallese, V., Fadiga, L., Fogassi, L. and Rizzolatti, G. 'Action Recognition in the Premotor Cortex', *Brain*, 119 (1996), 593-609 for the discovery of mirror neurons.

Hall, Edward T. *The Hidden Dimension* (New York: Doubleday, 1966), p.121 for Hall's description of the gravitational pull between bodies.

Harrison, Peter. 'The Virtues of Animals in Seventeenth-Century Thought', *Journal of the History of Ideas*, 59 (1998), 463-84, pp. 466-7 for Jacob ibn-Zaddick's relating of human attributes to animals.

Harrison, William. *The Description of England*, ed. Georges Edelen (New York: Dover, 1994), p. 130 for the different varieties of wine on offer in Elizabethan England.

Herbert, George. *The English Poems*, ed. Helen Wilcox (Cambridge: Cambridge University Press, 2007), p. 23 for Herbert's 'The Agonie'.

Hoffmann, George. *Montaigne's Career* (Oxford: Oxford University Press, 1998), p. 76 for Montaigne's decision to withdraw La Boétie's *On Voluntary Servitude*; and *passim* for Montaigne's life and writing practice.

Hoffmann, George. 'Anatomy of the Mass: Montaigne's "Of Cannibals"', *Publications of the Modern Language Association* 117 (2002), 207-21 for the links between Amerindian religion and Catholicism.

Holt, Mack P. *The French Wars of Religion, 1562-1629* (Cambridge: Cambridge University Press, 2005)

Irving, David. *Memoirs of the Life and Writings of George Buchanan* (Edinburgh: William Blackwood, 1807), pp. 106-7 for the Latin text of Buchanan's poem 'Coming to France'.

Jensen, Kristian. 'The Humanist Reform of Latin and Latin Teaching', in *The Cambridge Companion to Renaissance Humanism*, ed. Jill Kraye (Cambridge: Cambridge University Press, 1996) 63-81, p. 65 for Johannes Santritter's praise of eloquence.

La Boétie, Etienne de. *Oeuvres*, ed. Paul Bonnefon (Paris: J. Rouam, 1892).

La Boétie, Etienne de. *Poemata*, ed. and trans. James S. Hirstein and Robert D. Cottrell, *Montaigne Studies*, 3 (1991), p. 29 for La Boétie's description of the youthful Montaigne's 'fiery energy'.

La Framboisière, Nicolas-Abraham de. Oeuvres (1669), p. 87 for the rankings of French wines.

La Marche, Olivier de. 'L'estat de la Maison du Duc Charles Le Hardy', in *Nouvelle Collection des Mémoires pour servir à l'Histoire de France*, ed. J. F. Michaud and J. J. F. Poujoulat (Paris, 1837), ser. i, vol. III, p. 589 for the 'assay' of wine in a noble household.

Le Roy Ladurie, Emmanuel. *The French Peasantry, 1450-1660*, trans. Alan Sheridan (Aldershot: Scolar Press, 1987), pp. 130-31 for Bordeaux wine exports in the late sixteenth century.

Legros, Alain, *Essais sur Poutres: Peintures et Inscriptions Chez Montaigne* (Paris: Klincksieck, 2000), pp. 317-22 for Montaigne's erasing of Lucretius '*Nec nova vivendo procuditur ulla voluptas.*

Leyser, Karl. *Communications and Power in Medieval Europe: The Carolingian and Offonian Centuries*, ed. Timothy Reuter (London: Hambledon Press, 1994), p.191 for handclasps as a pledge of faith.

Machiavelli, Niccolò. *The Prince*, trans George Bull (Harmondsworth: Penguin, 1993), p. 56 for rulers needing to imitate foxes and lions.

Machyn, Henry. *The Diary of Henry Machyn*, ed. John Gough Nichols (London: Camden Society, 1848), p. 289 for the wine at William Harvey's daughter's christening.

Malebranche, Nicolas. *The Search After Truth (Recherche de la vérité)*, trans. Thomas M. Lennon and Paul J. Olscamp (Cambridge:Cambridge University Press, 1997), pp. 494-5 for Malebranche's scepticism about animal sentience.

Matthews, John Hobson. ed. 'Margam Abbey Muniments: Select Documents to 1568', *in Cardiff Records* (1901), vol. III, no. 1102 for the local rights of the Earl of Pembroke.

Milgram, Stanley. *Obedience to Authority: An Experimental View* (New York: Harper & Row, 1974).

Mirandola, Pico della. *On the Dignity of Man; On Being and the One; Heptaplus*, trans. Charles Wallis, Paul Miller and Douglas Carmichael (Indianapolis: Bobbs-Merrill, 1965), pp. 6-7 for Pico's humanistic optimism.

Monluc, Blaise de. *The Habsburg-Valois Wars and the French Wars of*

Religion, ed. Ian Roy (London: Longman, 1971), p. 221 for Monluc's injury at the siege of Rabastens.

Montaigne, Michel de. *Essais de Michel de Montaigne:Texts original de 1580 avec les variantes des editions de 1582 et 1587*, ed. R. Dezeimeris and H. Barckhausen, 2 vols (Bordeaux: Feret, 1870-73).

Montaigne, Michel de. *The Diary of Montaigne's Journey to Italy*, trans. E. J. Trenchman (London: Hogarth Press, 1924), p. 12 for Jean le Bon's description of the bathhouse at Plombières.

Montaigne, Michel de. *The Complete Essays of Montaigne*, trans.Donald M. Frame (Stanford University Press, 1957), p. 318 for Frame's description of the effect of the 'Apology'as'perplexing' in his headword to that chapter.

Montaigne, Michel de. *Oeuvres complètes*, ed. Albert Thibaudet and Maurice Rat (Paris: Gallimard, 1962).

Muchembled, Robert. *Culture Populaire et Culture des Élites dans la France Moderne* (Paris: Flammarion, 1978), p. 32 for the sad death of Jehann le Porcq.

Nietzsche, Friedrich. *Untimely Meditations*, trans. R. J. Hollingdale (Cambridge: Cambridge University Press, 1997), p. 135 for Nietzsche's approval of Montaigne.

Norton, Grace. 'The Use Made by Montaigne of Some Special Words', *Modern Language Notes*, 20 (1905), 243-8 for Montaigne's changes to words such as 'goust', 'noble' and 'monstrueux' over the various editions of his text.

Parker, Geoffrey. *The Military Revolution: Military Innovation and the Rise of the West, 1500-1800* (Cambridge: Cambridge University Press, 1996), p. 17 for the range and effectiveness of arquebuses; p. 60 for the youth and weakness of the men recruited to fire them.

Pegge, Samuel, *The Forme of Cury* (1780), pp. 161 for the medieval recipe for hippocras.

Popkin, Richard. *The History of Scepticism from Savonarola to Bayle* (Oxford: Oxford University Press, 2003).

Rawson, Claude. 'The Horror, the Holy Horror: Revulsion, Accusation and the Eucharist in the History of Cannibalism', *Times Literary Supplement*, 31 October 1997, 3-4 for links between Amerindian religion and Catholicism.

Reynolds, Edward. *A Treatise of the Passions and Faculties of the Soule of Man* (1647), p. 505 for Reynolds's scepticism about the linguistic capacities of animals.

Sayce, R. A. *The Essays of Montaigne: A Critical Exploration* (London: Weidenfeld and Nicolson, 1972)

Screech, M. A. *Montaigne's Annotated Copy of Lucretius: A Transcription and Study of the Manuscript, Notes and Pen-marks* (Geneva: Librairie Droz, 1998), p. 152 for Montaigne's annotations relating to taste; p. 499 for his erasing of Lucretius.

Starobinski, Jean. *Montaigne in Motion*, trans. Arthur Goldhammer (Chicago: Chicago University Press, 1985)

Stebbins, F A. 'The Astronomical Instruments in Holbein's "Ambassadors"', *Journal of the Royal Astronomical Society of Canada*, 56 (1962), 45-52 for the astronomical instruments in the Ambassadors.

Supple, James. *Arms versus Letters: The Military and Literary Ideals in the Essays* (Oxford: Clarendon Press, 1984)

Tetsurō, Watsuji. *Rinrigaku: Ethics in Japan*, trans. Yamamoto Seisaku and Robert E. Carter (Albany: State University of New York Press, 1996).

Welles, Orson. *Interviews*, ed. Mark W. Estrin (Jackson: University Press of

Mississippi, 2002), p. 62 for Welles's admiration of Montaigne.

Yuasa, Yasuo. *The Body:Toward an Eastern Mind-Body Theory,* ed. and trans. Thomas P. Kasulis and Shigenori Nagatomo (New York: State University of New York Press, 1987), p. 47 for Watsuji's view of the nature of friendship.

插图来源

第 1 页　Montaigne's tower, Château de Montaigne, © Saul Frampton

第 1 页　The Château de Montaigne in the early nineteenth century, from *The Works of Michel de Montaigne*, ed.William Hazlitt, 1842

第 13 页　Plaque to Etienne de La Boétie, Château de Montaigne, © Saul Frampton

第 25 页　Jean de Dinteville and Georges de Selve in 'The Ambassadors', Hans Holbein,1533, © The National Gallery, London

第 27 页　Asterisks from Montaigne's essay 'Of Friendship', from *Essais de Messire Michel Seigneur de Montaigne*, 1580, © the Bodleian Library, Oxford

第 29 页　Montaigne's library, Château de Montaigne, © Saul Frampton

第 39 页　Hans von Gersdorff, *Feldtbüch der Wundartzney*, 1528, National Library of Medicine

第 51 页　Image of Death taking a child from 'Dance of Death' series, engraved by Hans Lutzelburger, c.1526-8(woodcut)(b/wphoto), Holbein the Younger, Hans (1497/8-1543) (after) / Private Collection / The Bridgeman Art Library from *The Dance of Death*, Francis Douce, 1833

第 58 页　Image of Death faking an infant by Hans Holbein, from *Alphabet of*

　　　　　　Death, Anatole de Montaiglon, 1856
第 61 页　Image of constancy from *Minerva Britannica*, Henry Peacham, (1612)
第 69 页　Image of trees, © Andrew F.Kazmierski / Shutterstock.com
第 75 页　The deleted 'Nec nova vivendo procuditur...' from the ceiling of Montaigne's library, © Saul Frampton
第 85 页　The tombstone of Laetus' daughter, courtesy of the Musée d'Aquitaine, photo ©Saul Frampton
第 91 页　Human physiognomy from De Humana physiognomonia, Giambattista della Porta, 1593, National Library of Medicine
第 111 页　Map of Montaigne's journey to Italy, 1580-81 © mapsillustrated.com
第 131 页　The toucan, from André Thevet's *Les singularitez de la France Antarctique*, 1557, reproduced by permission of the Syndics of Cambridge University Library
第 141 页　Leonardo image, ©Janaka Dharmasena / Shutterstock.com
第 150 页　The Baths of Bourbon l'Archambaut, Auvergne, illustration from 'Generale Description du Bourbonnais' by Nicolas de Nicolay, 1569(w/ c on paper), French school, (16th century)/Bibliotheque Mazarine, Paris, France/Archives Charmet/The Bridgeman Art Library
第 157 页　Detail from 'The Birth of Venus', c.1485(tempera on canvas)(detail of 412), Botticelli, Sandro(1444/5-1510)/Galleria degli Uffizi, Florence, Italy / Giraudon/The Bridgeman Art Library
第 171 页　Image of Marie de Gournay from *Les avis, ou les Présens de la Demoiselle de La Demoiselle de Gournay*, 1641, reproduced by permission of the Syndics of Cambridge University Library
第 175 页　Detail from the Jewish Bride, c.1667(oil on canvas), Rembrandt van Rijn(1606-69)/Rijksmuseum, Amsterdam, The Netherlands/ The Bridgeman Art Library
第 201 页　Image of Autumn, from 'The Ten Ages of Man', Conrad Meyer, 1675

第 211 页	Wine tasters, woodcut from The Classification and Description of the wines of Bordeaux(1828)
第 227 页	Michel de Montaigne by Jean-Baptiste Mauzaisse, 1841, The Art Archive/ Musée du Château de Versailles / Gianni Dagli Orti
第 243 页	'Even on the highest throne in the world we are still sat on our backsides', Montaigne's toilet, Château de Montaigne © Saul Frampton
第 254 页	Image of vineyard © Vaide Seskauskiene / Shutterstock.com
第 256 页	'Moi', visitor's signature on the wall of Montaigne's study, © Saul Frampton
第 258 页	Image of 'bonne foi' from Emblematum libri II, Andreas Alciato, 1556, reproduced by permission of University of Glasgow Library, Dept of Special Collections

图书在版编目（CIP）数据

触摸生活：蒙田写作随笔的日子 /（英）弗兰普顿著；
周玉军译. —北京：商务印书馆，2015
ISBN 978－7－100－11234－5

Ⅰ.①触… Ⅱ.①弗… ②周… Ⅲ.①蒙田，
M.E.（1533～1592）—生平事迹 Ⅳ.①K835.655.1

中国版本图书馆 CIP 数据核字（2015）第086945号

所有权利保留。
未经许可,不得以任何方式使用。

触 摸 生 活

〔英〕索尔·弗兰普顿 著
周玉军 译

商 务 印 书 馆 出 版
（北京王府井大街36号 邮政编码 100710）
商 务 印 书 馆 发 行
山西人民印刷有限责任公司印刷
ISBN 978－7－100－11234－5

2016年1月第1版　　　开本889×1194　1/32
2016年1月第1次印刷　　印张9¼
定价：48.00元